대장경

조정래 장편소설

대장경

해냄

|작가의 말|

시공을 초월한 예술혼

『대장경』은 나의 처녀 장편소설이다. 서른두 살 때였으니, 36년 전이다. 그때 나는 합천 해인사에 봉안되어 있는 '팔만대장경'이 민족의 거대하고 거룩한 문화유산일 수는 있으되, 불법(佛法)의 힘으로 외적(몽고의 난)을 물리칠 수 있다는 당시 집권세력의 정치 술수를 정면으로 부정했다. 그것이 『대장경』의 주제이고, 그 소설을 쓴 목적일 수 있다.

'팔만대장경'이 나라 잃은 민중들의 순정한 나라 사랑과 고결한 신앙심의 합일로 이루어진 청정한 영혼의 꽃임을 나는 쓰고자 했다. 왜냐하면 '팔만대장경' 한 장, 한 장은 오늘날 보아도 상상을 초월하는 극치의 예술로, 보는 자의 가슴을 서늘하게 만드는 수많은 영혼의 집합체이기 때문이다. 나는 그 위대하고 칼칼하고 싱싱한 예술품의 가치를 쓰고자 감히 필을 든 것이다.

  그리고 30여 년이 조금 넘어 유네스코는 '팔만대장경'을 세계문화유산으로 지정했다. 그 밝은 눈에 고마워한 것이 아니라 그 당연함에 혼자 고개 끄덕였다. 고려 민중들의 예술혼은 그렇게 시공을 초월해 영원을 향해 비상했다.

  소설 첫줄을 쓰고, 28일 만에 끝줄을 썼다. 그리고 원고를 가지고 나가다가 세상이 뒤집히는 현기증으로 비틀거렸다. 소설 속의 목수 근필이가 나였는지도 모른다. 새 모습으로 치장된 『대장경』이 새 독자를 많이 만나기를 소망한다.

2010년 12월

|차례|

작가의 말 4

불타는 성전(聖殿) 9

주인 없는 땅 44

강화(江華)의 밤 77

평행선의 시발(始發) 111

가파른 언덕 142

군신기고문 179

정지된 세월 212

양지와 음지 245

분수령(分水嶺) 283

대장경 318

작가 연보 351

불타는 성전(聖殿)

 초승달이 노송의 가지 끝에 걸려 있었다. 제대로 어둠을 사르지 못하는 달빛은 희뿌연 안개를 일구는 듯싶었다. 그 엷은 달빛에 겨우 모습을 드러내고 있는 경내(境內)에는 깊이를 헤아리기 어려운 적막이 고여 있었다. 풍경도 울지 않았다. 풀널레 소리도 들리지 않았다. 초저녁인데 그 어느 승방(僧房)에도 불이 밝혀지지 않았다. 큼직큼직한 건물들의 윤곽만 괴물스럽게 드러난 경내에 딱 한군데 불이 밝혀져 있었다. 대웅전 뜨락 석등에서 황촉이 부지직거리며 제 몸을 태우고 있었다. 그러나 그 불빛마저도 어잔하게 어둠에 빨려들 뿐 대웅전으로 오르는 네댓 개의 계단도 미처 밝히지 못했다. 그 가물거리는 불빛을 타고 적막 속으로 스며드는 실오라기 같은 소리가 있었다. 그 소리는 끊어지는 듯하다가 이어지고 잦아지는 것 같다가 다시 솟고는 했다. 문이 꼭꼭 닫힌 불빛 없는 대웅전에서 흘러나오는 독경 소리였다. 깊이 가라앉은 음성의 그 독경 소리는 어느 순간 흐느끼는 것 같기도 하고 어쩌면 고통스러운 신음을 하는 것 같기도 했다.

좀더 기울어진 초승달은 노송의 잎새에 얼굴을 갈기갈기 찢긴 채 지쳐버린 듯했다. 한층 깊어진 적막의 늪을 후적후적 헤엄치는 그림자가 있었다. 그 그림자는 종각 밑을 지나쳐 대웅전 뜨락으로 오른 계단을 두세 개씩 뛰어올랐다. 그럴 때마다 옷자락이 너풀거렸다.

"후우……."

계단을 다 오른 그림자는 거친 숨을 내뿜었다. 그리고 옷매무새를 바로잡고는 대웅전을 향해 합장을 했다.

"나무관세음보살……."

거친 숨결을 타고 나오는 이 짧은 염불은 염불이라기보다 어떤 절박한 절규 같은 느낌이었다.

읍(揖)을 마친 그림자는 대웅전 앞으로 곧바로 걸어갔다. 그 걸음걸이는 거의 뛰다시피 하고 있었다.

"스님, 주지 스님……."

대웅전 문 앞에 다시 합장을 하고 선 그림자가 안쪽에다 대고 조심스럽게 불렀다. 그 목소리는 밑으로 깔리는 조심성은 지니고 있었지간 다급함을 감추지는 못했다.

언뜻 실오라기 같은 독경 소리가 멎었다. 이상한 일이었다. 흡사 바람결만 같아 신경을 집중하지 않고서는 듣기조차 어려울 정도로 가느다란 독경 소리가 멎는 순간 인기척이 뜨거운 열기로 확 끼쳐왔다. 그리고 경내를 에워싸고 있던 겹겹의 적막이 찢어져나갔다.

"……."

소리 없이 대웅전 문이 열렸다.

"스님, 다녀왔습니다."

그림자가 머리를 조아리며 말했다.

"아 지운(智雲)……, 무사하셨구려."

다른 그림자가 법당을 나서며 한숨을 쉬듯이 말했다. 그 말은 상대방의 무사함을 반기는 것으로 끝나는 것이 아니라 상대방에게 무슨 말이든 어서 하라는 독촉을 하고 있었다.

"전언드리기 송구스럽습니다만 아침나절에 성(城)이 무너졌다 합니다. 이런 속도로 치닫기 시작하던 지금쯤은 본대가 감골에 당도했을지도 모르는 일입니다. 만약 그리되면 본사(本寺)도 이 밤을……."

"지운 스님! 고정하시오."

불타는 성전(聖殿) 11

주지 스님은 낮으나마 단호한 음성으로 잘라 말했다. 여전히 초승달을 응시한 채로였다.

"주지 스님, 황송하옵니다. 너무 걷잡을 수 없이 급한 형세라 소승이 그만 실언을 저질렀습니다."

지운은 머리를 조아렸다. 합장한 손에 아무리 힘을 넣어도 떨리기는 마찬가지였다. 정강이에 쥐가 내릴 만큼 버티었지만 두 다리는 여전히 후들거렸다. 먼발치에서 본 그 무리를 이룬 횃불의 흔들림. 간간이 터져오르던 알아들을 수 없는 함성. 무질서하게 뒤엉키던 말발굽 소리와 긴 꼬리를 남기던 말울음 소리. 지운은 지금도 그 공포를 벗어날 수가 없었다.

"지운 스님, 각 조장들에게 연락을 취해주구려. 긴급 회의를 해야 하겠소."

"예에, 알겠습니다. 쇠북으로 할까요, 목어를……."

"지운 스님, 고정하라니까요. 모든 연락은 목탁으로 하기로 진즉 정하지 않았습니까. 쇠북을 울려대려면 며칠째 소등(消燈)은 왜 해왔겠소."

주지 스님은 돌리던 염주를 멈추고 약간 언성을 높였다.

지운은 그저 머리만 조아렸다. 이다지 면구스럽고 죄스러울 수가 없었다. 갈팡질팡하는 자신의 나약한 의지가 야속할 뿐이었다. 내가 이렇게 허약했더란 말인가. 출가해서 20여

년 동안 닦아온 불자로서의 의지가 고작 이 정도였더란 말인가. 세속의 의지를 다 씻어냈다고 장담을 하거나 확신을 갖지는 못했지만 그래도 불자로서의 의지가 단연 압도하고 있다고 믿어왔었다. 그런데 이 무슨 추악한 꼴인가. 염불을 하고 염주를 돌리는 것으로 불자의 일상(日常)을 살아온 것뿐 정작 세속의 자아는 달걀 속의 씨눈처럼 부화의 기회를 엿보며 은폐되어 있었다는 것이다. 도깨비불처럼 춤을 추며 일렁이던 무수한 횃불을 삼키던 불기둥. 그건 분명 가옥이 타는 불길이었다. 여기저기서 치솟는 불기둥은 어둠을 살라먹고 하늘까지 태우려는 듯한 기세였다. 그 광란의 불길이 토해내는 아우성과 비명의 환청(幻聽). 그 환청이 귓속에서 매미 울음을 울고 있었다. 그들의 기습은 바로 이 부인사(符仁寺)가 목표였다. 아무런 저항도 하지 않았을 양민의 가옥을 불태우는 자들이 정작 본사에 들이닥치면 어떻게 될 것인가. 초가집이 타는데도 불기둥이 그렇게 사납게 치솟았는데 그보다 몇 갑절씩 큰 불당들이 타게 되면……. 그 불길 속에서 자신은 어떻게 해야 할 것인가. 지운은 이 괴로움을 다스릴 방도가 없었던 것이다. 만약 다른 승들이 자신의 입장이 되어 그런 정황을 목격했더라면 어떠했을까. 평소의 가르침대로 한목숨 티끌과 같다고 여기며 마음의 평정을 지켰을까. 무상(無常)의 도(道)를 지키는 불자답게 전혀 동요하지 않을 수 있었을까. 다른 승들은 다 접어두고 주지 스님께서 그 광경을 목격하셨다면 어떠하셨을까. 자신을 힐책하는 것처럼 스님께서는 과연 고정하실 수가 있었을까. 지운의 균열을 일으키고 있는 마음에는 이런 의문이 꼬리를 잇고 있었다. 그렇다고 주지 스님한테 이런 심경의 엇갈림을 장황하게 늘어놓을 형편이 아니었다. 상황은 막바지에 다다라 있었다. 적은 본사와 20리 상관의 거리인 감골을 장악한 것이다.

"지운 스님, 어차피 불전에 시주 올린 목숨이 아니오. 허허로운 한 생(生), 비구의 가장 값진 죽음이 바로 순교(殉敎) 아니겠소?"

주지 스님은 지운의 손을 꼬옥 끌어잡으며 말했다.

"스님, 소승에게 힘을 주십시오."

지운이 무릎을 꿇었다. 그의 어깨가 보일 듯 말 듯 들먹였다.

"부처님의 가피(加被)가 우리에게 있을 것이오. 한시가 급하니 어서 서둘러 연락을 해주시오."

지운의 펄럭이는 장삼자락이 어둠 속으로 묻혀질 때까지 주지 스님은 눈길을 떼지 않고 있었다.

"나무관세음보살……"

주지 스님은 다시 초승달로 눈길을 옮겼다. 그러나 결코 달을 쳐다보는 것이 아니었다. 시야에는 아무것도 잡히는 실체가 없었다. 마음은 깊은 수렁이었다. 갈피를 잡을 수 없는 번뇌의 실오라기가 뒤헝클어져 있었다. 나라가 병란의 와중으로 휘말려드는 위기에 처했을 때 백성으로서 감내해야 하는 고통이나 괴로움 같은 것 때문만이 아니었다. 적군이 한강을 도강하고 나서야 공격 목표가 본사의 경판전(經板殿)이라는 정보를 입수하게 된 것이다. 그때부터 가슴속에는 비바람에 찢긴 거미줄 같은 어지러운 번뇌가 엉키기 시작한 것이다.

지운은 그 누구보다 불심도 두텁고 담력도 강한 것으로 믿어왔었다. 판전을 사수하기로 뜻을 굳힌 뒤로 이 며칠간 지운은 거의 모든 일을 도맡다시피 해왔다. 인근 사찰에 인력 지원을 요청하는 일을 비롯해서 판전을 중심으로 한 경내 방어 계획을 세밀하게 추진해 나갔던 것이다. 오늘도 진종일 방어선 구축 작업을 지휘하느라고 지칠 대로 지쳐 있었다. 그런데도 해가 떨어지자 곧 행장을 차렸던 것이다.

적정 탐지를 위해서였다. 다른 사람들을 보내자고 만류를 했지만 지운은 듣지를 않았다. 밤길인데 동행을 하라고 했지만 역시 거절이었다. 그런 지운의 뜻이 무엇인지 굳이 설명이 필요 없었다. 불심이 두텁지 않고서는 생겨날 수 없는 책임감이요 용기였다. 주지 스님은 지운을 보내고 바로 대웅전으로 들었다. 독경으로 아무리 빗질을 해도 간추려지지 않는 마음을 지운이 돌아올 때까지 다시 빗질을 하려는 것이었다. 예상보다 늦게 돌아온 지운은 비틀거리고 있었다. 어느 때 없이 사람의 냄새를 역하게 풍겼다. 그런 지운을 이해할 수는 있었다. 그러나 용납할 수는 없었다. 지운이 비틀거리기 시작하면 다른 천여 명은 한갓 물거품에 지나지 않는다. 상대방의 내심에서 끓어오르고 있는 괴로움을 번연히 알면서도 묵살하거나 외면해 버리는 것이 얼마나 비정한 것인지를 잘 알고 있었다. 그러나 온갖 괴로움은 스스로 다스려 잠재우는 것. 더구나 이 급박한 상황 아래서 필요한 것은 결의를 채찍질하는 침묵뿐이었다. 지운의 심적 동요는 당연한 것인지도 모른다. 매를 맞는 자보다 그걸 지켜보며 매 맞을 차례를 기다려야 하는 고통, 그런 것일 게다. 그러나 어지간한 일로 심중을 드러내는 평소의 지운이 아니었다. 그만큼 그자들의 행위가 잔악하다는 증거일 것이다. 지운이 저러할 때 방목한 목숨들은 얼마나 어지러운 물결을 이루고 있을 것인가. 필시 풍전등화(風前燈火)인 이 나라 운명은 어찌될 것인가.

"나무관세음보살……."

주지 스님은 깊은 한숨을 내쉬었다. 그리고 더 빨리 염주를 돌렸다.

달 그림자를 밟으며 한 사람이 대웅전 뜨락으로 불쑥 나섰다. 그는 수건으로 머리를 동여매고 있었다.

"스님, 부르시었습니까?"

"아 운정, 벌써 오셨구려. 어서 법당으로 드십시다."

주지 스님이 합장을 하며 인사를 받고는 돌아섰다.

법당에는 촛불이 두 개 밝혀졌다. 그 불빛은 드넓은 법당 안의 어둠을 간신히 헤집고 있었다.

"스님, 무슨 화급한 일이라도 생겼습니까?"

불전에 예를 올리고 난 운정이 주지 스님한테 물었다.

"다 모이면 자세한 말씀 드리게 되겠지만 적병이 감골을 점령했다는 전갈이 있었기에……."

"아니, 벌써 감골까지?"

주지 스님은 눈을 지그시 내려감았다. 운정의 당황하는 목소리만으로 충분했다. 굳이 그의 표정까지 보고 싶지는 않았다. 자신의 묵상의 의미를 깨달았음인지 운정은 더 이상의 것은 묻지 않았다. 주지 스님은 그것만을 다행으로 여기며 거칠게 전해져오는 운정의 숨소리를 사그라지는 생명의 신음으로 아프게 귀에 새기고 있었다.

사람이 들어설 때마다 다 알면서도 주지 스님은 눈을 뜨지 않았다. 분위기를 동요시키고 싶지 않았던 것이다. 시간이 흐르고 사람이 늘어날수록 법당 안에는 거북한 침묵의

불타는 성전(聖殿)

무게가 더해가고 있었다.

"스님, 다들 모였습니다."

지운이 나지막하게 말했다. 알고 있었다는 듯 주지 스님은 보일 듯 말 듯 고개를 끄덕이며 일어섰다. 모두들 자리를 고쳐앉았다.

20명의 좌중을 차근차근 훑어보며 주지 스님은 한참이나 말이 없었다.

"밤길에 수고들 많으셨소."

주지 스님은 이 말을 해놓고 눈을 감았다. 주름이 깊은 골을 판 얼굴은 말할 것 없고 백발의 수염에까지 괴로운 빛이 젖어흐르는 것 같았다.

"침입자 몽골 적병이 결국 우리들 앞에 나타났습니다. 빠르냐 늦느냐의 차이뿐 언제 와도 올 무리들이었기에 여러분들은 조금도 두려워하거나 당황하지 않으리라 저는 믿습니다. 우리들은 그들을 맞아 싸워 본사에 봉안된 장경(藏經)을 지킬 것을 이미 결의하였기 때문입니다. 지금 적병은 감골을 점령하여 진을 친 모양입니다."

주지 스님은 여기서 말을 끊고 마른침을 더디게 삼켰다. 좌중에는 긴장의 냉기가 퍼졌다.

"적들은 빠르면 오늘 밤중에, 늦어도 내일이면 본사를 해하려 밀어닥칠 것입니다. 적의 수효가 얼마인지, 그들이 어떤 무기를 가졌는지 우리는 관심 쓸 필요가 없습니다. 다만 우리는 최후의 한 사람까지, 최후의 한순간까지 장경을 사수하는 태산 같은 결의로 그들을 무찌르면 되는 것입니다."

주지 스님은 잠시 말을 끊었다. 그의 눈에 눈물이 어린 듯싶었다.

"불자가 부처님 말씀을 지키는 것은 당연한 도리이며, 한갓 티끌에 지나지 않는 목숨을 부처님의 공덕을 위해 바치는 것은 바로 성불의 길로 드는 것입니다. 영겁의 삶을 위해서 우리는 이제 이승의 삶을 채비할 때가 왔습니다. 여러분은 여러분이 거느리신 50여 명씩의 굴자들에게 부처님의 영험을 전하시어 새로운 용기와 힘으로 맡은 바 소임을 다할 수 있도록 해주기 바라오."

주지 스님은 눈길을 떨구어 손에 들고 있는 염주를 물끄러미 보다가 고개를 들었다.

"덕수, 현산 두 분 보살께서는 어떠십니까?"

"예에, 무얼 물으시는지요, 스님."

거의 동시에 자리에서 일어선 두 사람 중의 하나가 정중하게 반문했다. 그다지 밝지 않은 속에서도 두 사람의 차림새는 금방 표가 났다. 그들은 민간인이었다.

"두 분과 두 분이 거느리신 백여 명의 장정들은 우리와 또 다른 몸. 부처님의 도량을 수호하시겠다고 분연히 일어서신

불타는 성전(聖殿) 19

그 장하고 큰 뜻이 변할 리 있겠습니까만 이제 사태가 급박해졌습니다. 행여 강요되어서는 안 됩니다. 아직 시간은 늦지 않았으니 뜻이 흔들리고 있거나 후회하는 사람은 피신시켜야 합니다. 강요는 무모한 살생이며, 그 살생은 남아 있는 부모나 처자에게 씻을 수 없는 업을 남기게 됩니다."

"대사님의 높으신 뜻 황송하옵니다. 그러나 저희는 이미 죽을 각오를 한 몸들입니다. 대사님의 뜻을 그르치지 않기 위해 진중에 돌아가는 대로 사실을 가리도록 하겠습니다. 허나 그런 사람은 없을 것으로 아옵니다."

"그 굳은 의지, 정히 부처님의 가피가 있을 것입니다."

주지 스님의 목소리가 떨렸다.

"더 지체할 수 없으니 이만 헤어지기로 합시다. 모두 최선을 다해주기 바라오."

주지 스님의 말을 따라 모두 일어섰다. 그리고 몸가짐을 바로잡고는 부처님 앞에 합장을 했다.

"나무아미타불 관세음보살……."

모두가 합창한 이 소리는 무겁고 진하게 대웅전에 울려퍼졌다.

한 사람씩 대웅전을 뒤로하고 어둠 속으로 사라져갔다. 그 모습들을 지켜보고 서 있는 주지 스님의 가슴에서는 뜨거운 비가 쏟아져내리고 있었다.

"스님께서는 어찌하시겠습니까?"

주지 스님은 소리 나는 쪽으로 고개를 돌렸다. 지운이 염려스러운 낯빛으로 서 있었다.

"아직 계셨군요. 나야 이 법당에 남아야지요."

"혼자서 어떻게……."

지운의 흐리는 말꼬리가 불안을 낚아올리고 있었다.

"그건 염려 마시오. 나만 혼자가 아니라 우린 모두 혼자나 마찬가지요. 소문대로라면 적이 10만 기병(騎兵)이라는데, 말까지 타고 창검을 휘두를 10만 적병을 맞아 싸울 우리 천 명은 어차피 불더미 속을 헤쳐야 하는 한 마리 개미와 뭐가 다를 게 있겠소. 날 괘념하진 마시오."

지운은 더 이상 드릴 말씀이 없었다. 주지 스님을 편안하게 해드리는 일은 어서 곁을 떠나 판전(板殿)으로 돌아가는 것이었다. 자신은 판전 수비 총지휘를 맡고 있었다. 판전은 적의 집중 공격을 받을 표적이었다. 이 부인사에서 판전을 빼놓을 수 없었고 판전은 곧 부인사이기도 했다.

"소승 그만 물러가오리다."

"사력을 다해주시오, 지운 스님. 판전은 우리 모두의 생명이니."

주지 스님은 울부짖듯 했다.

초승달은 이제 산허리로 빨려들고 있었다. 한결 짙어진

어둠이 경내로 스며들고 있었다.

　주지 스님은 어둠 저편에서 명멸하는 무수한 별들을 응시하고 있었다. 그러면서 자꾸 마른침을 삼켰다. 그건 울음 덩이를 넘기는 것이었다. 이렇게 서러울 수가 없었다. 무인(武人)의 세력이 승하여 다스려지는 나라가 어찌하여 외적의 침입에 이다지도 허망하게 무너지고 마는 것일까. 일찍이 무(武)는 나라를 지키는 것이었지 나라를 다스리는 수단이 아니었다. 무인이 지배의 쾌락에 탐닉하게 되면 충(忠)과 용(勇)을 함께 잃게 마련인 것이다. 그 대신 교활과 잔인을 얻게 되어 나라를 망치는 불한당 패거리로 둔갑을 하는 것이었다. 승(僧)이 도(道)의 규범을 잃고 재물의 마력에 취하게 되면 흉악무도한 산도적으로 변신하는 것이나 마찬가지였다. 그러나 이제 그 누구도 원망할 수가 없었다. 원망할 필요도 없었다. 진즉 엎질러진 물이고 시위를 떠난 화살이었다. 그러면서도 복받쳐오르는 설움은 다스릴 길이 없었다. 출가하여 60여 년의 고행길을 걸어오면서 이처럼 슬픔으로 쏟아지는 마음의 아픔은 겪어보지 않았다. 비구는 눈을 감기 전에 단 한 번 우는 것으로 족하다고 하더니만 이렇게 우는 것을 가리킴인가. 주지 스님은 시간이 흐를수록 허허로워지는 마음을 다스릴 길이 없어 속입술을 깨물며 부르르 떨었다.

본사 판전을 불태워버리기 위해 적장 살례탑(撒禮塔)이 10만의 별동군을 이끌고 한강을 도강했다는 정보에 접하고 천 길 벼랑으로 내쳐박히는 절망에 빠졌다. 그러나 언제까지 무방비한 혼수 상태로 허우적거릴 수는 없었다. 원망할 대상이 없는 것처럼 의지할 대상도 없었다. 자체의 힘으로 방어 태세를 갖출 수밖에 없었다.

긴급 회의를 열어 방어 계획을 서둘렀다. 먼저 두 개의 안이 나왔다. 판본(板本)을 피난시키자는 것과 자체 방어를 할 수밖에 없다는 의견이었다. 판전을 피난시키자는 안은 우선 많은 호응을 얻었다. 그러나 구체적인 분석을 해본 결과 불가능하게 귀결이 지어졌다. 다른 사찰로 옮기자는 의견과 동굴을 파자는 의견이 맞섰다. 그러나 두 가지 다 최선의 방법이 아니었다. 시간적으로 촉박하다는 이유를 접어두더라도 판전을 없애기 위해 10만의 군사를 풀어놓은 적들이 판본이 피난 간 것을 알고도 순순히 물러갈 리가 만무였다.

단시일 내에 많은 사람들의 힘으로 행해질 일이기 때문에 끝까지 비밀이 지켜지리라는 것을 보장할 수도 없었지만 판본을 찾아내기 위해 10만의 군사가 날뛰게 되면 결국 인명의 피해가 막대해질 수밖에 없었다. 이것은 결코 부처님의 가르침이 아니었다. 그래서 주지 스님은 불자들의 힘으로 최악의 경우까지 최선을 다하기로 결정을 내렸던 것이다.

자체 방어 결정을 내리긴 했지만 무엇보다 절박한 문제가 인력 부족이었다. 본사와 부속 암자의 4백여 승려로서는 어림도 없었다. 우선 그 숫자로서는 죽음을 결정하는 사기에 불을 붙일 수가 없었다. 그래서 인근 사찰에 인력 지원을 호소하기로 했다.

다음날 아침 예불부터 간소하게 치르고 모든 승려가 작업에 동원되었다. 먼저 경내에 인접한 나무들을 찍어 넘어뜨렸다. 넘어져서 뒤엉킨 아름드리 나무들은 대웅전을 중심으로 원형을 이루어 경내 방어선이 되었다. 욕심 같아서는 지천으로 많은 나무를 잘라다가 끝을 뾰족뾰족하게 깎아 서로 엮어서 통나무 성벽을 둘렀으면 싶었다. 그러나 시간 부족과 인력 부족으로 마음뿐이었다. 나무가 들어찬 곳은 우선 그런 식으로 방어선을 만든 다음 서너 자 간격을 두고 한 길 깊이의 구덩이를 팠다. 나무 뿌리들이 뒤엉킨 땅이라서 여간한 고역이 아니었지만 누구 하나 일손을 게을리하지 않았다. 파낸 흙은 절 쪽으로 모아 둔덕을 만들었다. 이 둔덕을 방패 삼아 제1진을 배치시킬 계획이었다. 적의 주력 부대가 밀어닥칠 일주문을 중심으로 한 대로의 방어는 보다 든든하게 했다. 일주문에 이르기 전에 두 길 깊이의 함정을 다섯 개 팠다. 그것들은 모두 폭이 열 자가 넘었다. 그리고 일주문 앞에는 끝을 뾰족하게 깎은 통나무를 45도와 90도 각도로 촘촘히 박아 벽을 둘렀다. 이런 식의 방어선은 판전으로 통하는 경내의 군데군데에 설치되었다. 그 방어선 앞과 경내의 빈터에는 남김없이 함정을 팠다. 그래서 통행을 할 때는 꼭 건물들의 처마 밑을 따라 돌아야 했다. 제일 중요한 판전의 방비는 실로 있는 정성과 힘을 다 바쳤다. 판전의 주위는 빙 둘러 세 길이 넘는 함정이었다. 그 함정의 바닥에는 끝을 예리하게 깎은 참나무 가지들이 한 뼘 간격으로 총총히 박혀 있었다. 그 다음에 일주문 앞에 세운 것과 같은 통나무 방어벽이 세 겹으로 둘러쳐졌다. 그리고 삼줄로 그물을 엮어 판전 전체를 덮었다. 방화를 하려고 적병이 던지는 횃불을 막아내기 위함이었다. 특별히 뽑힌 젊은 승들은 세 겹의 통나무 방어벽과 이 그물 사이에서 적과 싸우게 되어 있었다. 이런 모든 준비는 예불까지 전폐한 채 밤낮 나흘 동안에 이루어졌다.

인근 사찰에서 도와든 원승(援僧)들은 4백을 헤아렸다. 열다섯의 동안(童顔)으로부터 칠십을 넘은 노승까지 섞여 있었다. 그들은 어디서 구했는지 장삼 속에서 칼을 꺼내기도 했다. 활을 내보이기도 했다. 어떤 아기승은 봇짐 속에서 자루를 빼버린 도끼날을 집어내며 능청스럽게 웃기도 했다.

주지 스님이 무엇보다도 눈물겹게 생각하는 것은 백여 명의 민간인들이 원병(援兵)을 자청하고 나선 것이었다. 불가

불타는 성전(聖殿) 25

로서는 너무 당연한 일이었지만 민간인으로서는 신심이 어지간히 두텁지 않고는 상상하기 어려운 일이었다. 모든 사람들은 피난을 가기에 혈안이 되어 있고 심지어 나라의 녹을 먹던 자들마저 관복을 벗어던지고 줄행랑을 놓는 판국이었다. 그들 백여 명 원병은 승들로 하여금 수만 명의 힘을 내게 만드는 계기가 되었다.

칼이나 창·화살로 무장을 한 병력은 판전에 배치된 승들과 민간인 원병들이었다. 나머지는 죽창이나 목창을 깎아 들게 했다.

9백이 조금 넘는 인원을 반으로 갈라 먼저 판전에 배치했고 나머지 반을 고루 50명 단위로 나눠 조장을 뽑아 지휘하게 했다. 낮에는 조별로 방어선을 보완하면서 무단 이탈을 금했고 어두워지면 소등을 한 채 전투 태세를 갖추었다. 밥도 조별로 지어 먹도록 했다. 그러기를 이틀 밤째 한 것이다.

최선을 다한 이런 상태로 과연 적을 무찌를 수 있을 것인가. 적은 정말 10만의 기병일까. 그게 사실이면 백 대 일의 싸움이 아닌가. 아아…… 이 절이 모두 불바다에 잠기더라도 판전만은 무사해야 할 텐데. 천을 헤아리는 목숨을 다 바치는 한이 있어도 판전만은 보존되어야 할 텐데. 주지 스님은 울음 섞인 신음을 토해내고 있었다. 그런 스님의 파삭 마른 볼에는 눈물이 흘러내리고 있었다.

달마저 자취를 감추었다. 사방이 어둠에 잠겨들었다. 스님은 돌아섰다. 최선을 다하고 하늘의 선택을 기다릴 수밖에 없다고 몇 번이고 했던 체념을 다시 씹으며 법당으로 들어섰다. 그리고 부처를 우러러 무릎을 꿇고 합장을 했다.

무거운 적막 속에 자정이 지났다.

곧 쏟아지기라도 할 것처럼 별들이 흐드러지게 매달린 밤이 깊어가고 있었다

첫닭이 울 인시였다.

둥둥둥둥…….

다급한 북소리가 적막을 산산조각으로 부수며 경내를 휘감았다.

주지 스님은 소스라쳐 일어섰다. 그리고 법당을 뛰쳐나왔다. 적의 공격 신호였던 것이다.

주지 스님은 일주문을 바로 볼 수 있는 위치로 휘적휘적 걸어갔다. 아니나 다를까. 주지 스님은 그 자리에 우뚝 굳어졌다. 일주문 저쪽의 어둠 속에 횃불들이 춤을 추고 있었다. 그 횃불들이 춤을 추는 것으로 보아 적은 기병이 틀림없었다.

둥둥둥둥…….

북은 계속해서 다급하게 울리고 있었다. 그 북소리는 어느 때 없이 크면서도 슬픈 가락으로 퍼져나갔다.

제자리에서 뛰는 것만 같던 횃불들은 이제 그 숫자가 훨씬 늘어나 뱀이 꿈틀거리는 형상을 짓고 있었다. 적병이 길을 따라 차츰 가까워지고 있기 때문이었다.

둥둥둥둥…….

어쩐 일인지 북소리는 그치지 않았다. 주지 스님은 그만 울화가 치밀어올랐다. 적이 나타남과 동시에 일정한 간격으로 열 번만 치도록 되어 있었다. 그런데 한정도 없이 두들겨 대고 있으니 어찌된 일인가. 적과 내통해서 길을 인도하려는 수작이 아니고서는 저런 얼빠진 짓이 어디 있단 말인가.

"저걸…… 저걸……."

주지 스님은 허공을 휘젓는 헛손질을 하며 우왕좌왕하다가 입을 딱 벌린 채 굳어지고 말았다.

좌우 숲속 어둠 속에서 횃불이 하나씩 둘씩 늘어나고 있었던 것이다. 그 횃불들은 흡사 모래톱을 먹어 들어오는 밀물 때처럼 어둠 속을 번져나가고 있었다. 절은 완전히 포위당해 있었고 뜻하지 않은 사태에 부딪혀 북은 계속 울리고 있음이 분명했다.

꿈틀거리며 길게 이어지는 일주문 쪽의 횃불 행렬과 자꾸 번져나가는 좌우 숲속의 횃불들을 질정 없이 살피며 주지 스님은 신들린 것처럼 중얼거리고 있었다.

"나무관세음보살, 나무관세음보살, 나무관세음보살……."

일주문 쪽의 횃불들은 한데 어울려 커다란 불덩어리를 이루고 있었다. 수없이 일렁이는 불덩이에 어둠만 타고 있을 뿐 어디에서도 사람의 소리는 들리지 않았다. 곧 터져버릴 것 같은 그 불안한 적막은 피가 말라드는 초조와 긴장을 꾸역꾸역 토해내고 있었다.

히히히힝 히히힝…….

말울음 소리가 섬뜩한 소름을 뿌리며 퍼져나갔다. 일주문 쪽에서 울린 소리였다. 횃불의 대열은 멈춰 있었다. 불빛으로 수많은 사람과 들의 윤곽이 어릿어릿 엇갈리고 있었다. 적은 일정한 거리를 유지한 채 전열을 정비하는 눈치였다. 절을 중심으로 원형을 그리며 한 줄로 이어졌던 숲속의 횃불들은 이제 세 겹으로 둘러쳐져 있었다.

주지 스님은 어금니를 앙다문 채 장승처럼 서 있었다. 고개만 정면에서 좌로 우로 더디게 움직였다. 더 이상 염불을 외울 필요가 없었다. 북소리를 듣던 순간 파도로 솟구치던 놀라움에 부딪혀 산산조각이 났던 마음이 차츰 짝을 맞춰가고 있었다. 그리고 여태껏 헝클어졌던 마음의 가닥이 잡히기 시작했다.

이 순간 경내에 흩어져 있는 모두의 마음에 이런 평정이 있어주기를 주지 스님은 빌고 있었다. 그래서 이승의 마지막 힘을 남김없이 쓰고 홀가분한 웃음으로 죽음을 택할 수 있게 되기를 바랐다.

 일주문 쪽의 하늘에 불화살이 치솟아올랐다. 불똥을 뿌리며 치솟아오르던 불꽃이 떨어져내릴 즈음에 또 다른 불화살이 꼬리를 이었다. 세 개째가 허공을 가르자 와아아ㅡ함성이 터져올랐다. 그리고 횃불이 난무하기 시작했다.

 공격 개시였다.

 "나무아미타불 관세음보살⋯⋯."

 주지 스님은 무릎을 꿇으며 두 손을 이마에 대고 합장했다. 그 음성에는 울음이 뚝뚝 떨어져내렸고 염주를 움켜쥔 두 손은 부들부들 떨리고 있었다.

 한참을 그렇게 앉아 있던 주지 스님은 천천히 일어서 법당으로 걸어갔다.

 와아아ㅡ.

 함성이 뒤엉키며 횃불이 무질서하게 엇갈리고 있었다.

 "물러서지 마라!"

 "겁내지 마라!"

 고함이 여기저기서 터져올랐다.

 불화살이 경내로 빗발치듯 날아들었다. 그 화살은 지붕이고 마당이고 가릴 것 없이 내리꽂히고 부딪혀 퉁그러지곤 했다. 어떤 것은 건물의 벽에 꽂혔다간 불을 옮겨붙이지 못하고 꺼지기도 했다.

"아악!"

"어머니이……."

곳곳에서 비명이 찢어지다가 잦아들고 다시 엉키곤 했다.

사방에서는 피를 흩뿌리는 치열한 접전이 벌어지고 있었다. 칼이 허공을 가르는 소리가 비명을 삼켰고 내던져진 횃불 위에 피를 흘리는 몸뚱어리가 나뒹굴었다. 가슴에 창을 맞고 쓰러지는 몸뚱어리 위에 겹쳐 쓰러지는 팔이 달아난 몸뚱어리.

일주문이 무너지기 전에 1차 방어선은 적의 발 밑에 짓밟혔다.

1차 방어선을 돌파한 적들은 경내로 몰려들며 불당을 향하여 횃불을 내던지기 시작했다. 그때까지 일주문은 무너지지 않고 있었다. 적은 다섯 개의 함정 때문에 고전을 면치 못하고 있었다. 적들은 이런 방어선이 구축되었을지는 전혀 예상하지 않은 모양이었다. 와아— 함성을 지르며 몰려오던 적병의 한 무더기가 횃불과 함께 땅속으로 꺼져들고 나면 잠시 주춤해지곤 했다. 그러나 뒤이어 공격은 재개되는 것이었다. 적의 숫자는 헤아릴 수 없이 많았다. 끝도 없이 밀어닥쳐 왔다.

대웅전 동쪽에서 불기둥이 치솟았다. 산신각이 불길에 휩싸이고 있었다. 일주문이 무너진 것도 이때쯤이었다. 그리고 경내로 몰려드는 무수한 적들의 발길이 승려들의 시체를 짓밟고 넘어갔다.

외곽에 자리잡은 불당들이 차례로 불길을 토해내는 속에서 2단계의 싸움이 처절하게 피를 뿜어대기 시작했다.

이제 경내는 대낮같이 환했다. 거센 불길로 하여 양쪽의 움직임이 그대로 드러났다. 승들이 휘두르는 죽창은 적의 거친 칼날이나 예리한 창에 부딪혀 허망하게 꺾여져나갔다. 그러나 승들은 물러설 줄을 몰랐다. 땀으로 젖은 머리들은 불빛을 받아 번들번들 윤기가 흘렀고 도(道)로 닦여진 눈동자들은 기묘한 광채를 띠고 있었다. 그들은 죽창이 부러지면 맨주먹으로 싸웠고 그러다가 칼이나 창에 맞아 피를 쏟으며 먼저 간 동료의 곁에 쓰러져갔다.

아우성과 고함과 비명과 함성과 연기와 불길과 피가 뒤범벅이 된 싸움터는 그야말로 처절한 도살장이었다.

승군들은 최선을 다하여 싸웠지만 2차 방어선도 무너지고 말았다. 적들은 괴성을 질러대며 최종 표적인 판전을 향하여 몰려들었다. 그때 이미 판전과 대웅전을 제외한 경내의 대소 건물은 모두 화염에 휩싸여 있었다. 검은 연기와 함께 거친 불길이 하늘로 치솟고 열에 달구어진 기왓장 터지는 소리와 통나무 뻐개지는 소리가 요란했다.

"동요하지 말고 제자리를 지켜라!"

눈에 불을 켠 지운이 외쳤다.

적들은 겹겹으로 판전을 에워싸고 있었다. 몇 차례고 집중 공격을 시도할 모양이었다. 그들은 질서 정연하게 대오를 맞춰 서 있었다.

"스님, 저자들이 사다리를 가지고 있습니다. 저걸 어디다 쓰려는 걸까요?"

지운은 대꾸하지 않았다. 진즉 눈에 띈 것이었다. 판전 둘레에 파인 함정을 건너지르기 위한 사다리라는 것은 쉽게 알 수 있었다. 경내 곳곳에 파인 함정 때문에 적잖은 부하를 잃었고 예상보다 고전을 면치 못한 적장으로서 그가 천치가 아닌 바에야 판전 주위에 또 다른 함정이 있으리라는 추리는 결코 어려운 것이 아니었다. 그들이 사다리를 준비한 것은 이런 추리에 근거한 것이 아니라 이미 탐지된 결과라고 보아야 옳았다. 싸움이 시작되고 지금까지 그럴 만한 시간 여유는 얼마든지 있었다. 그리고 먼저 전쟁을 일으킨 그들로서는 사다리를 갖추는 것쯤 기본 공격용 무기의 하나에 지나지 않을 것이었다.

"화살 준비!"

지운은 명령을 내렸다. 각 조장이 복창을 하며 명령을 전달했다.

적진에서 북소리와 함께 함성이 일어났다. 공격이었다.

"투살! 투살!"

지운은 부르짖었다.

승들이 쏘아붙인 화살은 적의 가슴팍을 향하여 날아갔다. 앞서 뛰던 자가 화살을 맞고 쓰러지면 뒤따라오던 자가 사다리를 집어들었고, 그자가 쓰러지면 그 다음이 이어받고 있었다. 몰려드는 적들은 임의로 뛰는 것이 아니라 뒤에서 미는 힘 때문에 떠밀리고 있는 것처럼 느껴질 정도로 그 숫자가 어마어마했다.

앞선 자들이 미처 접근하기도 전에 적진에서는 불화살이 빗발치듯 날아들었다. 그 불화살은 그물에 걸려 떨어지기도 했지만 꽤 많이는 그물 사이를 빠져나가 판전의 벽에 꽂히는 것이었다. 판전에는 창호지를 바른 문이 없으니까 불화살 정도로 불이 옮겨붙을 염려는 없었지만 굉장히 위협적인 효과는 나타내고 있었다. 그리고 판전에 불이 옮겨붙지 않는다는 절대적인 보장도 없는 것이었다.

지운은 잠시 망설였다. 병력을 소모시키려는 작전에 말려드는 것이 아닐까. 설령 그렇더라도 불화살을 그대로 방치할 수는 없었다. 대부분은 등 뒤에서 타고 있는 불화살에 신경을 소모시키고 있는 것이 분명했다. 그래서는 안 될 일이었다.

"세 사람 간격으로 한 명씩은 불화살 제거에 나서라! 세 사람 간격으로 한 명씩이다!"

 지운은 핏발이 서도록 목청을 돋우었다.

 승들이 잽싼 동작으로 그물의 아래를 들치고 판전으로 기어들었다. 그리고 긴 막대기를 휘둘러 불화살을 쳐내기 시작했다.

 적들이 함정에 사다리를 걸쳤을 즈음에는 승들이 화살도 다 날려버린 다음이었다. 적들은 사다리를 타고 필사적으로 공격을 감행했다. 발이 빗나가 함정으로 떨어져내리는 적병의 비명이 처참했다. 승병들의 치열한 반격으로 여기저기서 사다리가 함정으로 빠져 들어갔다. 그럴 때마다 꿀이 묻은 나뭇가지에 붙은 거미들처럼 매달렸던 10여 명씩의 적병들은 한꺼번에 함정 속으로 쑤셔박혀 들어갔다. 그리고 피를 뿌리는 갖가지 비명이 터져 올라왔다. 그들의 몸뚱어리에는 수십 개의 참나무 조챙이가 박혔을 게 분명했다.

 불화살을 쳐내던 어떤 승은 등에 불화살을 맞고 비명을 질렀다. 나뒹굴어진 승의 장삼에 불이 옮겨붙었다. 그러자 다른 승이 달려와 그 불을 껐다. 그리고 조심스럽게 옆으로 뉘었다. 홉뜬 눈은 이미 초점을 잃고 있었다. 승은 무어라고 입술을 달싹거리다가 어깨가 처져내렸다. 눈을 홉뜬 채였다.

 "관세음보살……"

 눈꺼풀을 쓸어내리며 다른 승이 중얼거렸다. 그런 그의

젊은 볼을 타고 눈물이 주르륵 흘렀다.

적은 불화살과 함께 횃불을 던지기 시작했다. 승들은 날아든 횃불을 되잡어 사다리를 타고 건너오는 적들을 향해 내던졌다. 얼굴이고 몸뚱어리에 불벼락을 맞은 적들은 서로 뒤엉켜 함정으로 떨어져내렸다.

그러나 숫자가 엄청난 적은 쉴새없이 아우성을 치며 밀어닥쳤고 어느새 통나무 방어벽을 기어오르는 자도 있었다. 결국 치열한 접전으로 돌입하게 되었다. 불화살과 횃불 덩이가 쉴새없이 날아드는 속에서 칼날이 맞부딪치는 접전이 벌어졌다. 방어벽 위에 걸쳐진 시체를 타넘고 적은 끊임없이 밀려들었다. 승군의 숫자는 자꾸만 줄어들었다. 판전의 벽에는 무수한 불화살이 박혀 타다가 저절로 꺼졌다. 날아든 횃불이 숨이 끊어진 승의 시체 위에 떨어져 타고 있었다. 그러나 밀려드는 적을 맞아 싸우느라고 누구도 거기에 신경을 쓰지 못하고 있었다.

승군의 병력이 백여 명 남짓 남게 되었을 때 판전에 불이 붙었다.

"불길을 잡아라, 불길을!"

지운은 미친 듯이 부르짖었지만 잡힐 불길이 아니었다. 불길은 처마 밑까지 기어오르고 있었다. 지운은 그 불길을 원망스럽게 바라보다가 이빨을 뿌드득 갈며 몸서리를 쳤다.

그런 지운의 장삼은 갈가리 찢겨져 있었고 얼굴은 피와 땀으로 맥질이 되어 있었다. 살아남은 승군의 거의 모두가 흡사한 모습들이었다.

둥둥둥둥…….

북소리와 함께 적진에서 함성이 터져올랐다. 그리고 방어벽을 넘어서던 적병들이 부리나케 되돌아섰다. 이상한 일이었다. 이제 와서 후퇴를 할 리가 만무했다.

지운은 곧 사태를 알아차렸다. 다량의 물이 없는 형편에서 제아무리 많은 인력으로도 다스릴 수 없을 만큼 불길이 거칠어지자 적장은 퇴각 명령을 내린 것이었다. 내버려둬도 판전은 불길에 휩싸이게 되어 있었고 거기서 견디다 못한 승려들이 튀어나가면 그때 손쉽게 처치해 버릴 심산이 분명했다.

지운은 방어벽 밖을 내다보았다. 영락없는 일이었다. 적병은 함정 저쪽에 창을 꼬나잡고 도열해 있었다. 함정 위에 걸쳤던 사다리는 이미 걷은 다음이었다.

지운은 돌아섰다. 이제 싸움은 끝이 난 것이다. 그 많은 불당들은 불길에 못 견디어 차례로 내려앉아가고 있었다. 결국 판전마저 불길에 휩싸이기 시작했다. 판전을 잃고 살아남기를 바랐던 목숨이 아니었고, 살아남고 싶어도 살아남을 수 없이 된 형편이었다. 남은 건 오직 더럽지 않게 죽는 것뿐이었다.

"다들 판전 안으로 드시오."

지운이 침통한 어조로 말했다.

백여 명의 승군이 판전 앞에 줄을 섰다. 그들은 찢어지고 피가 얼룩진 옷이나 더럽혀진 얼굴과는 달리 눈동자만은 빛나고 있었다.

"여러분, 우리는 지금 가장 욕된 순간에 처해 있습니다. 왜냐하면 이 순간을 살아 있다는 사실 때문입니다. 그러나 우리는 죄인은 아닙니다. 비굴하게 이 순간까지 살아 있는 것이 아니기 때문입니다. 우린 죄인이 되려고 비굴한 마음을 갖지 맙시다. 그 대가는 짐승 같은 더러운 죽음이 있을 뿐입니다. 우리 이 자리에서 이대로 성불의 길로 들도록 합시다."

천장을 핥기 시작한 불길로부터 화기(火氣)가 끼쳐오는 장내에는 침묵만이 무겁게 쌓였다.

"여러분, 어서 먼저 가신 분들의 시신을 이리로 옮깁시다. 끝까지 지키다가 함께 가도록 하십시다."

말없이 일어선 백여 명 승려들은 밖으로 나왔다. 그리고 둘씩 짝이 되어 시신들을 판전 안으로 옮기기 시작했다.

시신과 중상자들을 다 옮겼을 때는 판전 안은 매운 연기가 맴돌이질을 하고 있었다. 그들은 시신 옆에 무릎을 꿇고 둘러앉았다. 누군가가 경판본(經板本) 한 장을 빼내어 끌어안았다. 그러자 약속이나 한 듯이 그 다음 사람, 그 다음 사람이 차례로 경판본을 한 장씩 빼서 끌어안았다.

"석가모니불, 석가모니불……."

누군가가 뇌기 시작했다. 그 소리는 차례로 번져나가다가 마침내 합창이 되었다.

온통 화염으로 휩싸인 판전에서는 그칠 줄 모르고 석가모니불을 외우는 합창 소리가 낭랑하게 퍼져나왔다. 그러나 그 소리도 거칠어지는 불길에 따라 차츰 윤기를 잃고 탄력을 잃어가며 잦아들고 있었다. 그러다가 무수한 불티와 폭음을 남기며 지붕이 내려앉는 것으로 그 소리도 흔적을 감추어버렸다.

성난 불길이 바다를 이룬 속에서 서서히 먼동이 터오고 있었고, 몽골병들의 환호성만 박쥐 울음처럼 어지럽게 엉키고 있었다.

별동군 총사령관 살례탑은 정오에 나타났다. 그는 대웅전 앞에 마련된 의자에 앉자마자 호령을 했다.

"저자가 이 절의 주지란 말이냐!"

"그러하옵니다."

"괘씸한 것같으니라구. 어찌하여 감히 항전을 도모했단 말이냐. 기왕에 이 꼴이 될 것, 순순히 항복을 하지 못하고 방자한 짓을 하여 귀한 내 부하들의 목숨만 앗아가지 않았는가!"

살례탑은 벌떡 일어나며 발을 굴렀다.

대웅전 마당 가운데 결박을 당해 꿇어앉은 주지 스님은 고개를 빳빳이 들어 그런 살례탑을 뚫어지게 쏘아보고 있었다.

"네 목숨만이라도 부지하려거든 지금이라도 당장 항복을 빌어라."

"……."

"저놈, 내 말이 들리지 않느냐!"

"……."

"저 늙은 것이 여전히 방자하구나. 네 놈이 정 고집을 꺾지 않으면 저 장작더미에다 태워 죽이고 말 것이니라."

"……."

주지 스님은 여전히 입을 굳게 다문 채 살례탑을 응시하고 있었다.

"저, 저 늙은 것이……. 여봐라, 저 중놈을 당장 끌어다가 묶고 불을 질러라."

명령이 떨어지자 대기하고 섰던 병사들이 우르르 달려들었다.

주지 스님은 장작더미 위로 끌어올려져 통나무에 묶였다.

"마지막으로 묻는다. 당장 항복을 빌어라."

"……."

살례탑을 쏘아보고 서 있는 주지 스님의 입 언저리에는 엷은 비웃음이 바람결처럼 스쳐 지나갔다.

"저런 독한 놈의 고려 것들! 불을 붙여라!"

병사들이 들고 있던 횃불이 장작더미 밑에 수북이 쌓인 솔가지에 닿자 곧 불이 붙었다.

"저건 뭣하러 남겼나! 태워버려!"

살례탑이 손가락으로 대웅전을 가리켰다.

대웅전으로 달려간 병사들이 횃불을 안으로 던지기 시작했다.

주지 스님은 눈을 꼬옥 내려감았다.

"그만 병력을 거두라!"

말에 오르며 살례탑이 명령을 내렸다.

북이 힘차게 울리고 함성이 드높은 속에 적들은 퇴각을 시작했다.

해가 뉘엿뉘엿 넘어가고 있었다. 그때까지도 불길은 잦아질 줄을 모른 채 시뻘건 혀를 빼물고 있었다.

한 사내가 옆구리를 움켜잡은 채 곧 쓰러질 듯 쓰러질 듯 비틀거리며 걸음을 옮겨놓고 있었다. 그 사내의 상투는 풀어져내렸고 옷은 흙과 피로 얼룩이 져 있었다. 사내는 몇 걸음을 옮기고는 얼굴이 고통스럽게 일그러지곤 했다. 그 일

불타는 성전(聖殿) 41

그러진 얼굴로 타오르는 불길을 바라보다가 고개를 설레설레 젓기도 했다. 지난밤의 기억이 끔찍하게 되살아오르는 것이었다. 이렇게 걷고 있으면서도 살아 있다는 실감을 제대로 할 수가 없었다. 형태조차 알 수 없게 된 채 불타고 있는 대웅전 쪽으로 사내의 발길은 옮겨지고 있었다.

 힘든 걸음걸이로 대웅전 마당을 가로지르고 있던 사내가 눈을 휘둥그렇게 뜨며 걸음을 멈췄다. 사내의 눈에는 햇빛에 반짝이는 푸르스름한 것이 들어왔던 것이다. 보석……, 사내는 갑자기 가슴이 두근거렸다. 옆구리의 통증도 잊어버리고 그쪽으로 급한 발길을 옮겼다. 가까이 다가간 사내는 그만 질겁을 했다. 잿더미 위에 흰 두개골이 놓여 있었고, 그 앞에 푸르스름한 빛이 돋아나는 투명한 구슬 세 개가 석양빛을 받고 있었다.

 저 두개골과 저 구슬과……, 사내의 머리를 번뜩 스쳐가는 것이 있었다. 저것은 보석이 아니라 득도한 대승(大僧)이 사후(死後)에 남긴다는 말로만 들어온 사리라는 것을 깨달았다. 그 사실을 깨닫는 순간 사내는 전신이 오그라드는 것 같은 위압감에 눌렸다. 사내는 어찌할 줄을 몰라 사방을 두리번거렸다. 그러나 사내는 감당하기 어려운 고독감에 휩싸일 뿐이었다. 불바다에 잠겨버린 그 많은 불당들과 험악한 꼴들을 한 시체의 더미가 사내에게 혼자라는 것을 새삼스럽게 일깨우고 있었다.

 어쩌는 방법이 없었다. 사내는 손바닥을 옷에다 문질러 닦았다. 덜 더럽혀진 쪽을 골라 옷을 찢어냈다. 그리고 조심스럽게 그 세 알의 구슬을 손바닥의 천에 옮겨놓았다.

 걷다가 멈춰서고 걷다가 멈춰서고 하며 사내는 불타고 있는 절에서 멀어져갔다.

주인 없는 땅

 가끔 개 짖는 소리만 공허하게 어둠을 할퀴고 있었다. 마을에는 전혀 인적이 없었다. 불빛이 없는 집들은 텅텅 빈 폐가들처럼 어둠 속에 엎드려 있었다.
 마을 사람들은 해가 떨어지기 무섭게 대문을 닫아걸었다. 어느 집이나 해가 있을 때 저녁밥을 지어 먹었다. 낮에는 일손을 놓고 모여앉아 긴 한숨들만 쉬다가 해거름이 되면 무엇에 쫓기기라도 하듯 뿔뿔이 흩어졌다. 매일 그런 실속 없는 날이 더디게 지나갔다. 남자는 남자대로, 여자는 여자대로 모여앉아 보았지만 속시원한 말은 한마디도 나오지 않았다. 서로의 근심과 불안에 들뜬 얼굴들만 맞대고 앉았다가 눈길이라도 마주치면 억지웃음만 씨익 흘리고는 눈을 내리까는 것이 고작이었다. 그들은 더 많아진 불안과 더 깊어진 근심을 안고 헤어질 뿐이었지만 날이 밝으면 다시 모여앉고 마는 것이었다.

"밤새 안녕하셨어요."

"새터댁도 밤새 무사했구먼."

이런 인사를 주고받는 순간만은 그들은 구김살 없이 밝은 웃음을 지을 수 있었다. 이 순간의 안도감이 주는 감미(甘味) 때문에 그들은 날이 밝자마자 모여앉는 것인지도 몰랐다.

온 식구가 한 방에 모여 문고리를 단단히 걸고 나면 그 다음날 아침까지가 그렇게 길 수가 없었다. 문마다 솜이불을 치고서 등잔을 밝힌 방에는 찐득찐득한 불안만이 가득했다. 대들보를 긁는 쥐소리에도 화닥닥 놀라 일어나 앉고, 먼 짐승의 울음소리에도 머리칼이 곤두서는 것이었다. 옷을 입은 채로 잠자리에 들어서는, 제대로 정강이를 펴지도 못했다. 시퍼런 칼을 든 몽골 병정이 곧 들이닥칠 것만 같았다. 이렇게 밤새도록 시달리다가 날이 새면 만나는 사람마다 새 얼굴이었다.

날이 갈수록 소문만 눈덩이처럼 커갔다. 황당하기 이를 데 없는 소문들은 어쩌면 다 거짓말 같기도 하고 어쩌면 모두 참말 같기도 했다. 그래서 사람들의 마음은 갈팡질팡이

주인 없는 땅 45

었다. 소문이 다 거짓말이라고 외면해 버리려고 하면 몽골군이 이 땅에서 난리를 일으키고 있다는 엄연한 사실이 덜미를 낚아챘다. 또 소문이 모두 참말이라고 받아들이려고 하면 곧 오줌소태라도 날 것만 같아서 견딜 수가 없었다.

그래서 사람들은 바윗덩이 무게의 소문을 떠받들고 매일매일 기진해 가고 있었다.

몽골군 앞에서 관군은 추풍낙엽이라고 했다. 몽골군을 이긴 관군은 하나도 없을 뿐더러 어떤 장수는 성(城)을 지키다가 몽골군이 쳐들어온다는 소식을 10리 밖에서 가지고 달려온 연락병을 아무도 몰래 죽여버리고 혼자 뺑소니를 쳤다는 것이었다. 몽골군은 동에 번쩍 서에 번쩍 하는 신군(神軍)들이라고 했다. 또 몽골군이 한번 쓸고 지나가는 고을에는 아무것도 남는 것이 없다고 했다. 젊은 남자들은 노예로 끌려가고 젊은 여자들은 욕을 보이고 죽인다는 것이었다. 그리고 마음에 드는 예쁜 여자들은 말에다 태워 데려간다고 했다. 노인네나 아이들은 구덩이에 생매장을 시켜버리거나 방 안에 가두어 집에 불을 질러버린다는 말이었다. 소나 돼지는 말할 것도 없고 개까지 때려잡는다고 했다. 그런 흉악한 몽골군들이 온 나라를 마음대로 갈고 다닌다는 것이었다.

이런 소문에 짓눌리어 사람들은 움츠러들 대로 움츠러들

어 어떻게 할 바를 모르고 있었다. 피난 짐을 싸야 할 것인지 싸지 말아야 할 것인지, 피난을 가면 어느 쪽 어느 지방으로 가야 할 것인지를 종잡지 못했다.

정재효는 자신의 무능을 통감하고 있었다. 무엇 때문에 날만 밝으면 마을 사람들이 자신의 사랑방으로 꾸역꾸역 몰려드는지를 누구보다 잘 알고 있었다. 그들은 배가 고프거나 돈이 필요해서 오는 것이 아니었다. 자신의 어떤 결정을 고대하고 있었다. 날이 갈수록 그는 사람들의 눈길을 대하기가 무서워졌다. 날마다 조금씩 달라져가는 눈길들은 이제 그에게 결정을 강요하고 있었다. 눈초리들이 그렇게 변해가다가는 끝내 그들의 손에 죽고 말리라는 공포스런 착각까지 들었다. 그러나 정재효는 입을 열 수가 없었다. 이 난세에 자신의 권솔들을 어떻게 구해야 할지 모르고 있는 터였다.

한때는 한 고을을 다스리는 벼슬자리에 앉았던 몸이었다. 그러나 이제 정재효는 스스로를 믿을 수가 없었다. 벼슬이 없거나 나이가 들어서가 아니었다. 수년에 걸쳐 난항을 거듭해 오고 있는 국사(國事)가 그로서는 납득이 되지 않았다. 사공이 많으면 배가 산으로 올라간다는 말이 있었다. 그가 진맥하기에는 꼭 그 지경이었다. 어디를 향해서 누가 노를 젓는 것인지 모를 일이었다. 그저 방향 없이 출렁거리는 배에 탄 승객으로서 어지러움을 고달프게 견디어왔던 것이다. 방향도 제대로 못 잡고 노도 제대로 못 젓는 배가 성난 파도를 맞고 견디어낼 리 만무했다. 배에 물이 범람하고 침몰의 위기에 몰리면 피신하는 것은 당연한 일이었다. 그러나 피신을 한다고 무조건 바다로 뛰어들 수는 없는 노릇이었다. 사공들의 보호 아래 판자쪽이라도 한 장씩 안고 배에서 뛰어내려야 될 일이었다. 그러나 당초에 방향이 없던 배와 서로 노를 잡으려던 사공들이 파선 직전이라고 해서 승객을 돌볼 리 없었다. 다 제 목숨부터 건지기 위해 승객의 판자쪽을 강탈해 갈 사공들뿐이었다.

 정 다급해지면 정재효로서도 별다른 방법이 없었다. 처자식들을 허리끈에다 묶고 양쪽 겨드랑이에 끼고 망망한 바다로 뛰어드는 수밖에 없었다. 이런 자신의 답답한 속도 모르고 사람들은 매일 모여드는 것이었다. 그렇다고 그들을 물리칠 수도 없었다. 평소부터 마을의 대소사(大小事)를 결정하는 데 사람들은 그를 의존해 왔고 그도 기꺼이 응하곤 했었던 것이다. 매일 그들에게 둘러싸여 고역을 치르느니보다 차라리 솔직하게 자신의 심경을 토로해 버릴까도 생각했었다. 그러나 그건 차마 못할 노릇이었다. 그 많은 딱한 얼굴들에게 먹물 같은 절망을 줄 수는 없었다. 그래서 고작 한 일이 밤에 소등(消燈)을 할 것과 어두워지면 통행을 금할 것과 식구가 한 방에 모여 밤을 샐 것 등을 이른 것이었다.

그러고 나서는 불안한 밤과 지루한 낮을 보내면서 행여 우리 마을은 괜찮겠지 하는 막연하고 서글프기 짝이 없는 기대를 어루만지는 형편이었다.

 오늘 밤도 정재효는 이른 저녁밥을 마치는 대로 위아래 방으로 식구들을 모이게 했다. 두 딸은 아내와 함께 옆방으로 모았고 자신은 두 아들을 데리고 큰방을 지켜왔다. 불안한 마음 같아서는 모두 한 방을 쓰고 싶었지만 과년한 아들딸 때문에 그럴 수가 없었다.

 정재효는 그만둘까 하다가 아내를 불렀다.

 "여보 부인, 상균이는 어찌된 게요?"

 "글쎄 아직도 돌아오질 않습니다. 날이 어두워지는데……"

 문을 열고 들어서며 대답하는 부인의 얼굴에 근심의 그늘이 덮였다.

 "그것 참, 한두 살 먹은 어린애도 아니고, 왜 이리 말썽을 부리나 그래."

 정재효는 노여운 헛기침을 하며 수염을 짜증스럽게 쓸어내렸다.

 "단단히 좀 이르셔요. 지금이 어느 때라고 나돌아다닙니까."

 "이를 만큼 일렀는데도 말을 듣지 않으니 야단 아니오."

 "젊은 혈기도 좋지만 이런 난세엔 오히려 화근이 될지도 모릅니다."

주인 없는 땅

부인이 걱정스럽게 말했다.

"누가 아니라오. 그래 내가 몸이 다는데도 상균이놈은 기세가 등등하니 이런 딱할 노릇이 어디 있소."

정재효는 미간에 잔뜩 주름을 잡으며 쩝쩝 입맛을 다셨다.

"아버님, 전 형님처럼 말썽부리지 않고 글씨를 쓸게요."

"그래, 그래. 우리 장균이처럼 착해야지. 글씨는 그만두고 책이나 읽으려무나. 묵독(默讀)으로 말이다."

"네 알겠습니다, 아버님."

소년은 발딱 일어섰다. 잘생긴 얼굴에 총기 서린 눈을 하고 있었다. 열한 살 먹은 정재효의 막내둥이였다.

정재효는 책을 펼치고 앉는 막내를 물끄러미 바라보았다. 그 얼굴에는 흡족한 미소가 피어났다. 장남 상균에 비하면 훨씬 선비적인 기풍이 깃들인 막내였다. 정재효는 자신을 한결 많이 닮은 막내를 귀히 여겼다. 아직 문장은 모르지만 그 글씨는 분명 타고난 것이었다. 문장가는 못 되더라도 떨치는 명필이 되리라는 확신을 정재효는 가지고 있었다. 장남은 무인(武人) 기질이 다분했다. 그래서 스물둘이 되도록 장가도 들지 않고 있었다. 장부가 뜻하는 바를 이루지 못하고 권속부터 거느릴 수 없다는 고집이었다. 어찌나 황소 고집인지 정재효로서도 어쩔 도리가 없었다.

해가 바뀔 때마다 달래다 보니 큰딸이 어느덧 열일곱이

되어버렸다. 낭패다 싶어 딸부터 출가시키기로 작정을 했다. 그런데 뜻하지 않은 난리가 터져 다시 한 해를 넘기고 만 것이다. 처음 난리가 났다는 소식이 전해졌을 때만 해도 장남 상균은 별 동요가 없었다. 해가 바뀌고 나날이 사태가 급박해지는 소문이 나돌기 시작하자 상균도 들뜨게 되었다. 얼마 전부터는 장투가 국난을 보고만 있을 수 없다며 정재효의 호통도 아랑곳없이 바람을 잡고 나다녔다. 사실 마을에 퍼지는 황당한 소문도 거의 상균이 몰아오는 것이었다.

밤이 꽤 깊어서야 상균은 헐떡이며 방문을 거칠게 두들겼다.

"밤늦게 돌아다니면서 수선은 또 웬 수선이냐!"

정재효는 엄하게 호령을 했다.

"아버님, 자꾸 그렇게 꾸중만 마십시오. 저도 헛일만 하는 게 아닙니다."

상균은 능청맞다 싶을 정도로 당당한 표정으로 말했다.

"헛일이 아니면!"

"들어나 보시고 역정을 내십시오, 아버님. 다름이 아니오라, 몽골군들이 팔공산 부인사에 봉안한 장경판(藏經板)을 모조리 불태웠다 합니다."

"뭐라고!"

정재효는 허리를 바쯔- 세우며 소리쳤다.

"이래도 헛일을 하고 다니는 겁니까!"

"잔소리 말고 자세한 내력을 아는 대로 얘기해라, 어서."

정재효의 창백해진 안면 근육은 경련을 일으키고 있었다. 장남 상균의 이야기를 들으며 정재효는 안절부절못하였다. 입술을 깨물었다가 맨주먹을 말아쥐기도 하고 침이 튀도록 혀를 차는가 하면 앉음새를 몇 번씩 고치기도 했다.

"허허, 부인사가 다 불에 타버리다니. 그래, 좀더 자세한 얘기는 없느냐."

"오늘 들은 건 여기까지지만 내일 또 새로운 걸 얻어들을지도 모릅니다."

상균은 자만에 찬 표정으로 말했다.

"아아, 이 나라 운명이 백척간두에 섰구나. 장경판이 불에 타다니. 이 지경이 되도록 다 뭣들을 하고 있었단 말인가. 그나마 이 백성을 묶고 있던 힘이 바로 불력(佛力)이 아니었던가. 비록 조정으로부터 버림받은 백성들이었지만 악을 본받지 않고 서로 기대며 사람답게 살아온 것은 생활 깊숙이 뿌리박은 부처님의 가르침 때문이 아닌가. 관군은, 아니 조정 대신들, 그 잘난 무신(武臣) 패거리들……."

정재효는 멈칫 입을 다물었다. 너무 흥분을 한 나머지 애들 앞에서 함부로 꺼낼 수 없는 말까지 튀어나오게 된 것이었다. 정재효는 앉음새를 고치며 두어 번 헛기침을 했다.

"그만들 문단속하고 불을 꺼라."

정재효는 어서 어둠에라도 갇히고 싶었다. 모든 것이 귀찮고 번거로웠다.

정재효는 어지러운 상념에 말려들고 있었다. 간추릴 수 없이 돌출하는 생각들—고종(高宗) 즉위 후 계속 혼돈의 와중에 빠져 있는 즈정, 실권 장악을 위한 중신들의 치열한 다툼, 그 여파로 나라 안에 번진 회오리바람. 삭막해진 인심과 시달림에 지쳐 휘청거리는 백성, 조정을 불신하는 초야(草野) 세력의 팽창, 자의로 또는 타의로 관직을 버리고 은거해 버리는 무수한 선비들, 급기야 터지게 된 몽골의 난, 파죽지세로 몰릴 수밖에 없는 나라의 꼴, 결국 즉위 19년 만에 강호도로 천도(遷都)할 수밖에 없는 고종 임금, 버림받은 백성 …… 그러나 체념할 수밖에 없었다. 이미 나라는 외적의 유린 밑에 놓여 있었다.

한숨만 푹푹 쉬던 정재효는 귀를 세웠다. 비명 비슷한 소리가 멀리 스쳐가는 것 같았다. 잠시 후였다.

"으악!"

역연한 여자의 비명이었다. 정재효는 후닥닥 일어섰다. 그리고 어둠 속에 선 채로 두어 바퀴를 돌았다. 어떻게 해야 좋을지를 알 수가 없었다.

"상균아, 상균아, 일어나거라, 어서."

주인 없는 땅 53

다급하게 아들을 흔들어 깨웠다.

"아 졸려. 놔, 이거."

아들이 잠에 취한 소리를 하며 돌아누웠다.

"정신 차려라, 이놈아. 야단났다."

정재효는 아들의 옆구리를 쥐어박았다.

"머여, 머."

아들이 놀라 일어나 앉는 것을 보고 정재효는 문 쪽으로 기어가서 늘어뜨린 이불을 거두었다.

"……!"

창호지 문이 훤했다.

"왜 그러세요, 아버님?"

아들이 가까이 다가오며 물었다. 그 목소리에는 아직 잠이 묻어 있었다.

"저, 적군이……."

굳어진 정재효는 말을 제대로 못했다.

"예? 적군이 어쨌어요!"

상균은 벌떡 일어나며 소리쳤다. 그리고 문고리를 잡아벗겼다. 질겁을 한 정재효가 아들을 붙들려고 했다.

"누구야, 어떤 놈들이야!"

상균은 고함을 치며 뛰쳐나갔다.

"으악!"

뒤이어 터진 비명이었다.

"상균아."

정재효가 부르짖으며 뛰어나갔다.

"으악……."

정재효가 댓돌로 내려서기도 전에 횃불을 든 그림자들이 휘두르는 칼을 맞고 곤두박였다.

네 개의 그림자가 성큼 마루로 올라섰다. 그들은 뭐라고 말을 주고받았다.

비명에 놀라 잠이 깬 막내 장균은 바들바들 떨다가 횃불을 든 그림자가 마루로 올라서자 엉겁결에 병풍 뒤로 숨었다.

그림자는 둘씩 갈라졌다. 큰방으로 들어선 두 그림자는 횃불을 휘휘 내젓고 나서는 뭐라고 소리를 질렀다. 그때 와지끈 문 박살 나는 소리와 함께 여자의 비명이 터졌다. 그러자 큰방의 두 그림자가 급하게 뛰어나갔다.

"아이구 나 죽네……."

두 딸을 등 뒤로 감추고 버티어섰던 부인은 정면으로 찌르는 칼을 가슴에 맞고 무너져내렸다.

"어머님……."

"안 돼요, 어머님……."

두 딸은 울부짖으며 어머니를 부둥켜안았다.

횃불을 든 네 얼굴은 서로 마주보며 허연 이빨을 드러내

주인 없는 땅

며 웃었다. 그중의 한 녀석이 눈짓을 하자 두 녀석은 다시 한 번 징글맞게 웃더니 방을 나갔다. 남은 두 녀석은 딸들을 잡아일으켜서 우악스럽게 방구석으로 떠다밀었다. 그리고 부인의 늘어진 팔을 양쪽으로 잡더니 질질 끌고 방문까지 가서 밖으로 냅다 내던지는 것이었다. 그런 그들의 행동은 아주 익숙했다.

한 녀석이 구석에 박혀 얼굴을 감싸고 있는 두 딸에게로 걸어가 주저없이 한 사람을 일으켜 세웠다. 그리고 손목을 틀어잡더니 밖으로 나갔다.

"언니……."

끌려가지 않으려고 몸부림쳤고,

"설아……."

쫓아나가려다가 거친 제지를 받고 쓰러졌다.

장균은 쫓아나가려고 했다. 그러나 목이 뻣뻣하게 굳어 있었다. 기운을 내서 밖으로 나가보려고 하다가 다시 방이 밝아지자 장균은 또 바싹 오그라들었다.

"안 돼요, 안 돼, 안 돼."

설이는 발버둥을 쳤다. 녀석은 음탕한 웃음을 질질 흘리며 다가서다가 들고 있던 횃불을 화병에다 꽂았다. 그리고 양팔을 벌리며 헤벌레 웃었다. 안기라는 시늉이었다. 설이는 바들바들 떨며 뒷걸음을 치고 있었다. 녀석은 코밑을 쓱 문지르더니 와락 설이를 끌어안았다. 설이는 몸부림을 치다가 그만 녀석의 팔을 물어뜯었다. 녀석은 펄쩍 뛰며 외마디 소리를 질렀다. 다음 순간 눈을 부릅뜬 녀석은 달려들어 설이의 얼굴을 후려갈겼다. 설이는 푹 쓰러졌다. 녀석은 달려들어 설이의 옷을 잡아찢었다. 두 번, 세 번, 알몸뚱이가 될 때까지 녀석은 쉬지 않았다. 기어이 설이의 알몸뚱이가 횃불 아래 드러났고 녀석은 씩씩거리며 옷을 벗어던지기 시작했다.

"아으, 아아……."

입술을 비집고 나온 신음이 방바닥을 타고 깔렸다.

갑자기 방 안이 조용해지자 장균은 있는 용기를 다해 병풍 밖으로 슬금살금 목을 늘였다. 장균은 하마터면 소리를 지를 뻔했다. 저게 무엇을 하는 짓인가. 누나도 저놈도 발가벗고…… 저놈이 누나를 짓눌러 죽이려고…… 근데 왜 발가벗고…… 누나는 울고…….

한참 만에 숨을 씩씩 불며 일어난 놈은 옷을 주워입었고, 누나는 계속 울며 이불을 뒤집어썼다. 그놈은 옷을 다 입고 나서 뭐라고 꿍얼거리더니 장롱을 열어 옷을 마구 끌어냈다. 그건 모두 어머니의 옷이었다. 그중에서 하나를 골라 누나에게 던지며 입으라는 시늉을 했다. 누나가 고개를 저으며 손바닥을 모아 비비자 그놈은 소리를 꽥 지르며 칼을 집어들었다. 누나는 울면서 어머니의 옷을 입었다. 그리고 그 놈에게 끌려 방을 나갔다.

"아버니임, 어머니이……."

누나의 통곡이 차츰 멀어져갔다.

장균은 현기증을 일으키며 털썩 주저앉았다.

"어머니이, 어머니이, 아이고 아버니임……."

잠시 후에 이런 통곡이 또 들려왔다. 장균은 벌떡 일어섰다. 그 곡성도 점점 멀어져가고 있었다. 장균은 그게 큰누나의 목소리라는 것을 깨달았다.

"누나, 큰누나……."

장균은 소리치며 병풍 뒤에서 뛰쳐나왔다. 마루로 나왔을 때는 누나들의 곡성은 들리지 않고 어둠 속에서 횃불만 가물가물하고 있었다. 그때서야 장균은 통곡을 하기 시작했다.

사내가 백여 리 남짓밖에 안 되는 집까지 당도하는 데는 엿새가 걸렸다. 몸이 성할 때 같았으면 하루 해로 족하던 거리였다. 그러나 사내로서는 엿새가 걸린 것이 결코 길게 느껴지지 않았다. 보름, 한 달이 걸렸어도 긴 날일 수가 없었다. 살아났다는 것만으로 사내는 수없이 합장을 했다.

살아나리라고는 추호도 생각하지 않았다. 그런 생각마저 불경스러운 것으로 외면해 버렸다. 집을 떠나기 전날 밤 아내에게 한 말은 바로 유언이었다.

"경국이를 튼튼하게 키워야 해. 나무를 진흙 주무르듯 다루려면 우선 기운이 좋아야 하니까. 잘 키워 명목(名木)을 만들어야지. 대대로 이어온 가업(家業)이니까.'

사내는 곤하게 잠이 든 세 살배기 아들의 손을 잡고 침착한 어조로 말했다.

필경 마지막 길이 될 것을 알면서도 아내는 눈물을 보이지 않았다.

"그만 들어가오."

다음날 아침 사내는 톱 대신 칼을 들고 사립을 나섰다.

"……"

아내는 무슨 말을 할 듯 할 듯하다가 입술을 깨물어버렸다. 그 떨리는 입술에는 덩어리진 울음이 매달려 있었다.

그런 아내를 남겨두고 사내는 돌아섰다. 곧 쏟아질 것만 같던 아내의 말이 어떤 것이었는지 잘 알고 있었다. 아내는 '무사히 다녀오세요'라거나 '몸 성히 다녀오세요'라는 등의 말을 하고 싶었을 것이다. 그런 인사를 삼켜야 하는 아내의 아픔을 그는 같은 밀도로 느낄 수 있었다. 그러나 견뎌야 하는 아픔이었다. 그걸 견디지 못하면 불경(不敬)이 되고 나아가서 조상을 욕되게 하는 것임을 아내는 깊이 새기고 있었다.

그런데 살아난 것이다. 목숨만 건진 것이 아니라 어느 대승이 남기신 사리(舍利)까지 받들게 된 것이다.

시체 더미 속에서 깨어났을 때 사내는 어리둥절했다. 사방을 두리번거렸지만 시체, 시체뿐이었다. 사내는 울컥 설움이 복받쳤다. 이럴 수가 있는가. 내가 지옥으로 떨어지다니, 살아생전에 나도 모르는 죄라도 졌단 말인가. 어렸을 때부터 조부님과 아버지의 눈길 앞에서 악한 일이라곤 한 적이 없는데. 공덕을 쌓을 수 있는 일만을 하려고 애썼고, 죽음까지도 불전을 지키는 것으로 막음했는데 어째서 지옥으로 떨어졌는가. 사내는 숨을 추스르며 옆구리를 거머잡았다. 그리고 잠시 후 눈을 뜬 사내는 깜짝 놀랐다. 뿌옇게 가렸던 안개가 말끔히 걷히고 없었다. 아까와는 영 다른 풍경이었다. 산과 아름드리 나무와 밝은 햇살이 눈에 익었다. 사내는 눈을 껌벅이며 자세히 훑어보았다. 사내는 신음을 토하며 쓰러졌다. 옆구리의 통증으로 사내는 맵디매운 바람을 들이켜면서 아내와 아들의 얼굴을 만나고 있었다. 거센 물결처럼 몰려든 살아 있다는 환희로 사내는 통증을 삭일 수 있었다. 사내는 조심조심 일어났다. 겨우 몸을 지탱하고 선 사내의 눈앞에는 검은 연기를 뿜어내는 불길, 불길밖에 없었다. 사내는 무릎이 휘청 꺾이는 절망에 부딪혔다. 결국 이렇게 끝난 것이었다. 울컥 울음이 솟구쳤다. 어젯밤의 공포와 긴장과 열기가 한꺼번에 되살아났다. 사내는 몸서리를 쳤다.

사내는 한참을 서서 생각했다. 집으로 돌아가야 했다. 비굴하지 않게 있는 힘을 다하여 싸웠었다. 그리고 살아난 것이다. 사내는 걸음을 옮겨놓기 시작했다.

발을 떼어놓을 때마다 옆구리가 찢기는 아픔으로 화끈거렸다. 어질어질하고 시야가 노랗게 색칠이 되곤 했다. 이래가지고 백릿길을 갈 자신이 없었다. 가다가 어디선가 쓰러져 죽을 것만 같았다. 사내는 어지러움을 애써 걷어내며 대웅전 자리를 어림하고 있었다. 가다가 죽는 한이 있어도 집에는 가야 했고, 절을 떠나면서는 대웅전에 예를 올려야 했다. 일찍부터 길들여진 습관이었다. 가까스로 불타고 있는 대웅전 마당까지 다다른 사내는 고통과 허망함 때문에 한참을 멍하니 서 있었다. 어느 불당 하나만 남았더라도 그렇게까지 허탈할 것 같지는 않았다. 찬바람만 가득 찬 겨울 들판이 가슴에 자리 잡고 있었다. 대찰(大刹)이 재로 화해가는 마지막 비참한 모습을 영원히 기억이나 해두려는 듯이 사내는 눈에 힘을 모아 주변부터 샅샅이 살펴나가고 있었다. 그런 사내의 눈길이 한곳이 고정되었다. 거기에는 무언가 반짝이는 것이 있었다.

사리라는 확신이 서는 순간 사내는 걷잡을 수 없는 전율을 느꼈다. 그건 눈이 부신 밝음으로 조명된 재생의 확인이었다. 이 사리를 받들게 하기 위해서 나를 다시 살리신 것이로구나. 사내의 가슴에는 이런 벅차오르는 믿음이 쇠북처럼 크고 단단하게 자리 잡혔다. 사내는 폭포수 같은 힘이 어디선가 싱싱하게 솟구치는 것을 느꼈다. 통증도 잊어버리고 사리를 옷을 찢어낸 헝겊에 옮겼다.

절을 나선 사내는 얼마를 걷다가 걸음을 멈추었다. 이런 거북이 걸음으로 무작정 걸을 수는 없었다. 머지않아 어두워지기 시작할 것이다. 이런 몸으로 이슬을 맞으며 밤을 견딜 것 같지가 않았다. 더구나 큰길을 따라가다 언제 몽골군에게 붙들리게 될지도 모를 일이었다. 벌써 후들거리는 다리는 헛디뎌지곤 했다. 골똘히 생각에 잠겼던 사내의 얼굴이 밝아졌다. 산길로 10리쯤 가면 조그만 움막이 있을 것이었다. 수년 전 대들보로 쓸 만한 나무를 찾아나섰다가 잠시 쉬어간 집이었다. 늙은 내외는 함지나 방망이 같은 목기를 만들어 살아간다고 했었다. 더러 토끼를 잡아 육식도 하고 산나물을 뜯다 보면 쓸 만한 약초도 캐게 되어 몸 아픈 줄 모르고 산다던 내외였다. 얼핏 아직까지 살아 있을까, 적군의 발이 거기까진 미치지 않았을까 하는 걱정이 생겼지만 마음을 작정하고 말았다. 번잡하게 살지 않는 사람의 목숨이 그렇게 허망할 리 없으며 설령 두 분 다 세상을 떠났다

하더라도 이슬을 피할 수는 있을 것이었다. 더구나 몽골군의 발길로부터 멀어질 수 있었던 것이다.

사내는 막대기를 지팡이 삼아 짚어들고 산길로 접어들었다.

날이 어두워지기 시작하면서 사내의 발길은 자꾸 헝클어졌다. 나무 뿌리에 걸려 넘어지고 발을 헛디더 나동그라졌다. 사내의 얼굴에는 식은땀이 흘러내렸다. 한 번씩 넘어질 때마다 눈앞에 무수한 불꽃이 튀며 정신이 가물가물했다. 그럴 때마다 사내는 이를 앙다물었다. 어떻게 해서든 살아나야 한다는 의지가 가슴에서 뜨겁게 끓었다.

사내가 불빛을 발견하고 주저앉았을 때 입에서는 묽은 피가 질질 흘러내리고 있었다. 깨물린 입술에서 나온 피가 침과 섞여 흐르는 것이었다.

움막 앞에 서 있는 사내의 몸은 뼈가 없는 것처럼 흐느적거리는 느낌이었다. 막대기에 전신을 맡기고 있는 사내의 몸은 반으로 굽어져 있었는데 어깨는 어깨대로 허리는 허리대로 다리는 다리대로 흔들렸다. 입을 헤 벌린 사내는 거의 흰자위뿐인 눈을 애써 치켜뜨며 거칠게 숨을 몰아쉬고 있었다.

"여, 여, 보시……."

사내의 몸이 휘청 꺾이듯 하더니 그대로 나동그라졌다. 그 바람에 손질이 다 안 끝난 목기들이 와르르 무너져내렸다.

주인 없는 땅 63

"무슨 놈의 산짐승이 글쎄……."
문이 벌컥 열리며 노파가 나왔다.
"에그머니나……."
노파는 질겁을 하며 물러섰다.
"웬 소란이야, 할망구야."
허리가 굽은 노인이 방을 나왔다.
"이거, 사람 아닌가!"
벌벌 떨고 있는 노파 옆으로 다가선 노인도 흠칫 놀랐다.
"이 할망구야, 이러고 서 있기만 하면 어떡해. 우리 집 불빛을 보고 찾아온 사람 아닌가."
노인은 노파를 밀치고 사내에게로 다가앉았다. 그리고 가슴팍으로 손바닥을 디밀었다.
"아직 숨은 끊어지지 않았어! 이봐, 어서 이 다릴 좀 붙들어."
노인은 한결 생기가 도는 음성으로 외쳤다.
사내를 방으로 옮긴 내외는 부산하게 몸을 놀렸다. 노인은 약초 뿌리를 꺼내 다듬었고 노파는 불을 지펴 물을 데웠다.
노인은 뜨거운 물에 적신 수건으로 사내의 환부(患部)를 조심스럽게 닦아냈다. 그리고 조제한 약을 붙였다.
"영감, 혹시 벼락맞는 건 아니유?"
노인은 환부를 조심조심 누르며 건성으로 대꾸했다.

"아, 이 사람이 죄짓고 쫓기는 사람인지 알 게 뭐예요."

"요런 멍청한 할망구같으니라구. 아, 지금 난리가 터져서 적군도 제대로 못 닥아 쩔쩔매는 판국에 죄인 뒤쫓을 놈들이 어딨노."

노인은 필요 이상으로 핏줄을 돋워가며 삿대질을 했다.

"허긴 그렇기도 허구먼……."

노파가 주눅이 들었고,

"아, 설령 죄인이라도 그렇지. 내 집 앞에 쓰러져 죽어가는데 내다 버릴까? 그러고도 죽어서 극락 가길 원해? 어서 나가 군불이나 지펴."

노인은 정말 화가 나 있었다.

"지금이 어느 땐데 군불을 때요?"

"어허, 웬 잔소린가 그래. 피를 많이 흘린 것 같은데 한기가 좀 심하겠어."

노인은 쏘아붙이고 수건에 다시 물을 적셔 사내의 얼굴을 닦았다.

동이 틀 무렵부터 헛소리를 하기 시작한 사내는 점심때쯤에 의식을 회복했다.

"고맙습니다. 저를 살려주셨군요."

정신을 가다듬은 사내가 내외를 올려다보며 입을 연 첫마디였다.

주인 없는 땅 65

누운 채로 죽을 받아먹은 사내는 곧 깊은 잠에 빠져들었다. 노인은 옆에 앉아서 사내의 이마와 콧등에 맺히는 식은땀을 닦아냈다.

사내는 해거름에 잠이 깼다. 사내는 내외에게 다시 고맙다는 인사를 하고 자기를 알아보겠느냐고 물었다. 내외가 가지고 있을 불안이나 궁금증을 묻기 전에 풀어주고 싶었다. 그것이 예의일 것 같았다.

"글쎄, 눈에 익은 얼굴이긴 한데……."

노인이 고개를 갸우뚱거렸고,

"인상이 좋으니까 그렇지, 눈에 익긴 뭐가……."

노파가 입을 삐죽거렸다.

사내가 엷게 웃었다. 그리고 몇 해 전에 여기를 들러간 일이 있음을 되도록 상세하게 이야기했다.

"그때 할머니께서 더덕나물로 맛있는 점심을 먹게 해주셨죠."

"오옳아, 인제야 생각이 나는구먼."

노파가 손뼉을 치며 반색을 했고,

"이 할망구야, 내 말이 어때. 눈에 익은 얼굴이라고 했잖아."

노인은 이렇게 쏴대고 나서 사내의 손을 덥석 잡았다.

"이게 어찌된 일이오, 젊은이. 늙은 눈이 돼놔서 고대 알아보질 못했구려. 대대로 대찰 불사만 맡아왔다는 명난 목수의 집안 종손인 젊은이를 내가 잊을 리 있나. 이름이 근, 근······."

"근필입니다."

"그렇지. 근필이라 했지. 이게 얼마나 두터운 인연이오. 그런데, 어쩌다가 이런 큰 변을 당하셨소. 이 근방엔 도적떼도 없을 텐데."

"부인사가 불탄 건 아직 모르고 계시나요?"

"뭐라구요? 부인사가 불타요?"

두 내외는 펄쩍 뛸 듯이 놀랐다.

"그렇게 됐습니다. 제가 자세히 말씀드리지요."

근필은 낮은 목소리로 경과를 차근차근 이야기해 나갔다. 내외는 중간중간 번갈아 가며 '나무관세음보살'을 탄식처럼 뇌었다. 이야기가 거의 끝나갈 즈음에 노파는 연신 눈물을 닦아내고 있었다.

"이런 산꼴짝에 처박혀 짐승이나 진배없이 살다 보니 이게 무슨 꼴인가 그래. 몇 해 살지도 못할 목숨, 이런 때 시주를 했어야 할 게 아닌가 말야."

노인은 안타까워 못 견뎌 했다. 그런 노인을 올려다보는 근필의 마음은 형용할 수 없이 뿌듯하고 든든했다. 이렇듯 한군데로 모아져 뜨거워지는 마음이 어느 곳에나 있다는 확인은 더할 수 없는 힘이었다.

주인 없는 땅 67

"할아버지가 여기 그대로 계셨기 때문에 제가 살아난 것 아닙니까. 너무 안타까워 마십시오."

"그럴까? 정말 그럴까?"

노인은 고개를 갸웃거리면서도 긍정적인 표정이었다.

근필은 사리에 대한 이야기를 할까말까 다시 망설이다가 그만두기로 결정을 내렸다. 그런 이야기를 헤프게 하는 것도 불경스러운 짓으로 느껴졌기 때문이다.

두 내외는 있는 정성을 다해 간호를 해주었다. 근필은 사흘째 되는 날부터 제대로 기동을 할 수 있었다. 한 뼘 가량의 옆구리 상처도 거의 아물어갔다. 내외는 펄펄 뛰었지만 근필은 닷새째에 떠날 채비를 갖추었다. 아직 활달하지는 못했지만 첫날에 비하면 완쾌된 것이나 다를 게 없었다. 밤마다 아내의 모습이 밟혀 더 머무를 수가 없었다. 노인은 약을 싸주었고 노파는 누룽지와 밥을 싸주었다.

꼬박 이틀을 걸어 절을 떠난 날부터 엿새 만에 집에 다다르게 되었다.

"경국아, 경국아."

근필은 아들의 이름을 부르며 사립문을 들어섰다. 아직 가슴이 두근거리고 있었다. 이틀 동안 걸어오면서 여러 마을을 거쳤다. 며칠 사이에 세상은 가죽을 뒤집어놓은 듯 달라져 있었다. 흉흉한 소문도 소문이었지만 하나같이 움츠러

든 사람들은 산 목숨들이 아니었다. 그들의 공포 어린 눈동자에서 근필은 그날 밤의 몸서리쳐지던 현장을 생생하게 상기했고 한편으론 어린것을 데리고 애가 탈 아내 생각에 시달렸다. 몽골군의 습격을 받은 어느 마을을 목격한 근필은 암담한 좌절감에 빠졌다. 그 형상이 불타고 있던 절보다 몇 갑절 더 처참하게 느껴졌다. 자신의 마을도 그렇게 당해버렸을 것 같은 방정맞은 예감을 떼쳐낼 방법이 없었다. 산굽이를 돌아섰을 때 제일 먼저 눈에 띈 것은 서너 줄기의 푸르스름한 연기였다. 근필은 그만 환성을 질렀다. 그건 분명 저녁을 짓는 연기였던 것이다.

애를 업은 아내는 부엌에서 나오다가 우뚝 멈춰섰다.

멍한 눈길이 헛것을 보는 것 같았고, 딱 굳어진 표정은 웃는지 우는지 분간할 수가 없었다.

"여보, 니가 왔소. 이렇게 살아서 들어왔어."

근필이 아내에게로 달려갔다.

"정말…… 정말……."

손을 잡힌 아내는 얼굴을 돌린 채 미처 말을 잇지 못했다. 어깨가 걷잡을 수 없이 들먹이고 있었다.

근필도 코허리가 매워오는 것을 느끼며 아내의 머리에 꽂힌 삼베 상장(喪章)을 발견했다. 가슴이 찡 울려왔다. 근필은 아내의 손을 꼭 힘주어 잡았다. 세 살짜리 자식을 옆에 두고 상장을 만들어 단 아내의 심중은 어떠했을까. 근필은 아내가 그렇게 가엾고도 장해 보일 수가 없었다.

근필은 아내의 머리에서 상장을 떼어냈다. 그러자 아내는 더 격하고 서럽게 울었다.

싸움이 벌어지기 사흘 전에 떠났으니까 돌아오느라고 엿새가 걸린 것까지 합하면 꼭 아흐레 만에 찾아든 집이었다. 그동안 소문도 퍼질 만큼 퍼졌을 것이고 상장을 만들어 달기까지 아내가 겪어낸 고통스런 조바심이 어떠했을까는 상상만으로 어려운 일이 아니었다.

부인사가 쑥밭이 되었다는 소문은 남편이 집을 떠나고 닷새째 되는 날 듣게 되었다. 애 때문에 끼니를 맞출 수밖에 없는 그네는 그날도 여느 날과 마찬가지로 물을 길러 갔다. 어느 때 없이 많은 아낙들이 웅성거리고 있었다. 예감은 틀림이 없었다. 부인사에 관한 이야기가 열기를 뿜고 있었다. 부인사가 남김없이 불타버렸다는 것과 싸움에 나선 사람들은 중이고 민간인이고 가릴 것 없이 하나도 살아남지 못했다는 것이었다. 참으로 이상한 일이었다. 그런 암담한 소문을 들었는데도 그다지 슬프거나 괴롭지 않았다. 그런데 정작 몸이 비틀거리는 고통에 시달리게 된 것은 그 다음날부터 밀려드는 소문을 들으면서였다.

몽골군이 시체를 모두 불당이 타는 불더미 속에 처넣어

화장을 시켜버렸다고 했다. 그게 아니라 여러 개의 구덩이를 파서 묻어버렸다고도 했다. 거기다가 숲속에 숨어서 시체를 찾으러 오는 사람까지 잡아 죽인다는 것이었다. 어느 마을의 누구는 아들의 시체를 찾으러 갔다가 죽었고, 어떤 청년은 형님의 시체를 찾으러 갔다가 붙들려 갔다는 것이었다. 절은 밤낮 사흘을 탔다고 했다.

그네는 아들을 끌어안고 매일 소리 죽여 울었다. 시체마저 찾을 수 없다는 것을 생각할수록 미칠 것만 같았다. 소문이란 으레 덧붙여지게 마련이라고 머리를 저어보기도 했다. 그러나 막상 어디까지가 덧붙여진 거짓말인지 구분할 길이 없었다. 직접 가보는 수밖에 없었다. 그러나 아녀자의 몸으로, 더욱이 남편이 남긴 마지막 말이 발목에 쇠고랑을 채우는 것이었다. 남편은 엿새, 이레가 지나도 돌아오지 않았다. 상장을 만들 수밖에 없었다.

아내의 말을 듣고 근필은 어리둥절해졌다. 여러 마을을 지나면서 그 일이 소문으로 퍼진 것은 알았지만 이런 식이었을지는 상상도 못했다. 근필은 혹시 자신이 노인들의 움막에서 보낸 며칠 동안 무슨 일이 생겼을지도 모른다는 의구심을 가졌다. 그러나 이내 고개를 저었다. 모든 일을 뜻대로 해치우고 당일 자취를 감춘 몽골군이 다시 숲속에 잠복할 아무런 이유가 없었다. 사실에 가까울 수 있는 소문이 한

가지 있다면 절이 밤낮 사흘을 탔다는 것이었다. 그날 새벽 불길이 솟는 것을 보고 정신을 잃어버렸는데 깨어났을 때는 해질녘이었는데도 불길은 한창이었다. 그 큰 기둥들이며 대들보 같은 것들이 다 타서 재가 되기까지는 실히 사흘은 걸릴 수 있었다.

 자리를 펴고 누웠지만 근필은 잠이 오지 않았다. 부인사의 경내가 선히 떠올라서 사라질 줄을 몰랐다. 어느 사찰이나 불당, 심지어 조그만 암자까지도 명당(明堂) 아닌 자리가 없었다. 그 지음새들도 어느 데 한곳 흠잡을 수 없는 명목(名木)의 신기(神技)로 빚어져 있게 마련이었다. 그런데 근필은 그 어느 사찰보다도 부인사의 여러 불당들이 특히 빼어난 자태를 지녔다고 믿고 있었다. 어느 명목과 우김질을 한다 하더라도 그 빼어난 점을 하나하나 지적해 가며 이길 자신이 있었다. 물론 다른 사찰에는 있지도 않는 것이었지만 경판전의 지음새는 가히 으뜸이었다.

 근필은 일곱 살 때부터 정식으로 목수 일을 배우기 시작했다.

 "불사에 참예할 수 있는 목수가 되려면 뼈가 굳기 전에 틀을 잡아야 하느니라."

 이런 할아버지의 엄한 말씀에 따라 톱 잡는 법, 끌이나 망치 쥐는 법, 대패 다루는 법 등을 차례로 익혀나갔다. 조금이라도 소홀히 했다가는 할아버지의 회초리가 장딴지에 피멍을 잡았다. 그런 때 아버지는 야속하게도 빙그레 웃고만 있었다. 그 웃음의 의미를 알기는 스물이 넘어 용마루 지르기의 어려움을 알고 추녀의 곡선을 만족할 만큼 내면서였다. 아버지는 당신의 어린 시절의 되풀이를 보면서 그렇게 웃을 수밖에 없었을 것이다. 초파일이나 연등회·팔관회의 잔치가 푸지게 벌어지는 날이면 으레 할아버지의 손에 이끌려 그 먼 부인사를 찾아가곤 했다. 그때마다 할아버지는 절을 한바퀴씩 돌았는데 발을 멈추는 곳은 꼭 정해져 있었다.

"과시 명목이로구먼, 명목이야. 평생 이렇게 한번 손을 휘두르고 나면 더 바랄 것이 뭐 있나."

할아버지는 항시 같은 불당 앞에서 같은 말을 중얼거리곤 했다.

"인석아 똑똑히 봐둬. 이 할애빈 이런 솜씨를 못 가졌지만 넌 해내야 해."

할아버지는 불쑥 이런 말씀을 성난 것처럼 하곤 했다.

그곳이 바로 불경을 나무판에 새겨 모셔둔 경판전이라는 것을 알기는 얼마 후의 일이었고, 그 건축이 빼어난 솜씨로 이룩되었다는 것을 알게 된 것은 할아버지가 돌아가시고 나서도 10년 이상의 세월이 경과한 다음이었다.

할아버지가 돌아가시자 다음해부터는 아버지가 부인사에

주인 없는 땅 73

데리고 다녔다. 아버지는 갑자기 호랑이로 변해버렸던 것이다. 그러나 할아버지처럼 혼자 중얼거리는 것이 아니라 어디가 어떻게 해서 잘된 건축인가를 되풀이해 가며 깨우쳐주었다.

할아버지는 돌아가시기 며칠 전에 아버지와 근필을 불러 앉히고 가래가 그렁거리는 목소리로 애써 이런 말을 했다.

"우리는 전생에 무슨 악한 죄를 짓고 태어났기에 평생 성(姓)도 갖지 못하는 천(賤)것들이 되었다. 이승에서 지긋지긋하게 지옥살이를 했으면 저승에 가서나 극락살이를 누려얄 게 아니냐. 그래서 내가 목수가 된 것이다. 목수 일, 그거 쉬운 일이 아니지. 허나 극락엘 가려면 우선 죄짓지 말아야 하고 다음에 부처님께 시주를 많이 올리고 공덕을 많이 쌓아야 해. 천한 목숨이 이 어려운 일을 해내는 데는 목수가 되는 길뿐이었다. 목수도 불사를 이룰 수 있는 목수가 되는 것이야. 그래 절을 짓게 되면 부처님께 시주하는 것이고, 많은 사람들한테 공덕을 쌓게 되고, 굶주리지 않을 만큼 벌이가 되니 죄를 짓지 않고도 살 수가 있다. 근필아, 네 애비는 이 할애비가 더 가르칠 게 없이 되었다마는 넌 어떨지 모르겠구나. 내 말 새겨듣고 뼈가 녹아내리도록 배워라. 네 놈 이름은 이 할애비가 지은 절의 주지 스님이 내리신 거다. 성도 없는 이 천한 할애비의 공을 치하해서 대사께서 내리신 이름이야. 생각해 봐라, 우리 같은 천한 목숨이 지어놓은 절에 대자대비 부처님을 모시게 되고 그 앞에 콧대 높고 돈 많은 양반 정승들부터 시작해서 구구각색 사람들이 다 발 벗고 올라 머리를 숙인다. 어디 그뿐이냐. 제아무리 세도가 당당하고 지체 높은 사람도 죽으면 다 썩어 흙이 되고 말지만 한번 지어놓은 절은 수수 백년을 간다. 알아듣겠냐, 근필아. 필히 큰 목수가 돼야 한다."

근필은 서른이 넘도록 장가를 가지 못했다. 환갑이 가까운 아버지는 손자를 보고도 싶으실 텐데 전혀 그런 내색을 하지 않았다. 다른 친구들은 열다섯 살 먹은 아들을 두기도 했다. 그렇다고 근필이 먼저 입을 열 수는 없었다. 장가를 들여주지 않는 것은 아직도 자신의 기술과 솜씨를 인정하지 않음이었다. 장가를 하루라도 빨리 가고 싶으면 일을 열심히 익히는 방법밖에 없었다.

근필은 서른둘에 장가를 들었고 아버지는 이태 후에 세상을 떠났다. 야속하게도 그때까지 애가 없었다. 그러나 아버지는 서운한 기색을 보이시지 않았다. 할아버지가 돌아가시기 전에 하신 말씀을 거의 외우듯 되풀이하셨고 끝에다가 이런 짤막한 말을 곁들이셨을 뿐이다.

"네가 아들을 낳거든 네가 배운 대로만 가르쳐라."

그 이듬해 근필은 서른다섯으로 첫아들을 얻게 되었다.

잠은 자꾸 멀어지면서 경판전이 확대되어 왔다. 근필은 숨을 길게 들이마셨다. 그러면서 마음을 굳게 다지고 있었다. 어서 난리만 평정돼라. 그럼 임금님은 선왕(先王)들에 대한 죄를 씻기 위해서라도 경판을 다시 새길 것을 명하리라. 그렇게 되면 판전은 자연히 다시 짓게 될 것이다. 어떻게 해서든 그 불사에 참예해서 있는 기량을 송두리째 쏟아 놓고 말리라. 할아버지께서 그렇게 소원하시던 불사를 이루고 천민으로서 시주와 공덕도 쌓으리라.

강화(江華)의 밤

　수평선에서 시작해서 수평선 너머로 빠져내리는 하늘은 한량없이 넓기만 했다. 그 드넓은 하늘에 박힌 무수한 별들은 밤마다 지칠 줄 모르고 반짝였다. 고종 임금은 매일 밤 하늘을 우러르고 서 있었다. 그 무수하게 명멸하는 별들은 하나하나 고뇌가 되어 고종 임금의 가슴에 와 박혔다. 별들이 제가끔 생기 있는 빛을 발하듯 임금의 가슴속에서는 수없이 많은 고뇌가 제각기 살아서 들끓고 있었다.
　만백성의 어버이라는 임금. 의당 그런 줄 알았었다. 그런데 그것이 아니었다. 이 세상 어떤 어버이가 자식을 버리는 어버이도 있는가. 짐승도 새끼들을 보호하기 위해서는 제 몸을 바친다. 병아리를 지키기 위해 어미 닭은 솔개와 맞서 승부가 뻔한 혈투를 벌인다. 돼지도 새끼를 빼앗기면 밤낮을 가리지 않고 꽥꽥거리며 며칠이고 밥을 굶는다. 그런데…… 그런데…… 자식을 학대하는 부모나, 부모에게 불효하는 자식에게는 중벌을 내렸었다. 인륜을 어기는 짐승만도 못한 것들이었기 때문이다. 그런데 자신은 백성들을 버리고 말았다. 집에 도둑이 들었는데 가장(家長) 혼자서 뺑소니를 치는 것처럼 외적이 침입을 했는데 천도(遷都)를 단행하고 말았던 것이다. 이게 있을 수 있는 일인가. 외적의 침입을 당한 것만도 종묘(宗廟)에 씻을 수 없는 죄를 짓는 것이고 백성들에게 갚을 수 없는 부채를 지게 된 것이다. 그럼 싸워서 외적을 퇴치했어야 한다. 그런데 도망을 치고 만 것이다. 임금, 만백성의 어버이 임금. 이건 태평하던 세월에 붙여졌던 듣기 좋은 이름에 불과했다.

정작 백성들이 임금을 필요로 할 때는 이렇게 섬으로 도망쳐 오지 않았는가. 나는 도대체 무엇을 하는 사람인가. 중신들에게 질질 끌려다니는 허수아비가 아닌가. 하나같이 '황공하옵니다'만을 되풀이하며 천도를 제의했을 때 왜 완강히 반대를 하지 못했던가. 결국 중신들은 자기들의 목숨을 보존하기 위해서 사직(社稷)의 위태로움을 빙자한 것이었다. 백성이 없는 사직이 어떻게 있을 수 있으며 백성이 없는데 임금은 무슨 필요가 있는가. 잠시 피하면 군대가 곧 평정을 한다그 했다. 어림없는 일이었다. 임금이라고 자신이 궁을 지키그 있을 때도 패전만 거듭했다. 한번 터진 방죽은 물이 쏟아지는 동안에 다시 막기란 거의 불가능한 일이 아닌가. 명색뿐이었을지는 모르지만 임금도, 한다하는 중신들도 없는데 형편이 오죽하랴. 백성들이 어찌되고 있을까. 무자비한 침략자의 튿날 밑에서 얼마나 많은 목숨들이 피를 흘리고 있을까. 내가 어쩌다가 이렇게 되었을까. 날로 쌓여가는 죄를 어떻게 씻을 수 있을 것인가.

임금은 하염없이 밤하늘을 바라보며 이런 자책의 수렁을 헤매고 있었다. 그 고통은 날이 갈수록 깊은 병이 되어갔다. 그래서 강화도로 천도한 다음부터 임금은 거의 말을 잃고 있었다. 수심이 안개처럼 덮인 얼굴로 긴 한숨만 끝없이 쉬었다.

내관은 종종걸음을 치고 있었다. 이슬이 내리기 시작한 지도 오랜 시각인데 상감께서는 움직일 줄을 모르셨다. 밤이슬도 이슬이었지만 어둠이 덮이던 눅눅한 바닷바람이 일었다. 상감께서는 그 습기가 서린 바람을 매일 밤 맞으시며서 계시는 것이다. 그러나 함부로 듣시기를 아뢸 수도 없었다. 천도를 한 후로 상감께서는 하찮은 일이도 벌컥벌컥 역정을 내셨다. 이렇게 납시었을 때도 눈치를 잘 살펴서 듭시기를 아뢰어야 했다. 내관은 다른 날만큼 시간이 흐른 것을 확인한 다음 가까이 다가갔다.

"상감마마, 밤이 꽤 깊은 줄로 아뢰옵니다."

"오냐, 내관이냐. 네가 밤마다 큰 고역을 치르는구나."

"황공하옵신 분부시옵니다."

내관은 머리를 조아리며 다소 긴장을 풀었다. 곧 드실 눈치가 보였기 때문이다.

"그래, 내관은 요즘 뭍의 소식을 뭐 들은 게 없느냐."

내관은 그만 가슴이 뜨끔해졌다. 그러나 정신을 가다듬고 태연한 어조로 아뢰었다.

"별다른 소식이 없는 줄로 아뢰옵니다."

"그렇기도 하겠지. 상감인 내가 모르는데 항시 내 곁에 있어야 하는 네가 새로운 소식을 알 까닭이 있느냐."

상감께서는 혼잣말처럼 하시고 긴 한숨을 내쉬셨다.

내관은 가슴이 달아올라 견딜 수가 없었다. 상감마마, 있습니다. 새로운 소식이 있습니다. 작은 일도 아니고 무지무지하게 큰일이 있습니다. 상감마마께서는 꼭 아셔야 할 엄청난 일이 벌어져 있습니다. 허나 소인은 어찌하면 좋습니까. 어찌하면 좋습니까. 내관은 마음속으로 발을 동동 구르고 있었다.

"어찌하여 요즘은 중신들도 뭍의 소식을 모르는고. 이렇게 답답할 일이 또 있나."

상감께서는 또 이런 말을 흘리듯 하시며 안타까운 표정이셨다.

매일 비보만 전해야 하는 중신들이나 그걸 들어야 하는 자신이나 서로 못할 일이었다. 나라를 제대로 다스리지 못했고, 임금을 제대로 섬기지 못한 서로 같은 죄책감을 가진 채 비보만을 전하고 듣는 것은 벌겋게 드러난 상처에다 소금을 뿌리는 격이었다. 그러나 그만한 고통쯤은 아무것도 아니었다. 적의 말발굽 아래 짓밟히고 있는 수많은 백성들이 있었다. 그런데 얼마 전부터 중신들은 비보마저도 제대로 전하지 않았다. 물론 그런 중신들의 심정을 이해 못하는 건 아니었다. 고해보았자 시원한 해결책이 강구되지도 않는데 매일 패전의 소식만 전하는 황송함도 견디기 어려운 고통일 것이었다. 그러나 그것마저 뜸해지니까 불안이나 초조감이 더해지는 것 같았다.

"내관은 수시로 귀 기울여 흘러다니는 소문이라도 소홀히 하지 말고 고하도록 하라."

"예에……."

내관은 그만 통곡을 해버리고 싶었다. 오죽 답답하시면 내관에게 저런 분부까지 하시랴 싶었다. 직위를 접어두고 보면 신하들 중에 상감마마를 가장 가까이 모시는 사람은

강화(江華)의 밤 81

바로 자기였다. 그래서 상감의 심중을 가장 깊게 안다고 자부할 수가 있었다. 뿐만 아니라 사사로운 것일지는 모르나 아낌도 그 누구보다 두텁게 받고 있음을 부인할 수 없었다. 그렇다면 추호도 상감을 속이는 일이 있어서는 안 될 것이었다. 이건 곧 모든 신하된 자의 도리기도 했다. 그런데 자신은 줄곧 상감을 속여오고 있는 것이다. 상감께서 겪으시는 마음 고생을 옆에서 뻔히 보면서도 죄를 짓고 있는 것이다.

"이 사실을 발설하면 결코 살아남지 못하리라."

이 살기 돋친 말이 바윗덩어리처럼 짓누르고 있었다.

그날 상감의 명을 받들어 어느 중신을 찾으러 갔다가 그만 그 사실을 엿듣게 된 것이다. 결국 중신들은 한 달이 넘도록 쉬쉬해 가며 자기들끼리 입씨름만 거듭하고 있는 모양이었다. 그렇다고 말끔하게 해결할 수 있는 일이 아니었다. 끝내는 상감께 전해져야 하는 일이었고 괜히 날만 지체되면 상감의 더 큰 노여움만 사게 될 것이 뻔했다.

상감께 사실대로 고하고 나면 하나밖에 없는 목숨은 다음 날로 날아가고 말 것이었다. 교정별감(敎定別監) 최우(崔瑀)의 서슬은 아직도 푸르렀다. 상감께서 반대하시더라도 자기 같은 내관 하나쯤 갈아치워 없애버리기는 식은 죽 먹기였다. 그렇다고 그 사실을 고하면서 상감께 감히 목숨의 보존을 부탁드릴 수도 없었다. 내관은 이러지도 못하고 저러지도 못한 채 그저 가슴에다 숯만 태우고 있었다.
 "내관 듣거라."
 상감께서는 문턱을 넘어서시다 말고 내관을 부르셨다.
 "내관은 내일부터 믿을 만한 사람을 놓아 배 다루는 데 능숙한 사공과 배를 구하도록 하라. 하루라도 빨리 구하되 일은 은밀하게 실행해야 하느니라."
 내관은 정신이 아찔할 지경이었다. 뭍으로 미행을 납실 작정인 게 분명했다. 이 난리 중에, 그것도 바다를 건너 미행을 납시려는 것이다. 그런데 중신들이 모르게 은밀히 처리해서 될 일이 아니었다. 그야말로 살아남지 못할 막바지로 몰리는 암담한 기분이었다. 내관은 상감께 은밀하게 할 수 없음을 깨우쳐드려야 한다고 작정했다.
 "상감마마, 어디에 쓰실 것인질 알아야 배 크기가 정해질 것이옵니다."
 "그럴 법도 하구나. 이 난중에 뱃놀이를 즐기자 함이 아니니 그리 알아서 처타하라."
 "아뢰옵기 황공하오나 그럼 뭍으로……."
 "어허, 그리 알아서 처리하라잖느냐."
 내관은 다음을 다잡았다. 이 고비를 넘겨야 한다.
 "상감마마, 아뢰옵기 황공하오나 배를 은길히 구하기는 불가한 줄로 아옵니다. 병정들이 온 섬을 철통같이 경비를

강화(江華)의 밤 83

하는 데다 모든 배는 징발되어 있는 형편이옵고 섬을 드나
드는 데도 신분이 확실히 밝혀지지 않으면 절대 허용이 안
된다 하옵니다."

"어허, 그런 난점이 있었구나. 낭패로구나. 알았으니 내관
은 물러가도록 하라."

내관은 살아난 기분이었다. 막상 배를 구하자면 못 구할
것도 아니었다. 그러나 화를 자초할 필요가 없었다.

임금은 김포(金浦)까지만이라도 미행을 나가보려 했다.
중신들을 못 믿어서가 아니라 백성들이 어떤 고초를 당하며
목숨을 부지해 나가고 있는지 직접 보고 싶었다. 현군(賢
君)은 태평할 때에도 자꾸 미행을 나가 백성들의 생활을 두
루 살피고 바른 정사를 펴기에 힘을 쏟았던 것이다. 하물며
천도까지 하지 않을 수 없게 된 난리 중에 미행을 나가는 건
너무 당연한 군왕의 소임이라 여겨졌던 것이다. 그런데 내
관의 말을 듣고 보니 중신들의 눈을 피해 미행에 나서기는
어렵게 되어 있었다. 임금은 불쾌한 표정으로 고개를 설레
설레 저었다. 중신, 그들은 생각만 해도 이젠 진절머리가 났
다. 보나마나 작당들을 해서 미행을 반대하고 나설 것이다.
번지르르한 명분과 귀가 딱딱 맞아떨어지는 이유들을 줄줄
이 나열해 놓고 항복을 기다릴 것이다. 그런 그들이 싫었다.
말에 능하고 이론이 승하고 그래서 사리가 분명한 그들이

싫었다. 그들을 믿었다가, 아니 꼼짝 못하게 믿게 해놓고 결국 일은 다 저질러놓는 것이었다. 그 다음에 그들은 그저 '황공하옵니다'만 합창하는 뻔뻔스러움을 지니고 있었다.

다음날 중신들을 모아놓고 미행할 것을 제의한 고종 임금의 태도는 어느 때 없이 강경한 것이었다.

"듣기 싫소. 임금 없는 백성은 살아갈 수 있어도 백성 없는 임금이 어떻게 있을 수 있단 말이오."

"그 무슨 욕된 말이오. 백성의 목숨이 한 사람 앞에 둘씩이 아닌 이상 어찌 군왕의 목숨만 소중하단 말이오."

임금은 중신들의 말을 모두 이런 식으로 물리쳐나갔다. 그러나 쉽사리 물러설 중신들이 아니었다.

"다들 돌아가시오. 그리고 미행을 위한 만반의 준비를 갖추도록 하오!"

임금은 용상을 박차고 일어섰다.

중신들은 난감한 표정들로 서 있다가 곧 긴급 회의를 열었다. 상감의 뜻이 굳어진 이상 미행은 실행밖에 남지 않은 것이 되었다. 회의라고 둘러앉기는 했지만 모두의 표정은 침울하기 그지없었다. 특히 최우의 벌겋게 상기된 얼굴은 좌중에 먹구름이 끼게 했다. 서로 말을 꺼내진 않았지만 왜 회의가 소집되었는지 그들은 뻔히 알고 있었다. 여태껏 쉬쉬해 온 그 일 때문이었다. 상감께서 미행을 납시게 되면 그날로 아시게 될 일이었다. 계속 들어오는 소식에 의하면 벌써 한 달이 훨씬 지났는데도 사람들은 한결같이 그 일을 입에 올리며 흥분한다는 것이었다. 언제부턴가는 조정 대신들을 비롯한 관인(官人)들을 불신하고 비방하는 형편이라 했다. 그것은 결코 예사스러운 일은 아니었다. 외적의 난을 당하게 되어 관에 대한 불신감이 쌓였다가 그 일을 계기로 표면화되었다고 진단할 수도 있었다. 그러나 이건 너무나 안이한 아전인수(我田引水)식의 해석이었다. 문제는 그만큼 불교가 계급의 상하와 직업의 귀천에 상관없이 넓고 깊게 뿌리를 내리고 있다는 점이었다. 특히 계급이 낮으면 낮을수록 직업이 천하면 천할수록 극락에 대한 염원은 강렬하게 작용되고 있었던 것이다. 이런 점을 다 알고 있기 때문에 최우의 고민은 극에 달하여 있었다.

천도를 하고 난 다음 상감의 냉정해진 표정을 대할 때마다 최우는 몸 둘 바를 몰랐다. 그런데 차마 그 일까지 전할 도리가 없었다. 상감의 낙망하심을 주체할 수가 없을 것 같았고, 곱으로 내려질 불신의 눈길을 견딜 수가 없을 것 같았던 것이다. 그래서 온 섬에 비상을 걸었다. 뭍에서 들어오는 자들을 철저하게 통제시키게 했고, 그 일을 아는 자들에게는 죽음을 걸어 함구령을 내렸던 것이다. 이렇게 보안 조치를 계속 강화시켜 나가다가 난이 평정되고 환도를 마치면 그때 아뢰어 일을 수습할 계획이었던 것이다. 그런데 갑자기 상감께서 미행을 결정하신 것이다. 이것도 또한 중신들에 대한 노골적인 불신의 표시였다.

미행을 납시어 알게 되시는 것보다야 미리 아뢰는 것이 당연한 도리였다. 이 점을 중신들은 다 알고 있었기 때문에 회의를 소집했는데도 아무도 입을 열지 못했다.

"더 묻어둘래야 둘 수가 없는 형편임을 여러 대신들도 잘 아실 게요. 아뢰긴 아뢰되 언제 아뢰느냐가 남았을 뿐이오. 내일 당장 아뢰게 되면 놀라심도 클 것이고 여태껏 덮어왔던 것도 드러나기가 쉽소. 그러니 아뢰는 날을 며칠 뒤로 잡아두고 방법을 숙의해 봅시다."

언제나 다찬가지로 최우가 입을 열었고 그건 곧 결정 사항으로 굳어졌다.

회의는 활기를 띠기 시작했고 이런 저런 의견이 오갔다.

결국 그 의견들이란 거짓말을 참말로 만드는 또 다른 거짓말에 불과한 것이었다.

"그럼 됐습니다. 적이 그곳을 공략하려 한다는 소식을 내일 상감께 아뢰기로 합시다. 그 다음날부터는 전황을 계속 아뢰다가 나흘째 되는 날 그곳이 불타게 되었음을 아뢰는 것으로 일을 끝내기로 합시다."

최우가 이렇게 결론을 짓자 모두들 홀가분한 표정으로

찬성을 했다.

"한 가지 명심해야 할 것이 있습니다. 앞으로 계속 보안을 철저히 하는 일입니다. 우리가 그 일을 여태껏 묻어왔던 것은 추호도 불충의 뜻이 있어서가 아님은 다 아는 사실이니 괜히 보안을 소홀히 하여 뒤늦게 소란이 벌어지는 일이 없도록 유념해야 할 것입니다."

최우는 눈꼬리를 세우고 좌중을 훑어내렸다.

"그래, 경들은 이 일을 어찌할 작정들인 게요. 어서 속시원히 그 방안을 고하도록 하시오."

몽골군이 팔공산 부인사를 공략하려고 이동 중이라는 보고를 받고 임금은 질린 표정을 감추지 못하고 언성을 높였다.

"수비에 총력을 집중하도록 긴급 명령을 하달하였사오니 과히 심려치 마시옵소서."

"다시 영(令)을 내리시오. 동원할 수 있는 대로 모든 병력을 총동원해 부인사로 집결시키도록 하오. 적들이 부인사를 공략하려 함은 경들도 알다시피 대장경(大藏經) 때문인 것이오. 그자들은 대장경을 탈취하려는 것이 아니라 불태우려는 것이 분명하오. 빼앗기는 것도 치욕이지만 그자들의 손에 소실(燒失)당해 보시오. 위로 선왕들께 짓는 죄가 얼마며 아래로 백성들에게 받는 불신을 어떻게 감당해 낸단 말이오. 그자들이 대장경을 공략함은 이 나라를 수호하는 불력(佛力)을 없애고자 함이요, 이는 곧 만백성을 와중으로 몰아넣자는 작전인 것이오. 경들도 다 알다시피 이 나라 백성이 그나마 견디어낼 수 있는 힘을 잃지 않았던 것은 제각기 불심(佛心)을 지니고 있기 때문이 아니겠소. 그런데 대장경이 만약……."

임금은 너무 흥분한 나머지 더 말을 잇지 못했다.

"황공하옵니다, 상감마마."

중신들은 머리를 조아리며 합창했다.

"다 듣기 싫소. 홧공, 황공, 경들은 어찌 황공한 것밖엔 모른단 말이오. 진정 황공한 것을 안다면 모든 일을 황공하지 않게 처리해얄 게 아니냔 말이오."

"황공하옵니다, 상감마마."

"다들 물러가오. 물러가서 이 일만은 절대 그르치지 않도록 만전을 기하시오."

임금은 자리를 떨치고 일어섰다.

"황공하옵니다, 상감마마."

임금의 휘청거리는 듯싶은 걸음걸이 뒤에서 중신들의 목소리가 칙칙하게 울려퍼졌다.

중신들은 당황하지 않을 수 없었다. 상감께서 그렇게까지 노여워하실 줄은 예상하지 못했었다. 천도를 하고 나서 상감께서 다소 심적인 고통을 겪고 계신 것은 알았지만 이렇게까지 그 결과가 심하게 표출되리라고는 누구도 예견하지 못했던 일이었다. 그런 상감을 대하며 중신들은 죄책감에 떨었지만 이미 일은 벌어진 것이었다. 계속 참말 같은 거짓말을 만들어갈 수밖에 없었다.

"아뢰옵기 황공하오나 적들은 한강을 도강했다 하옵니다."

"뭣이? 한강을……."

임금의 안색은 순식간에 납빛이 되었다. 그리고 볼에 씰룩씰룩 경련을 일으켰다.

"대체 우리 군사는 뭣들을, 뭣들을 한단 말이오!"

임금은 용상을 내리치며 부르짖었다.

"결사적인 사투를 감행하고 있사오나 적이 10만의 기병인데다가 운제(雲梯)·화차(火車)·중차(重車)·취석 등의 무기까지 갖추어 약간 고전을 하는 줄로 아뢰옵니다."

"약간 고전이라니 당치도 않은 말은 치우시오. 한강에서 적을 퇴하지 못했다면 어디서 다시 적을 제압한다는 게요. 강을 두고 물러선 군사가 평지나 산길에서 싸워 이겼다는 병법도 있소? 왜 대답들을 못하시오. 어서 대답들을 해보시오. 대답을 해보라니까요."

임금은 차마 보기 딱할 지경으로 외롭게 부르짖었다.

그 다음날 임금은 중신들의 배알(拜謁)을 퇴했고, 결국 나흘째 되는 날 부인사가 전소(全燒)되었다는 비보를 접하게 되고 말았다

앓아누운 임금은 식음을 전폐하다시피 했다. 열이 높아 입술은 검게 타고 잠이 들면 헛소리를 하면서도 임금은 약을 입에 대지 않았다. 병상에도 왕비와 태자(太子) 외에는 아무도 접근할 수가 없었다.

임금은 열에 시달리다가 눈을 붙이게 되면 으레 가위에 눌리곤 했다. 뿔이 돋치고 눈을 부릅뜬 사천왕(四天王)의 발 밑에 깔려 마구 짓밟혔다. 외눈박이 도깨비들에게 끌려다니며 피투성이가 되도록 얻어맞다가 불길이 치솟는 함정으로 떠밀려 끝도 없이 떨어져내렸다. 뱀이 우글거리는 구덩이에 빠져 몸부림을 치는데 손이 쑥 나타났다. 그 손은 잡으려고 하면 슬쩍 물러나고 또 잡으려고 뛰면 좀더 물러나곤 했다. 번쩍 고개를 들어보니 저 위에 부처가 앉아 계셨다. 형틀을 지고 채찍을 맞아가며 끝도 없는 계단을 오르고 있었다. 기진맥진 어느 지점까지 다다르면 "저놈을 다시 굴려라" 호령이 떨어졌고 몸은 사정없이 밑으로 굴러내렸다. 다시 채찍에 맞아 일어서서 계단을 올라가야 했다. 그 까마득한 계단의 위에는 얼굴을 분간할 수 없는 선왕들이 버티고 앉아 있었다.

이런 가위에 눌릴 때마다 임금은 헛소리를 지르며 팔을 휘저었다. 잠을 깨고 난 임금의 몸은 땀으로 흠뻑 젖어 있곤 했다.

겁에 질린 중신들은 질정 없이 서성이기만 했다. 매일 얼굴들을 맞대고 모여앉았지만 뾰족한 대책이 서는 것도 아니었다. 상감을 알현하지 못한 지도 보름이 지나고 있었다. 그런데 병세는 전혀 회복의 기미를 보이지 않았다. 중신들은 차라리 죽고 싶은 심정들이었다. 볼기가 터져나가도록 곤장을 맞거나 정강이뼈가 튕겨지도록 주리라도 틀린다면 오히려 나을 것 같았다. 상감의 병세를 호전시킬 수 있는 것은 약이 아니라 부인사의 비보를 덮어누를 수 있는 희소식이 뭍에서부터 날아와야 한다는 것은 누구나 잘 알고 있었다. 그만한 희소식이라면 단 하나, 몽골군을 격퇴하고 난이 평정되었다는 소식일 것이었다. 그런데 날마다 접수되는 보고들은 패전, 패전의 연속이었다.

최우는 더 견디다 못해 수기대사(守其大師)를 찾아나섰다. 요즈음의 심정은 꼭 개펄에 빠진 기분이었다. 한 발을 빼면 다른 한 발이 푹 빠지고, 그 발을 빼면 또 다른 발이 빠지는 개펄을 허우적거리는, 울화가 복받치면서도 막상 어쩔 도리가 없는 그런 환장할 기분이었다. 자신에게는 불가능이 없는 줄 알았다. 천하가 자신의 손아귀에 들어 있었고 한번 호령에 안 되는 일이 없었다. 그런데 이게 무슨 꼴이란 말인가. 개펄은 끝없이 펼쳐져 있었다.

 손수 수기대사를 찾아간다는 일도 최우로서는 심히 자존심이 상했다. 그러나 상감의 병환을 조금이라도 호전시킬 수 있는 방법이 없는 지금으로서는 수기대사를 찾아가서 쾌유를 축원하는 불공이라도 부탁하는 것이 면체면은 될 것 같았다.

"대사, 요즘 어찌 지내십니까."

 최우는 될 수 있는 대로 겸손한 태도를 취하려고 했다.

"소승이야 뭐 보다시피 오뉴월 개팔자니다만……."

 수기대사는 방바닥만 지그시 내려다보며 말끝을 흐렸다. 얼굴에는 전혀 표정이 담겨 있지 않았지만 그 어조는 어딘가 못마땅한 듯한 기운이 서려 있었다. 그것을 그냥 놓치고 지나갈 최우가 아니었다.

"오뉴월 개팔자를 누리시는 대사께서 어찌 말씀은 엄동설한 삭풍같이 하십니다 그려."

 최우는 수기대사를 쏘아보았다. 헛웃음을 곁들인 느긋한 음성과는 달리 그 눈에는 살기가 어려 있었다.

"그럴 리가 있나요. 감히 어느 안전이라고."

 수기대사는 염주를 돌리며 줄곧 방바닥을 내려다보고 있었지만 최우의 시선은 다 의식했다.

최우는 벌컥 화가 치밀었다. 야유를 당하고 있었다. 말뿐만이 아니라 태도도 그러했다. 처음부터 방바닥만 내려다보고 있는 것도 실은 차마 외면까지는 할 수가 없어서 그러는 게 분명했다. 그러나 최우는 울화를 질경질경 씹어서 삼키는 방법밖에 없었다. 진퇴양난(進退兩難), 지금 자신의 처지는 한마디로 이것이었다. 발톱이 빠진 호랑이였다. 교정별감의 자리에서 정치·경제는 물론 인사권(人事權)까지 한 손아귀에 장악하고 주무르던 태평 세월이 아니었다. 지금도 직위는 마찬가지였지만 그 직위로 하여 오히려 궁지로 몰릴 대로 몰려 있었다. 전란의 발발과 계속되는 패전의 원인과 급기야는 부인사 사건까지 터져 책임 추궁의 올가미는 점점 조여들고 있었다. 변명의 여지가 없었다. 초라하게나마 승패(勝敗)는 병가상사(兵家常事)라는 말로 스스로를 달랠 수밖에 없었다. 그리고 지금은 상것들의 사타구니 밑을 기어서 지나가야 하는 굴욕까지라도 이빨 뿌득뿌득 갈며 참아낼 방법밖에 없었다. 터진 전란은 잦아들게 마련인 것. 뼈에 새긴 굴욕은 그때 가서 얼마든지 풀 수가 있을 것이었다. 더욱이 지금 수기대사는 자신을 똥 친 막대기만큼도 여기지 않는 것을 최우는 알고 있었다. 부인사의 비보가 수기대사에게 준 충격은 어쩌면 상감이 받는 것보다 몇 갑절 큰 것인지도 모른다. 최우는 여기까지 마음을 넓혀 생각하며 치밀어오른 화를 꾹꾹 눌렀다. 그리고 솔직한 심정으로 한마디 위로의 뜻을 표하는 것이 불공을 청하는 데 도움이 되리라 싶었다.

"대사, 요즈음 심기가 꽤 언짢으시겠죠. 내가 워낙 힘이 모자라는 위인이라서 그만 부인사……."

"허허허허…… 그럴 리가 있습니까. 소승은 잘 모르지만 승패는 병가지상사라고들 하는 모양이더군요."

저 중놈이 감히 내 말을 헛웃음으로 동강을 내다니…… 최우는 숨을 길게 들이마셨다가 천천히 내뿜었다. 그 숨결은 몸의 떨림으로 하여 토막토막 잘려서 나왔다. 최우는 다시 어금니를 맞물었다

"상감의 병환이 깊으신 건 대사께서도 아시지요?"

"두어 달 전에 앓아버리셨더라면 지금쯤 완쾌가 되셨을지도 모르는데 잘못된 일이었지요."

"대사, 무슨 말을 그렇게 하시오!"

최우가 버럭 소리를 질렀고,

"고정하시지요. 소승이 뭐 대역죄라도 될 만한 입놀림을 했나요."

수기대사는 여전히 방바닥에 시선을 박은 채 흡사 독경이라도 하는 듯한 어조로 말했다.

최우는 더 참을 수가 없었던 것이다. 계속 내뱉는 침을 그

대로 얼굴에 맞는 기분이었다. 내가 어쩌다가 이 꼴이 되었는가…… 최우는 이렇게 처참한 자신의 모습을 대하기는 처음이었다. 그러나 끝까지 참기로 했다. 지금 당장이라도 어쩌지 못하는 것은 아니었지만 아직은 시기상조였다.

"대사, 언성을 높여 죄송합니다."

"……"

"오늘 대사를 찾은 건 다름이 아니라 상감의 쾌유를 비는 축원 불공을 부탁드리려는 것이었습니다."

"허허허허…… 그까짓 부탁을 하시려고 예까지 납시다니요."

"아니, 그까짓 부탁이라니?"

"심려 마십시오. 그까짓이라 함은 상감께 치우치는 말이 아니라 불공을 가리키는 것입니다. 왜냐하면 소승 같은 것이 올리는 불공이 오죽하겠으며, 그래도 상감께서 득병하신 날부터 소승은 목욕재계하고 온 정성을 다 바쳐 쾌유 축원 불공을 드려오고 있기 때문입니다."

최우는 방망이로 뒤통수를 호되게 얻어맞은 기분이었다. 결국 그까짓이라 함은 자신을 가리켜 한 말이었던 것이다. 최우는 참담한 패배감을 씹으며 돌아설 수밖에 없었다.

임금은 득병 20여 일이 넘어 겨우 기동을 하게 되었다. 그러나 여전히 중신들을 대하지 않았다.

임금의 태도가 그렇게 냉정할수록 중신들은 헛짚이는 걸음을 걸으며 몸이 달았다. 매일 모여앉아 머리를 짜내가며 작전을 세웠으나 어느 한곳에서도 통쾌한 승전보는 들려오지 않았다. 패전의 소식이 거듭되는 속에, 싸움도 해보지 않고 백기를 들어버렸거나 부하들을 이끌고 투항의 변절을 해버린 장수들의 보고가 묻어들기도 했다. 전서는 수습할 길이 막연한 채 거의 전 국토는 적의 수중에 들어간 형편이었다. 전란은 장기화(長期化)로 굳어지고 있는 셈이었다.

최우는 위기의 격랑을 의식했다. 무슨 방벽을 강구해야 한다는 것을 절감했다. 전란이 장기화되는 경우 그 위기는 내륙(內陸)에 있는 것이 아니라 바로 이 강화에 있었다. 몽골군도 저희들의 의식(衣食) 생활을 해결하기 위해서는 더 이상의 살상은 하지 않을 것이었다. 그럼 백성들은 착취를 당하긴 하겠지만 그런대로 농사를 지어가며 살아갈 것이다. 그런데 강화는 형편이 달랐다. 상감께서 계셨다. 날로 초조해 가는 상감의 마음을 어떻게 누그러뜨리느냐가 문제였다. 이 문제를 해결하지 않고서는 위기의 격랑을 피할 도리가 없었다.

최우는 밤잠을 설쳐가며 머리를 짜냈다. 그러나 다람쥐 쳇바퀴 돌기였다. 이 강화와 인접한 또 다른 섬 하나를 골라 병력을 기른다. 혈기 왕성한 젊은이들을 뽑아다가 신라(新

羅)의 화랑(花郞)을 길러내듯 엄한 계율로 결사대를 만든다. 이쯤에서 흥분하던 최우는 다음 단계에 들어서며 벽에 부딪혔다. 자신이 믿었던 별초군(別抄軍)들도 허망하게 무너지고 말았다. 지금 백성들은 공포에 질릴 대로 질려 있다. 그런데 아무리 젊은 층들을 모은다 해도 이미 몽골군을 격퇴시킬 만한 주력 부대를 형성한다는 것은 불가능한 일이었다. 이것은 제2, 제3의 안(案)은 될 수 있을지언정 최선책은 못 되었다. 그럼 상감 몰래 협상에 나서본다. 때로 과감한 술책은 의외의 효과를 거두게 되는 수가 있었다. 서로 조건이 맞지 않아 결렬되더라도 그만 아닌가. 그러나 망상에 지나지 않았다. 몽골군의 기질로 보아 협상 같은 것을 즐길 리가 없었다. 협상이란 쌍방의 세력이 팽팽한 상태에서 더 이상 싸우면 이익보다 손실이 크다는 인식이 작용했을 때 비로소 가능한 것이었다. 그런데 국토 전부를 빼앗기다시피 한 이런 상태에서 협상이란 곧 항복을 뜻하는 것이었다. 어설프게 협상을 제의했다가 그들의 무리한 요구를 받아들일 수 없어 거부하게 되면 긁어 부스럼 격이 될 것이었다. 그럼 죄 없는 백성들만 또 한바탕 피를 흘리게 될 뿐이었다. 최우는 고독의 심연으로 빠져들었다. 자신의 주변에 이렇게 사람이 없는가. 새삼스럽게 주위를 돌아보며 헛헛함을 느꼈다. 이런 경우 기발한 착상을 내어 당면한 위기를 모면할 수 있게 도움을 주는 인물이 하나도 없음이 통탄스러웠다. 물론 주위에 거느리고 있는 인물들은 나무랄 데 없는 신의(信義)의 소유자들이었다. 그들은 명령을 따르는 데 용감하고 뜻을 펴는 데 배신을 몰랐다. 그 대신 위험에 대처하는 기지(機智)가 뛰어나거나 난제(難題)를 해결해 나가는 술수에 능하지 못했다. 그러나 냉정하게 따지고 보면 이건 그들의 죄가 아니었다.

그들은 그렇게 타고난 인물들일 뿐이었다. 결국 책임은 자신에게 있었다. 지금 필요로 하고 있는 기지가 뛰어나거나 술수에 능한 자들은 지난날엔 자신이 지긋지긋하게 싫어하던 부류들이었다. 그래서 거의 용납을 하지 않았다. 그런데 뒤늦게 후회가 고리를 드는 것이었다. 이렇게 약해지는 자신이 싫어서 최우는 스스로에게 벌컥 화를 내보기도 했지만 역시 생각의 실타리가 빽빽하게 풀리지 않으면 또 후회가 슬그머니 고개를 드는 것이었다.

임금을 몇 달째 비알하지 못한 채로 가을이 저물어가고 있었다. 중신들은 계속 풀이 죽어 비실거렸다.

고종 임금은 공중에 파문을 일구며 떨어져내리는 낙엽을 하염없이 바라보고 앉아 있었다. 몇 잎 남지 않은 낙엽이 마저 지고 말면 겨울이 성큼 다가설 것이다. 벌써 조석(朝夕) 바람은 알큰한 매운 기운으로 옷깃을 스며들었다. 겨울이

닥치면…… 임금의 마음은 어두워졌다. 난을 겪고 있는 백성들의 겨우살이가 오죽이나 추울까. 굶주림에 시달리는 데다 추위까지 겹치면 얼마나 고생이 심해지랴. 부들부들 떨면서 모두들 이 못난 임금을 얼마나 원망하고 욕들을 할까. 욕을 먹어 씻어질 죄고 원망을 들어 아물어질 불행이라면 얼마든지 하라고 권하고 싶었다. 임금은 수심이 덮인 미간을 찡그리며 고개를 보일 듯 말 듯 저었다.

신년이 되면 즉위 20년에 전란은 3년째로 접어드는 것이다. 임금은 눈을 감고 지난날을 더듬어내렸다. 19년이란 세월의 허망함과 함께 내놓을 만한 치적(治績)이 하나도 잡히지 않는 것이다. 임금은 그게 안타까운 것이다. 그러나 돌이킬 수 없는 세월이었다. 임금은 언제부턴가 스스로를 타이르고 있었다. 무엇보다 급선무는 하루라도 빨리 난을 평정하는 일이다. 그러려면 중신들과 함께 타개책을 세우기 위해 최선을 다해야 할 것이었다. 중신들을 가까이해야 한다. 그들을 감정으로 대해서는 안 된다. 그들을 미워해서는 안 된다. 그건 군왕의 취할 바가 아니다. 그들이라고 나라를 이 꼴로 만들고 싶어서 그런 것은 아니잖은가. 위기를 극복하는 길은 여럿의 지혜를 모으고 힘을 합치는 것이 최상의 방법 아닌가. 중신들을 가까이해야 한다. 그들의 실수를 용서하고 그들을 감싸야 한다. 그것이 군왕의 도리인 것이다.

이렇게 스스로를 타이르면서도 임금은 막상 실천에 옮기지 못하고 있었다. 생각과는 달리 그들을 가까이하려고 하면 노여움의 기둥이 곤두섰다.
　"아바마마, 이제 그만 노여움을 거두시고 중신들의 배알을 윤허하심이 어떠시온지요. 사색이 깃들인 중신들의 모습도 딱하려니와 백성들이 겪어야 하는 고통의 날이 날로 늘어가는 줄도 아옵니다."
　보다못해 동궁이 한 말이었다.
　"그래, 동궁의 말이 옳다. 허나 마음처럼 안 되니 어쩐단 말이냐."
　"아바마마께서는 만백성을 다스리기 위해 중신들을 두셨습니다. 결국 중신들도 백성들 중의 한 사람씩에 지나지 않는 것. 그들이 저지른 실수와 잘못까지도 용서하여 거두시고 바르게 다스리셔야 될 줄 아옵니다."
　"과연 동궁은 현군의 자질을 갖추었구나. 내 동궁의 진언을 받아들이도록 할 터이니 동궁은 더 심려치 마라."
　이렇게 동궁과도 약속을 했으면서도 실행은 하지 못하고 있었다. 부인사의 판전을 사수하지 못하고 적의 화마에 잃게 했다는 걸 생각하면 금방 피가 머리로 솟구쳐올랐다. 병상에서 가위에 눌리던 그 갖가지 영상이 너무나 선명하게 남아 있었다. 그 죄의식을 씻어낼 수 없는 한 중신들의 과오는 추호도 용서할 수 없다는 생각이 너무 강하게 버티었다. 그렇다고 파직을 시키는 것도 불가능한 형편. 신년에 배알 받는 것을 계기로 상태를 회복시키는 것이 어떨까 하고 임금은 어렴풋한 귀결을 내리고 있었다.

최우는 초겨울의 긴 밤을 매일 늦게까지 지키고 앉아 고심했다. 신년을 기하여 상감을 알현하게 되면 산뜻한 복안을 아뢸 작정이었다. 그런데 도무지 무릎을 탁 칠 만한 산뜻한 복안은 떠오르지 않았다.

"밤이 깊었습니다. 이거라도 좀 드시지요."

최우는 느리게 눈꺼풀을 밀어올렸다. 부인이 소반에 꿀과 인절미를 받쳐들고 있었다.

"놓고 앉으시오."

최우는 퉁명스럽게 한마디하고는 다시 눈을 감아버렸다.

"마음 고생이 너무 심하신데 제가 도움 말씀을 한마디드려도 될까요?"

부인이 조심스럽게 말을 건넸다.

"……."

최우의 반쯤 열린 실눈 속에서 검은 눈동자는 '아녀자가 뭘 안다고 나서는 게야!' 힐난하고 있었다.

"지금 겪으시는 마음 고생은 전황이 날로 불리해지는 데다 부인사까지 타버려 생긴 게 아닙니까."

부인의 말에 최우는 턱을 고였던 손을 떼며 바로 앉았다. 눈도 좀더 크게 뜨여 있었다.

"얕은 아녀자 생각입니다만, 이 어려운 고비를 무사히 넘기려면 부인사의 불타버린 대장경을 다시 판각(板刻)하는 것이라 여겨집니다."

"대장경을 다시 판각해?"

최우의 얼굴이 일그러졌다.

"흘려서 듣지 마시고 한 번만이라도 곱씹어보심이 어떨까 하옵니다."

부인은 조용히 일어나 물러갔다.

"대장경을…… 대장경을……."

고개를 갸웃하게 돌린 채 이렇게 중얼거리며 한참을 골똘히 생각에 잠겼던 최우가 갑자기 외쳤다.

"과연 묘안이로구나! 과연 묘안이야!"

최우는 몇 번이고 무릎을 치면서도 한편으로 어이가 없었다. 이렇게 간단한 해답을 곁에 두고 몇 개월을 고심참담(苦心慘憺)해 왔던 것이다. 대장경 판각의 불사―그다지 쉬운 일이 아닐 수 없었다. 이 방법을 생각해 내지 못한 것은 너무 급급한 나머지 나무를 보고 숲을 보지 못함이나 마찬가지였다. 눈을 좀더 크게 떠서 시야를 넓혔더라면 진즉 찾아낼 수 있었던 방법이기도 했다.

강화(江華)의 밤 103

다음날로 최우는 회의를 소집했다. 밤사이에 최우의 얼굴에서는 짜증으로 뭉쳐졌던 주름살이 자취를 감추고 있었다.
"자아, 어서 자릴 잡으시오."
"편치 않으셨다면서 이제 좀 어떠시오."
 최우는 밝은 표정으로 사람마다에게 일일이 인사를 보냈다. 그런 최우를 대하면서 중신들은 당황한 채 밝은 웃음을 덩달아 꾸몄다. 그러나 돌아서고 나면 한층 불안한 표정으로 바뀌었다.
"오늘 회의는 다름이 아니라 여러분들이 다 아시다시피 우리들에게 닥친 위기를 어떻게 극복할 수 있으며 그 대안은 무엇인가 하는 데 있습니다."
 최우가 서두를 꺼내자 둘러앉은 중신들의 얼굴이 더욱 침울해졌다.
"그동안 고심에 고심을 거듭한 끝에 드디어 그 대안이 마련되었습니다."
 턱을 치켜든 최우는 좌중을 휘이 둘러보며 힘주어 말했다. 모두의 표정이 갑자기 밝아졌다. 눈을 휘둥그렇게 뜬 얼굴, 헤벌어진 웃음을 흘리는 얼굴, 한숨을 푹 내쉬며 어깨를 구부려버리는 사람, 가지각색이었다.
"그 대안을 놓고 여러분들의 의견을 지금부터 듣고자 함이니 기탄없이 말씀들을 하시기 바라오."

최우의 목소리는 당겨진 시위처럼 팽팽한 힘이 넘쳐나고 있었다.

"그 대안이란 바로 불타버린 부인사 대장경을 다시 판각하는 것입니다. 그것을 능가하도록 새로 파는 겁니다. 여러분들의 의견은 어떻습니까?"

최우의 말이 끝나고 한참이 지나도록 좌중은 침묵 일관이었다. 그런 좌중을 실눈을 뜨고 바라보는 최우의 입 언저리에는 비웃음이 번지고 있었다.

모자라는 것들. 그렇게 맥이 빠진단 말이냐. 하기야 나도 처음엔 황당하게 느꼈는걸. 너희들 머리로 아무리 뒤집고 엎어봐도 그 이유가 밝혀질 게 뭐냐. 아무래도 너희들만 가지고서는 안 되겠어 어딘가 허전해. 절름발이, 그래 절름발이 신세를 면할 수가 없지. 그래서야 오래 걸을 수 있나. 두 다리가 짱짱해야지. 선비라는 것들, 그것들도 전혀 쓸모가 없는 건 아냐. 쓸 만한 것들을 골라 적당한 명칭을 붙여 유용하게 이용을 해야겠어. 이런 계획이라면 상감께서도 쾌히 윤허를 하시며 기뻐하실 거라. 일거양득(一擧兩得) 아닌가.

최우는 수염을 쓰다듬으며 빙그레 웃고 있었다. 여느 때나 마찬가지로 오늘도 회의를 열면서 무엇을 기대한 것이 아니었다. 어전(御前)에 들기 전에 미리 알려서 의견 통일을 시키려는 것이었다.

"별다른 의견들이 없으면 이대로 상감께 아뢰도록 할 것이오. 판각을 위한 세부 계획은 윤허를 얻은 다음 세우도록 합시다."

최우가 결론적으로 말하고 자리를 털고 일어섰다.

"아뢸 말씀이 있습니다. 깊은 뜻이 있어 시행하시려는 일인 줄 아오나 소직으로는 선뜻 이해가 어려우니 그 필요성이나마 간추려 알려주심이 어떨까 하옵니다."

"허허허허…… 그럴 만한 일이오. 허나 곧 알게 될 터이니 당장 궁금하더라도 기다리도록 하시오. 그리고 모두 한 가지 유념할 일이 있소. 상감께 아뢰기 전까지는 절대 발설이 되지 않도록 신경을 써야 할 것이오."

최우는 못박아 말하고는 옷자락을 펄럭이며 나가버렸다.

전란 중에도 세월은 흘렀고 새해는 어김없이 찾아왔다.

설날을 기하여 몇 개월 만에 임금을 배알하게 된 중신들은 처음 벼슬 자리에 오를 때처럼 가슴이 설레고 얼굴에는 화색이 가득했다. 그러나 전란을 3년째로 넘기게 된 임금은 새해를 맞아 오히려 괴로움만 커갔다.

"상감마마, 만수무강 누리시옵소서."

입을 모은 중신들의 새해 알현을 받으면서도 임금은 결코 달갑지 않았다.

"경들의 뜻 고맙긴 하오만 나라가 전란에 휩쓸린 채로 평정이 이루어지지 않고 있으니 내 어찌 만수무강하기를 바랄 수 있겠소."

"황공하옵니다. 상감마마."

"경들이 황공할 거 뭐 있겠소. 임금인 내가 다 부덕한 탓이 아니겠소."

상감의 말이 떨어질 때마다 중신들은 흠칫 움츠러들었다.

그때 최우가 한 걸음 앞으로 나섰다.

"교정별감 최우 아뢰옵니다. 다름이 아니오라 신이 오랫동안 숙고한 결과 이 국난을 극복할 수 있는 한 가지 방법을 모색했사옵니다."

"뭣이라고?"

상감이 용상에서 등을 떼며 반색을 했다.

"어서 그 방법을 아뢰어라."

"예에……, 하오나 그 방법이라는 것이 피상적으로 생각할 때에는 현실성이 없는 것처럼 오해될 우려가 있기 때문에 아뢰기가 심히 주저되옵니다."

최우는 꼬리를 사렸다.

"주저할 것이 뭐 있느냐. 본시 묘책이나 탁견은 설명을 곁들이지 않으면 오해를 낳게 마련이 아닌가. 그럴 염려를 막기 위해 경이 설명까지 소상하게 하면 될 게 아닌가."

최우는 회심의 미소를 지었다. 일은 반이 이루어진 셈이

강화(江華)의 밤 107

었다.

"황공하옵니다, 상감마마. 그 방법이라 함은 다름이 아니오라 부인사에 봉안되었던 소실된 대장경에 걸맞거나 더 능가하는 규모로 대장경을 다시 판각하는 일이옵니다."

상감은 약간 미간을 찌푸리는 듯하더니 등을 용상에 기대 버렸다. 그리고 심드렁하게 물었다.

"어찌하여 그게 국난을 극복할 수 있는 방법인고?"

"신들이 미천하여 적의 손에 부인사가 소실되게 한 죄는 백 번 죽어 용서받을 수 없는 대죄임을 뼈에 사무치게 알고 있사옵니다. 그러하오나 불법은 본래부터 이루어지고 무너짐이 있는 게 아니오며 다만 불법이 담겨 있던 그릇이 깨졌을 따름이옵니다. 그릇이 깨지면 필연코 다시 장만을 해야 하듯 대장경 판각도 서둘러야 할 줄로 아옵니다. 특히 적들이 대장경을 공략한 원인을 규명하면 그 필연성은 더욱 절실해지옵니다. 적들이 대장경을 공략한 이유는 선대 왕 현종조(顯宗祖)에 침입했던 거란병이 그때 새긴 대장경의 법력에 밀려 물러갔음을 상기하고 바로 그 판본을 불살라버린 것이옵니다. 그러하온즉 다시 대장경 판각 불사를 위로 어지신 상감마마와 아래로 착한 백성들의 뜻을 한데 모아 이루게 되면 그때의 거란병도 물러갔거늘 어찌 오늘의 몽골병이라고 물러가지 않겠사옵니까."

최우의 열변은 일단 여기서 끝났다. 그의 얼굴은 불그레하게 상기되어 있었다.

언제부턴가 고개를 끄덕이고 있던 상감은 최우의 말이 끝나자 자세를 바로잡았다.

"경의 말을 듣고 보니 그럴 법도 한데, 허나 이만저만 큰 불사가 아닌 데다 난리까지 겹쳐 백성들의 생활고가 극심할 터인데 어찌 그 일을 치러낸단 말이오."

"지당하옵신 심려이시옵니다. 하오나 백성들은 지위 고하, 남녀노소를 막론하고 불심이 두텁기 그지없어 이런 불사를 내심으로 고대하고 있을 것이오며, 만약 불사가 어명으로 시작되기만 하면 인력 동원도 지극히 용이할 것으로 믿사옵니다. 뿐만 아니라 소요 경비는 식생활 정도이온지라 어디서 먹으나 소비될 양식이며, 백성들이 시주를 겸하여 조세(租稅)도 솔선하여 낼 것이 확실하므로 일을 추진하는 데는 별로 난점이 없는 줄 아뢰옵니다."

"과시 그럴 법도 하구먼……."

상감은 더욱 폭넓게 고개를 끄덕였다. 최우는 기회를 놓치지 않았다.

"상감마마, 시작이 반이라 하였사옵니다. 윤허하여 주시옵소서."

최우의 선창에 따라 나머지 중신들이 합창했다.

"윤허하여 주시옵소서."

합해진 굵은 목소리들이 퍼져 여운을 남기는 속에 고종 임금은 눈을 감고 생각에 잠겨 있었다. 침묵이 무겁게 드리워졌다.

이윽고 고종 임금은 눈을 떴다.

"대장경 판각 불사를 윤허하노라."

"성은이 망극하여이다."

중신들이 합창하며 깊게 허리를 굽혔다.

"신년 새 아침에 새롭게 내리는 윤허이니 차질 없이 수행토록 하라."

"명심하여 거행하오리다."

평행선의 시발(始發)

 대장경 판각 불사의 윤허가 내렸다는 소식을 오후에 전해 들은 수기대사는 한동안 넋 나간 표정으로 서 있었다.
 "혹시 잘못 들은 것은 아니냐?"
 수기대사는 그래도 믿어지지가 않아 시봉 효신에게 물었다.
 "소승도 너무 당혹하여 몇 번이나 확인한 사실이니 틀림이 없습니다."
 "으음—."
 입꼬리가 처지도톡 입을 다물며 수기대사는 돌아섰다. 입에서는 신음 소리가 흘러나왔다.

설마 이런 일이 생기리라곤 상상조차 못했던 것이다. 그야말로 마른하늘에서 벼락 떨어지는 격이었다. 정치가 아무리 술수라 하더라도 이렇게까지 교활할 줄은 정말 몰랐던 것이다. 호신책(護身策)치고는 놀랄 만큼 완벽했다.

수기대사는 당장 상감을 배알하고 모든 사정을 낱낱이 알려드리고 싶은 충동에 떨었다. 그러나 경솔하게 움직여 해결될 문제가 아니었다. 자칫 잘못했다가는 거미줄에 날아든 한 마리 파리꼴이 될 것이었다. 더구나 상감께서는 지금쯤 죄의식을 털어버린 홀가분한 마음으로 흡족해 하고 계실 것이다.

아무리 속되다 한들 한 나라를 다스린다는 자들이 어찌 삶의 허망함을 그다지도 모를까. 인생살이가 한갓 물거품이거나 뜬구름 같다는 깨달음은 할 수 없을지라도 어찌 꼭 죽을 수밖에 없다는 그 단순한 사실마저 모르는 것일까.

하긴 인간적 야망에 불이 붙어 타는데 죽음을 인식하여 그 불길을 다스릴 수 있게 되면 그건 벌써 깨달음의 길로 접어드는 것이 아니던가. 추악한 것들, 어찌 감히 그런 일을 도모할 수 있을까. 허울 좋게 부처님을 팔아가며 충성을 도금(鍍金)할 수 있는가.

수기대사는 꼬박 뜬눈으로 밤을 밝혔다. 밤새도록 마음을 다스리려 했지만 그들의 소행은 용서할 수가 없었다. 다른 날보다 더 오래 법당에 앉아 있었지만 마음은 가라앉지 않았다.

조반을 건성으로 두어 수저 뜨고 물러앉아 있는데 사람이 찾아왔다.

"교정별감께서 대사님을 뵙고자 하옵니다."

"그래 나더러 채비를 차리란 말이냐?"

"그러하옵니다."

"가서 전해라. 난 몸이 불편해서 기동을 할 수가 없다."

"대사님, 안 되옵니다. 화급한 일이라 하시었습니다."

"난 하나도 화급할 것 없다. 그만 돌아가도록 해라."

"큰일납니다, 대사님. 어서 채비를 서두르십시오."

"어허, 큰일은 무슨 큰일. 그만 돌아가라니까 그러는구나."

수기대사는 눈을 부라려 보이며 언성을 높였다. 하인은 울상이 되어 돌아갔다.

멀어져가는 하인의 허전한 뒷모습을 바라보며 수기대사는 쓰게 웃고 있었다. 유감없이 최우다운 짓이었다. 언제는 직접 찾아오고 이번에는 하인을 보냈다. 임금에 연관되는 일이었지만 엄밀하게 구분하면 사사로운 것이었는데 그때는 직접 찾아오더니 이번에는 공적인 막중대사 때문인데도 일개 하인을 보내 호출을 명하는 것이다. 그때나 지금이나 교정별감이긴 마찬가지인데 그 윤기가 달라졌기 때문이리

라. 수기대사는 절대로 최우의 호출에 응하지 않을 작정이었다. 제아무리 하늘을 찌르는 권력을 가지고 있다 해도 무서울 게 없었다. 마음으로 인정할 수 없고 뜻대로 합할 수 없는 권력자를 두려워했다면 일찍이 이 고행(苦行)의 길부터 외면했을 것이다. 더구나 최우는 부처님을 팔아 자신의 야욕을 채우고 있는 터였다.

예상했던 대로 관복 차림을 한 사람이 들이닥쳤다.

"대사님, 어서 채비를 갖추십시오. 기다리고 계십니다."

"글쎄 몸이 성치 않아 기동을 할 수 없다고 말씀드리지 않았습니까."

"보아하니 별로 불편하신 것 같지도 않은데요. 솔선해서 나서야 될 대사께서 오히려 이러시면 어떻게 합니까. 대사께서 제일 기뻐하실 일이 아닙니까."

"내가 제일 기뻐하다니요? 어림없는 말씀입니다. 나는 그런 식의 불사는 반대합니다. 용납할 수 없어요."

수기대사는 단호하게 말했다.

"아니, 그 무슨 큰일 날 말씀입니까. 그러시다가 괜히……."

"괜히 어쩐단 말이오. 왜 말끝을 맺지 못하십니까."

"화를 입으실지도 모른다는 말입니다."

"글쎄요. 나 그런 거 별로 두려워하지 않습니다. 내게 봉양해야 될 부모님이 계십니까, 거느려야 될 처자가 있습니까. 그저 부처님의 가르침을 바르게 따르고 그 말씀을 그르침이 없이 지키다가 훌쩍 떠나면 그만인 목숨이지요."

수기대사는 그저 급담할 따름이었다.

"대사님, 왜 이러십니까. 그 불사가 어째서 못마땅하시단 말씀입니까. 무슨 이유인지 도무지 이해가 되질 않습니다."

"물론 그러실 테지요. 허나 교정별감께선 죌 알고 계실 겁니다. 거기 가서 알아보도록 하시지요."

"대사님 이러지 마시고 소직의 입장을 생각해서라도 제발 함께 가주십시오."

"괜시리 말만 길어집니다. 내가 가고 안 가고가 어느 개인의 입장을 보아 결쟁되진 않습니다."

수기대사는 돌아앉으며 눈을 감아버렸다.

"뭣이라고? 감히 그 중놈이 어디다 대고 항명을 한단 말이냐. 하룻강아지 범 무서운 줄 모른다더니 바로 그 중놈을 놓고 이르는 말이로구나."

최우는 고함을 지르며 푸르르 떨었다. 당장 끌어다가 요절을 내버리고 싶었다. 그러나 막상 그럴 수도 없었다. 그의 이름은 큰 중으로서 너무나 널리 알려져 있었다. 더군다나 상감의 두터운 인정을 받고 있는 터였다. 상감께서는 어제도 즉석에서 "수기 대사와 합심하여 효과적인 불사를 이루도록 하라"고 다짐을 하셨던 것이다.

평행선의 시발(始發) 115

최우는 뜻하지 않은 복병을 만나 당황했다. 지난번의 불손하기 이를 데 없던 수기대사의 태도도 이번 불사 계획을 계기로 정반대가 되리라고 예상했던 것은 너무나 큰 오산이었다. 수기대사―최우는 그 인물 됨을 도무지 알 수가 없었다. 지난번만 해도 자신의 내심을 거울로 비추듯 훤히 들여다보고 있었다. 또 이번에 거침없이 항명을 하는 것도 자신의 속셈을 다 알고 있기 때문이 아닌가. 최우는 그만 소름이 끼쳤다. 소문대로 득도(得道)를 해서 그런가. 아무리 자신의 속셈을 알았더라도 중의 몸으로는 그런 거창한 불사가 이루어짐을 감지덕지해야 할 게 아닌가. 그런데 무엇을 더 바라 항명을 하며 불사까지 반대하는 배짱을 세우는 것일까. 나하고 무슨 전생의 원수로 태어났는가. 최우는 생각할수록 분하고 열이 치받쳐 견딜 수가 없었다.

  상감께서는 빠른 시일 내에 대체적인 계획을 알고 싶어하셨다. 그런데 수기대사가 이런 식으로 버티는 한 계획이고 뭐고 일은 초장부터 헝클어지고 마는 것이었다.

  최우는 자꾸 치솟으려는 감정을 꾹꾹 눌러가며 꼬박 하루를 생각한 끝에 수기대사를 찾아가기로 작정했다. 자존심 때문에 고심참담 이루어놓은 일을 그르칠 수는 없었다. 아직 발톱에 독을 묻힐 시기가 아니었다.

  "어찌 그리 허약하고 무책임한 말씀을 하십니까. 불력(佛

力)으로 적을 퇴치할 수 있다면 왜 부인사의 장경은 적의 손에 불타고 갈았습니까? 불력은 적을 무찌르는 무기가 아니라 중생을 제도(濟度)하는 힘입니다. 백성들이 두터운 불심을 바탕으로 뭉치고 그리고 용기를 얻어 적과 맞서 싸워 이겼을 때 비로소 불력은 국력(國力)이나 병력화(兵力化)하는 것입니다. 그런데 어찌 장경 판각이 곧 불력이라 혼동하시며, 판각된 장경이 곧 적을 무찌르는 힘이라고 오해하시는 겁니까?"

수기대사는 최우를 사정없이 몰아세웠다.

"대사는 하나는 알고 둘은 모르시는군요. 현종조에 그 실증이 있지 않습니까. 거란병이 물러간 실증 말입니다."

최우도 당당하게 맞섰다. 그러나 수기대사는 어이없다는 표정을 지었다.

"지금 우리는 솔직해야 합니다. 선왕 때의 일을 놓고 왈가왈부하는 것을 불경시하고 있지만 오늘의 막중대사를 논의하는 데 표본이 되었으니 피치 못하게 되었습니다. 그때 거란병이 물러갔던 것은 장경의 불력에 의해서가 아니라, 그야말로 그들 스스로가 이 땅에 더 머물러 있을 필요가 없었기 때문에 돌아간 것이었을 뿐입니다. 침략자의 무력이 상대적인 무력에 의해서가 아니라, 종교의 법전의 힘에 의해서 퇴치되었다는 사실은 이 세상 그 어느 곳에서도 찾아볼 수 없습니다. 왜 역사의 미화(美化)된 기록을 가져다가 자기 행동의 합리화를 위한 방패막이로 삼으려 합니까?"

"말씀 삼가시오! 감히……."

최우가 방바닥을 내리치며 소리질렀다. 최우의 입술이 푸들푸들 떨렸다.

"고정하시지요. 태평한 세월에 이런 불사가 이루어지게 됐다면 소승 대감 앞에 백번이고 절을 올렸을 것입니다. 그러나 지금은 전란 중으로 나라를 건지는 일이 무엇보다 시급합니다. 세존께서 설하신 불법은 영생하는 것이지 판각장경이 불탔다 하여 없어지는 것이 아닙니다. 그런데 하필이면 이 어려운 시기에 그런 엄청난 불사를 일으켜 백성들을 괴롭힐 이유가 어디 있습니까. 그건……."

"그만 말씀 거두시오. 난 대사한테 설법을 들으러 온 게 아니오. 이미 윤허가 내린 일이니 시행만 남았을 뿐이오. 어서 대사는 대답만 하시오!"

최우가 수기대사를 쏘아보며 살벌한 음성으로 내질렀다.

"소승은 이번 불사를 절대 찬성할 수 없으며, 그래서 결코 참예하지도 않을 것입니다."

"닥치시오! 목숨이 아깝지 않거들랑 맘대로 하시오. 어떡하시겠소. 어서 대답을 택일하시오."

수기대사는 최우의 핏발 선 눈을 노려보고 있었다. 이제

올 때까지 다 온 것이었다. 굳이 그 말을 담아둘 필요가 없음을 느꼈다.

"고정하시지요. 여기는 부처님을 모신 경내가 아닙니까."

이 말에 최우는 흠칫하며 떫은 인상이 되었다.

"대감은 지금 네 가지 대죄를 짓고 있습니다. 첫째 불사를 빙자하여 패전의 책임을 은폐함과 동시에 권력을 존속시키려 함으로써 상감과 사직에 죄를 범했고, 둘째 상감의 흉중에 자리 잡고 있는 괴로움을 이용하여 판각 불사의 필요성을 거짓 고함으로써 상감을 우롱한 죄를 범했으며, 셋째 전란을 겪느라 사경을 헤매고 있는 백성들에게 불필요한 노동과 과세를 강요하게 되어 생활을 도탄에 빠지게 하는 죄를 범하게 되고 넷째 부처님의 가르침을 오도함으로써 신성한 불법을 더럽히고 중생들로 하여금 부처님을 경원케 하는 죄를 범하게 된 것입니다. 이렇듯 수단으로 이용되는 불사를 내 어찌 찬성할 수 있으며 참예할 수 있단 말이오."

"닥치시오, 닥쳐! 정 그렇다면 어디 두고 봅시다."

최우는 파란 독이 뚝뚝 떨어지는 얼굴로 자리를 차고 일어섰다.

수기대사는 속이 후련했다. 상대방의 과오를 지나치게 파헤치거나 공탁하는 것은 결코 바람직한 자세가 아닌데 하는 생각도 들었지만 수기대사는 곧 부정을 했다. 그런 부처님

평행선의 시발(始發)

의 말씀은 최우 같은 경우를 가리키는 것이 아니었다. 용서받았거나 용서해서 덕(德)이 될 상대방의 과오를 이쪽의 파렴치한 이익이나 악취미로 들춰내는 경우를 뜻함이었다.

그러나 최우의 경우는 지능적인 범죄 행위였다. 불의인 것을 알면서도 묵인하거나 무관심한 체하는 것은 또 하나의 불의를 저지르는 행위였다. 더구나 어느 개인의 욕망 충족을 위해 뭇사람이 도구화되거나 노예화되는 불행을 외면할 수가 불자에게 없음을 수기대사는 다시 확인하는 것이었다. 부처님의 체온은 언제나 죄짓지 않는 다수에게로 흐르고 있었다. 그러므로 불자는 의당 많은 그들의 편이어야 하는 것이었다.

수기대사는 내일이라도 상감을 배알하기로 했다. 최우와 아무리 다투어보아도 감정만 거칠어질 뿐 결말이 나지 않을 일이었다. 윤허가 내려졌다는 사실이 큰 타격이었지만 힘이 닿는 데까지 최선을 다할 생각이었다.

한칼에 목을 뎅겅 쳐버려도 최우로서는 분이 풀릴 것 같지 않았다. 일찍이 자기 면전에서 그따위로 겁 없이 나대는 인종은 보지를 못했었다. 승려들도 꽤 많이 대해왔고 도움도 주곤 했지만 하나같이 정중한 예를 잃지 않았던 것이다. 그런데 저 수기라는 종자는 어떻게 돼먹은 것이 거칠 것이 없었다. 제까짓 놈이 죽었다 되살아나는 신통력을 가졌다면 또 모르겠는데 무얼 믿어서 그렇게 두려울 것 없이 나대는 가 말이다. 그렇다, 미친 것도 아닌 것이, 그 말하는 솜씨하며 상대방 속을 꿰뚫어보는 것이 너무나 멀쩡한 것이다. 그 태도로 보아 죽기를 각오하고 덤비는 게 분명했다. 최우는 바로 이 점이 미칠 지경이었다. 죽기를 작정하고 덤비는 아낙에게 이길 사내 없다는 말이 있다. 혹시 그런 꼴이 되지 않을까 최우는 덜컥 겁이 나기도 했다. 자기 앞에서 그런 식이었다면 상감 앞이라고 거칠 게 있을 리 없었다. 만약 그렇게 된다면……, 최우는 바짝 긴장했다. 상감께로부터 시작해서 손을 쓸 수 있는 데까지는 백방으로 손을 뻗칠 필요를 느꼈다. 최우의 눈에 묘한 빛이 서렸다.

수기대사는 절망을 느꼈다. 한발 늦어버린 것이었다. 상감께서 틀림없이 윤허를 거두시리라고 믿은 건 아니었지만 이렇게 판각 불사에 집념하시게 되기까지 자신은 무엇을 했는가 하는 후회가 뒤미처 머리를 때렸다.

"상감마마, 부처님께서는 중생을 설법으로 제도하시는 것이며 국왕께오서는 백성을 의식주로 이끄시는 것이옵니다. 부처님의 제도를 정신적 제도라 한다면 국왕의 치정은 육체적 제도라 할 수 있습니다. 인간에게 있어 정신과 육체는 불가분의 관계에 있다고 하나 둘 중에 반드시 선행하는 것이 있을 것이옵니다. 육체가 곧 정신을 담는 그릇이옵니다. 백성들의 육체적 제도가 미흡한 상태에서 어찌 정신적 제도가 제대로 이루어질 수 있겠나이까. 지금 시급한 것은 튼튼한 육체적 제도이옵니다. 판각 불사는 시기상조이니 뒤로 미루심이 어떠하시오니까. 통촉하여 주시옵소서."

"대사, 대사의 뜻 모르는 바 아니나 과인의 뜻이 또 있으니 대사는 이번 불사를 총책임 맡아 위업을 세우도록 해주시오. 과인은 오로지 대사만 믿을 뿐이오."

"하오나 상감마마……."

"대사, 족히 알았다니까요. 중신들이야 행정적 뒷바라지만 하게 될 터이니 대사의 뜻에 따라 이 불사의 성패가 좌우될 것이오."

"하오나 상감마마……."

"대사, 이 명칭이 어떻소. 대장도감(大藏都監). 아주 그럴듯하지 않소? 과인이 따로 교정별감을 불러 충실히 협조토록 당부할 것이오."

이런 식으로 어전을 물러나고 말았다. 확실한 근거는 없었지만 수기대사는 밤사이에 무슨 일이 있었을 것이라고 단정했다. 그건 직감에 의해서였다. 자신의 직감은 대개 사실을 앞지르는 정확성을 가지고 있었다. 그렇지 않고서야 상감께서 어찌 그렇듯 완전하게 말을 봉쇄하실 수 있으며 잠시의 여유도 주지 않고 사람을 궁지에 몰아넣으실 수 있었을까. 수기대사는 암울한 심정이었다.

"대사님, 대사님."

다급한 목소리에 수기대사는 잠이 깼다.

"무슨 일이냐?"

"아유 대사님, 무사하셨군요."

"무슨 일이 있었더냐?"

수기대사는 불길한 생각을 털어버리며 방문을 열었다. 마당에는 여러 명의 승려들이 모여 있었다.

"어쩐 일들이냐."

"예에, 끔찍하게도 웬 검은 그림자들이 대사님 방문 앞에서 어른거리다가 소리를 지르자 도망을 갔습니다."

"검은 그림자? 허허허허…… 거참 재미있는 일이로구나. 소릴 지르지 말고 그대로 둘 걸 그랬지. 내버려둬도 제 놈들 발로 물러갔을 텐데."

대사의 태연한 말에 승려들은 모두 놀랐다.

"그자들은 틀림없이 대사님을 해치러 온 놈들인데요?"

누군가가 떨리는 목소리로 말했다.

"이 늙은 목숨이 뭐가 대단해서 해치려 했겠느냐. 필시 좀도둑이었을 게다. 다들 그만 들어가 자거라."

"아침 예불 시간도 가까웠으니 그만 자렵니다. 인제 잠이 들면 늦잠을 자게 되거든요."

수기대사는 엷게 웃었다. 말은 이렇게 하지만 실은 자기의 방을 지키려는 그들의 내심을 수기대사는 알고 있었다.

수기대사는 최우의 하는 짓이 가소로웠다. 겁을 주자는 수작이 분명했다. 해치려고 했다면 다른 시간을 다 넘기고 하필 새벽녘에 사람을 보냈을 리가 없었다. 굳이 사람의 눈에 띄게 만들어 경내에 공포 분위기를 조성시킬 심산이었을 것이다.

하루 종일 최우로부터는 아무런 소식이 없었다. 수기대사는 이런저런 생각에 골몰했다. 금강산 같은 명산으로 깊이 들어가버릴까. 천지를 유랑하며 전란에 시달리는 백성들에게 불심이나 심을까. 교종승(教宗僧)으로서 불전(佛典) 해독(解讀)을 좀 한다는 이유로 임금 가까이 있어왔던 세월도 돌이켜보면 허망했다. 어느 세월이 허망하지 않을 수 있을까마는 그래도 교종승답게 보다 많은 중생들에게 불법을 깨우치는 세월을 살았어야 했을 것이다. 지금이라도 그 길로 나서면 이런 와중에서 허덕이진 않을 게 아닌가.

그러나 모두 결론에 미치지 못하는 생각들이었다. 판각불사라는 너무나 큰일이 얽혀 있었기 때문이다. 그건 영원으로 문을 여는 또 하나 불법의 깨우침이었던 것이다.

예상했던 대로 다음날 새벽에 그림자들은 다시 나타났다가 승려들에게 쫓겨 달아났다.

조반을 마치고 나서 얼마가 지나 시봉 효신과 함께 승려 몇 사람이 들어왔다. 모두들 수기대사가 아끼는 도량이 큰 젊은 승들이었다.

"대사님, 소승들이 감히 관여할 일이 아닌 줄 압니다만 몇 말씀 올릴 수 있을는지요."

"무슨 말인데 그리들 어려워하는 거요. 어서들 말해 보시오."

"대사님 신변이 자꾸 위태로워지고 있습니다."

"그들은 무슨 흉악한 일을 저지를지 모릅니다."

"그들이라니?"

수기대사는 말을 막았다. 그러나 승려들은 미리 각자가 할 말을 분담해서 들어오기라도 한 듯이 다음 사람이 대답 대신 이런 말을 했다.

"대사님, 장경 판각 불사의 참예를 승낙하셔야 할 것입니다."

"그렇습니다. 대사님께서 참예하시지 않는다 하더라도 불사는 추진될 것이며, 대사님께서 하실 일을 다른 스님께서 맡으실 것입니다."

"그렇게 된다면 대사님께서 염려하신 문제들이 그르쳐지는 것은 말할 것도 없고 장경 제작까지 허술하게 될 우려가 있습니다."

"기왕 이루어질 불사라면 장경만이라도 손색 없이 제작되어야 그나마 백성들의 희생이 값진 시주로 바뀔 게 아닙니까."

"대사님, 소승들을 주제넘다고 나무라지 마시고 소승들의 말씀을 거두어주십시오."

"그리고 소승들도 대사님을 받들어 이 불사에 참예시켜주시어 고난의 시기에 제작되는 장경이 영원한 보물로 남게 하는 데 소승들로 하여금 그 일익을 맡게 하여주십시오."

승려들의 꼬리를 이어나가던 말은 여기서 끝났다. 수기대사는 눈을 내려감은 채 아무 말이 없었다. 향 타는 연기가 파랗게 피어오르는 방에는 절 특유의 정적이 한 가닥 한 가닥 드리워지고 있었다.

"내 마음에 깊이 새기도록 할 것이니 그만 일들 보도록 하시오."

수기대사는 눈을 감은 채 말했다.

수기대사의 마음은 한층 무거워졌다. 그들은 어린애가 아니었다. 젊다고는 했지만 거의가 마흔 줄에 접어든 나이들이었다. 그들의 생각은 어쩌면 환갑을 넘긴 세속 선비들과 걸맞을지 모른다. 그들의 말에 어디 한군데 틀린 곳이 있는가. 그들의 말은 자신이 그동안 여러 번 곱씹었던 생각이기도 했다. 그들은 더할 수 없는 위안이 되면서도 한편으론 떼칠 수 없는 짐이기도 했다.

수기대사는 며칠째 진전 없는 생각들에 매달려 있었다.

승려들은 수기대사가 눈치채지 못하게 쉬쉬해 가며 매일 밤 대사의 방을 윤번제로 지켰다.

그러던 어느 날 입궐하라는 전갈이 왔다. 수기대사는 방을 나서기 전에 무릎을 꿇고 앉아 합장을 했다. 마음이 그렇게 무거울 수가 없었다. 오늘은 양단(兩端)간에 결정을 내려야 한다. 수기대사는 합장을 한 채 그야말로 생전 처음 세존을 원망하고 있었다. 한 가닥 지혜만을 주셨을 뿐 이 막중 대사에 어떻게 대처해야 할지 결정은 내리시지 않는 것이다. 그만큼 수기대사의 마음은 절박했다.

수기대사는 효신을 데리고 일주문을 나섰다. 다른 날과는 달리 많은 승들이 배웅을 나왔다. 그들의 눈은 불안한 채로 많은 말을 담고 있었다.

어전에는 중신들이 다 나와 있었다. 수기대사가 자리를 잡고 읍을 하자 임금이 먼저 인사를 겸한 말을 했다.

"대사, 오시느라 수고가 많았소. 오늘은 설마 과인을 바늘방석에 앉히진 않으시겠지요."

"황공하옵니다."

수기대사는 그저 읍을 할 뿐이었다.

"그날 이후 경내에서 두문불출이었다니 아직도 대사의 마음에 동요가 일고 있음인가요?"

"황공하옵니다."

"허나 오늘 이렇게 나오신 걸로 보아 과인은 대사가 불사 참예를 결정한 것으로 믿고 싶소. 어떻소, 대사가 직접 심중을 밝히시는 것이."

수기대사는 숨을 길게 들이마셨다.

"소승의 장경 판각 참예를 허하여 주시옵소서."

수기대사는 힘주어 말했다.

"허하다 뿐이겠소. 고맙소, 대사."

임금은 더없이 밝게 웃었다.

"하오나 상감마마, 한 가지 청이 있사옵니다."

"청이라니……, 어서 말씀하시오."

"상감마마께는 청이 되었사옵고 교정별감께는 조건이 되옵니다. 소승이 불사에 참예함에 있어 행정적인 일은 알지도 못하오며 관심을 쓰지도 않을 것이옵니다. 하오나 판각 불사 그 자체만은 또한 그 누구의 간섭이나 통제받기를 결코 원하지 않사옵니다. 이 점을 명백히 하여주시옵소서. 그렇지 아니하면 사공 많은 배가 되어 모처럼의 불사를 그르칠 우려가 크옵니다."

"과시 대사다운 말씀이오. 과인은 쾌히 찬성이오만 교정별감의 뜻은 어떠하신지요."

"소신이 먼저 제안하려던 것이옵는데 그만 선수를 놓친 듯하옵니다."

최우가 빙긋이 웃는 얼굴로 말했다.

"이렇게 뜻이 화합하다니 더 반가운 일이 어디 있겠소. 이는 다 불사가 원만히 이루어지도록 부처님께서 보살피시는 것이니 당장 오늘부터 계획 수립에 진력토록 하시오."

"명심하여 거행하오리다."

중신들은 다 같이 머리를 조아렸다.

수기대사는 상감 앞에 읍을 할 때까지도 마음을 정하지 못했었다. 그런데 상감의 말씀마다 스며 있는 그 간곡함에 부딪히게 되자 뜻을 굳히지 않을 수 없었다. 그러나 그 순간 수기대사는 자신에게 분명히 말하고 있었다.

비록 이번 불사의 동기가 정치적 독적에서 비롯되었다고는 하지만 그 결과까지 그렇게 되도록 방치할 수는 없다. 이 불사로 모든 백성이 겪어야 하는 고충이 헛되지 않도록 하고, 판각될 글자 한 자 한 자를 백성 한 사람 한 사람으로 여기고 불사에 임하되, 한 자 한 자에 그들의 소망과 염원을 담아 새겨 후대에 전하더라도 한치의 부끄러움이 없는 대장경이 되도록 해야 한다.

며칠을 마음속에서 흐르고 맴돌던 생각이 순식간에 이런 뜻으로 줄기를 세웠던 것이다.

평행선의 시발(始發) 129

어전을 물러나와 자리를 옮겨앉게 되었다. 수기대사가 자리를 잡자마자 최우는 기다렸다는 듯 입을 열었다.

"대사, 어전에서 그렇게 못박지 않았어도 괜찮을 걸 그랬지요. 요즘 너무 과민하셨던가 보죠."

최우는 아까와 비슷한 웃음을 웃었다. 그러나 그 태연한 태도 속에 꼬챙이가 들어 있음을 수기대사는 간파하고 있었다.

"원래 중들이란 트이지 못한 것들이라 그렇습니다."

"아아, 그런 뜻으로 꺼낸 말이 아닙니다, 대사. 난 그저 대사께서 허락하여 주신 것만 고마울 따름입니다."

최우는 호걸스럽게 웃어넘겼다.

수기대사가 굳이 그렇게 조건부터 다짐을 했던 것은 그 나름의 이유가 있었다. 첫째 최우의 일방적 횡포를 막기 위함이었고, 둘째 과다한 행정력의 구속을 견제하려는 것이었다. 이 두 가지는 어느 것이 더 비중이 크다고 가늠할 수 없이 중요한 문제였다. 그리고 최우가 곧 행정력이요, 행정력이 곧 최우인 상황 아래서 그런 다짐은 더욱 절실한 것이었다. 그렇더라도 일을 하다 보면 상감의 뜻이 영향력을 행사하게 될 것이고 최우의 의견이 끼어들게 마련일 것이었다.

"대사, 지난 일은 다 씻어버리고 앞으로 불사에만 전념하도록 하십시다."

최우가 다가앉으며 넌지시 말했다.

"소승이야 뭘 압니까. 모두 허심탄회하게 굽혀지길 바랄 뿐입니다."

"여부가 있겠소. 우리들도 목욕재계하고 임할 각오가 되어 있소. 그럼 지금 당장 대사님 복안을 좀 듣도록 하는 게 어떻습니까."

"소승이 말씀드리기 전에 대감께서 구상하시는 걸 먼저 들었으면 합니다. 그게 진전이 빠를 것 같군요."

"좋긴 합니다만 준비된 게 뭐 있어야지요. 우선 어명대로 이번 불사를 총괄할 대장도감을 설치한다는 것과 내륙으로부터 조세를 효율적으로 거둬들이기 위해 섬진강·한강·금강·낙동강 등의 하구에 강창(江倉)을 두고 기타 해변에 해창(海倉)을 두도록 한다는 정도뿐입니다."

최우는 종이를 펴보였다. 수기대사는 믿어지지가 않았다.

"아니, 정말 이것이 전부란 말씀입니까?"

"언약한 지 얼마나 되었다고 내 어찌 대사에게 숨기는 게 있겠소."

최우는 민망한 표정이 되었다. 수기대사는 그런 최우를 물끄러미 바라보았다. 왠지 딱하고 측은한 생각이 들어서였다. 벌판에서 혼자 포효하는 호랑이, 그게 최우 같았다.

최우는 수기대사의 이런 느낌을 알아챘는지 멋쩍게 웃으

며 말했다.

"내 주변에 이런 일을 추릴 만한 인물이 있어야지요."

어리석을 만큼 솔직한 말이었다. 최우에게도 이런 면이 있었던가 생각하니 수기대사는 그만 가슴이 뭉클해졌다. 그가 한 나라를 주름잡을 수 있는 것은 만용에 가까운 야망과 야수를 닮은 기질 외에도 이런 국면이 있었기 때문인가. 수기대사는 최우를 다시 바라보았다. 그러고 보면 자신을 두 번 찾아온 것하며, 그때마다 그런 공박을 받고도 견디어낸 사실을 새삼스럽게 떠올렸다.

"좋습니다. 그럼 소승의 의견을 말씀드리지요."

수기대사는 장삼 소매를 걷어올리며 책상 앞으로 다가앉았다.

"우선 판각에 들어가기 전까지 준비 과정에서 네 가지로 대별(大別), 다시 한 가지씩 세부 계획을 수립해서 추진해야 되리라고 봅니다. 먼저 그 네 가지는 수록 경전의 채택, 필생(筆生)의 확보와 그 훈련, 각수(刻手)의 확보와 그 훈련, 판목(板木)의 벌채와 그 수습 등입니다."

"대사께선 과연 장사십니다. 지금 이 자리에서부터 장경판각 불사는 시작된 것입니다. 대사, 진정 고맙습니다."

최우는 수기대사의 팔을 덥석 잡았다.

"여봐라, 대사님 말씀을 하나도 빠짐없이 기록토록 하라."

최우가 엄한 표정으로 명령했다.

"그럼 그 준비 기간이 대략 얼마나 걸리게 될까요?"

"지금으로선 확실하게 알 수는 없지만 대략 3년 남짓 걸리지 않을까 합니다."

"아니 어찌 3년씩이나……."

최우가 눈을 휘둥그레 떴다.

수기대사는 자리를 고쳐앉았다. 이제부터 난관이 열리기 시작하는구나 싶었다.

"보십시오. 이번 불사를 일으키게 된 직접적인 동기는 부인사 대장경의 소실 때문이 아닙니까. 그렇다면 그 규모에 있어 우선 전 것을 능가할 수는 없을망정 같게는 해야 할 것 아닙니까."

"그야 더 이를 게 있겠습니까."

"그러자면 수록 경전의 정리도 정리지만 나머지 세 가지 것이 모두 3년씩은 요하게 됩니다. 먼저 필생의 문제를 살펴보지요. 전국적으로 글씨에 뛰어나다는 사람들을 모아야 합니다. 그러나 모두 그 필체가 다를 것입니다. 그런데 장경 판각을 하는 데는 한 사람이 쓴 것처럼 그 글씨 통일을 이루어야 합니다. 그러자면 각기 다른 글씨를 통일시켜야 하는 훈련이 필요하게 됩니다. 그 기간이 평균 3년은 걸리게 됩니다. 그 다음 각수의 문제입니다. 물론 각수도 전국적으로

평행선의 시발(始發) 133

모아들여야 될 것입니다. 각수는 필생의 경우처럼 뛰어난 사람만을 고를 수가 없습니다. 각수의 숫자가 글씨를 쓸 수 있는 사람들보다 적은 데다 정작 판각이 시작되면 필생보다 다섯 배 이상 열 배까지 필요한 것이기 때문입니다. 붓으로 열 자를 쓰는 것과 칼로 한 자를 새기는 것과 소요되는 시간이 엇비슷하지 않을까 합니다. 이들의 훈련이 또 필요합니다. 이들이 숙달되지 못하면 일의 진척이 더딜 뿐 아니라 작은 실수로 인하여 목판(木板)의 손실이 막대하게 됩니다. 이들을 숙달시키는 데도 대략 3년이 걸립니다. 그리고 끝으로 판목 제작 과정을 살펴보지요. 이미 선왕의 불사 때 했던 것처럼 이번에도 나무는 단단하고 결이 좋으며 비교적 옹이가 적은 자작나무를 써야 할 것입니다. 그 나무도 벌채를 해서 바로 판목을 만드는 것이 아니라 바닷물에 3년여를 담가 진을 뺌과 동시에 강도를 강하게 만듭니다. 그걸 건져내 그늘에서 건조시킨 다음 판목을 만들게 됩니다. 이는 판목이 뒤틀리는 것을 막기 위함입니다. 다 만들어진 판목은 다시 소금물에 넣어 끓여냅니다. 이것은 자체 부패를 막고 좀 같은 것들이 슬지 못하게 함입니다. 이런 형편이니 준비 기간을 단축하기란 불가능한 일일 것입니다."

"대죄를 졌습니다, 나는……."

최우가 고개를 떨구며 말했다. 수기대사는 영문을 몰라

어리둥절했다.

"무슨 말씀입니까, 대감."

"그렇듯 공들여 만든 것인 줄도 모르고 소실당해 버린 것 아닙니까. 그건 오로지 나 하나의 불찰 때문이 아니었습니까."

최우의 얼굴은 고통스러운 빛으로 일그러져 있었다. 수기대사는 그 얼굴에서 진실을 발견했다. 수기대사의 가슴에서는 기쁨의 물줄기가 솟구쳐올랐다. 법열(法悅)이란 이런 식으로도 오는 것인가. 수기대사는 최우의 손을 덥석 움켜잡았다.

"대감! 장하십니다. 참회는 용기 있는 사람만 할 수 있는 것입니다. 참회 앞에 또 다른 벌은 없는 법입니다. 이제 대감께서는 부처님과 선왕들과 그리고 부인사에서 쓰러져간 고혼들로부터 면죄받으신 것입니다. 그리고 이렇게 거룩한 불사에 착수하고 있습니다. 무한 공덕까지 쌓으시는 겁니다."

수기대사의 음성이 떨리고 있었다.

"대사께선 나의 진심을 믿으시겠습니까?"

최우가 간절한 음성으로 물었다.

"믿다마다요. 이심전심(以心傳心)이 아닙니까."

수기대사는 최우의 손을 흔들며 더없이 환하게 웃었다. 그러면서, 사람이 진실을 찾게 되면 이리도 쉽게 선해지는

평행선의 시발(始發) 135

것을…… 모든 중생이 바르게 행하고 닦으면 다 불타가 된다는 세존의 가르치심은 역시 진리라고 수기대사는 재삼 음미했다. 그러나 모든 사람에게 진실을 건지려는 마음의 노력과 진실을 만나게 되는 계기의 있고 없음이 문제임을 수기대사는 이 순간에도 안타까워했다.

"대사께서는 모든 것을 어떻게 그리 상세하게 알고 계십니까?"

최우가 정중하게 물었다.

"뭐 대단한 걸 알고 있는 건 아니지요. 외람된 생각이었습니다만 꽤 오래전부터 부인사에 봉안되어 있는 대장경이 미흡한 점을 가지고 있었어요. 그래 힘이 미치면 그 미흡한 점을 소승의 손으로 보완해 보려는 욕심에 조사를 했던 것뿐이지요."

"그럼 대사께서 손수 판각 불사를 계획하셨더란 말인가요?"

"그런 셈이지요. 뭐, 대단한 것은 못 되고 몇 가지 경전을 보충해 볼까 하는 과욕이었지요. 옛날 고승들도 더러 했던 일이니까요."

"그렇지만 혼자 할 수 있는 일이 아닐 텐데요."

"물론 소규모라 하지만 과정이야 마찬가지겠지요. 필생에, 각수에, 판목에, 재력 있고 불심 두터운 신도들의 시주까지 따라야지요."

"그럼 혹시 필생이나 각수가……."

최우의 얼굴은 기대에 부풀어 있었다. 수기대사는 빙그레 웃으며 고개를 끄덕였다.

"소승이 승려들로 이루어진 그저 쓸 만한 필생과 각수를 약간 데리고 있긴 합니다."

"대사! 오늘이 무슨 날이기에 이렇게 감격스러운 일이 연발합니까. 대사는 오늘의 이 불사를 위해 부처님께서 보내신 인물인가 합니다. 이런 사실을 상감께서 다신다면 얼마나 만족하고 기뻐하시겠습니까."

"황송한 말씀이오. 그 필생과 각수들을 모체로 한다면 일이 한결 수월해지겠지요. 그 필생들은 부인사 장경의 서체(書體)를 이미 습득하고 있으니까요."

"이 얼마나 다행한 일입니까. 난 그저 대사 앞에서 몸둘 바를 모르겠습니다."

최우는 진정으로 기쁨을 감추지 못했다.

"원 별말씀을 다 하십니다. 그럼 그 다음 계획을 짜도록 하실까요."

수기대사가 앉음새를 바로잡고 책상으로 돌아앉았다.

이렇게 화합된 분위기 속에서 불사는 진행되기 시작했다.

일의 효율적 진행을 위해서 진주(晉州) 지방에 분사대장도감(分司大藏都監)을 두기로 했다. 이는 용재(用材)인 자작나무를 거제도를 중심으로 하여 완도·지리산·연변·사천 등지에서 채취할 것이기 때문이었다. 이 분사의 주된 임무는 용재 채취와 판목 제작 및 강화까지의 수송을 맡도록 했다. 부수적으로 판각의 일부도 처리할 수 있게 했다. 판목은 해상(海上)으로 옮겨야 하는 수고를 덜기 위함이었다. 판각을 할 때는 수록이 결정된 불경들 중에서 한두 가지를 분담하면 될 것이었다.

필생과 각수는 승려들을 중심으로 하되 자원을 할 경우에 한해서 민간인도 받아들이기로 했다. 왜냐하면 이 불사가 언제 끝나게 될지 알 수 없는 일이며, 불사가 진행 중인 동안에 필생과 각수들은 엄한 규율 밑에 통제된 생활을 하게 될 것이다. 쉽게 말해 승려 생활로 접어들게 된다. 그런데 강제로 동원된 민간인들이 그 생활을 이겨낼 리가 없을 것이다.

분사를 중심으로 판목을 제작할 목수들과 벌목에 필요한 수많은 사람들은 어차피 동원이 불가피했다. 그러나 절대로 관권을 남용한 강제성을 띠지 않기로 했다. 백성들 모두에게 간직되어 있는 불심이 작용해서 솔선하는 분위기가 되도록 유도하고, 시주하는 마음으로 일할 수 있게 힘을 북돋우기로 했다. 이 일은 수기대사가 전국 사찰의 주지들을 중심으로 펴나갈 것이었다.

이외에도 종사자들의 불편 없는 의식주 문제와 수송을 위한 선편 문제, 몽골군의 반응 등 여러 가지가 논의되었다. 그러나 너무나 많은 문제가 산적해 있었기 때문에 큰 것부터 대충 마무리를 지었다.

수기대사와 최우가 책상에서 물러앉았을 때는 날이 어두워 있었다.

"오늘 결정을 본 사항들을 상감께 아뢰어 윤허를 얻어야겠지요?"

최우가 수기대사를 건너다보았다.

"물론이지요. 내일 아침 배알하고 윤허를 받은 다음 문제를 결정짓고 그걸 다음날 다시 아뢰고 해야지요."

"그런데 대사, 이 불사에 대해 백성들에게는 어떻게 해야 좋을 것 같습니까?"

"그것도 윤허를 받아 시행할 일이겠지만 소승의 생각으론 빨리 알리는 것이 좋을 듯합니다. 어차피 몽골군에게도 알려질 일이니 그건 개의할 필요가 없고, 빠를수록 백성들의 넓은 호응을 얻게 될 것입니다."

"역시 고견이십니다. 그리고 이런 막중대사를 시작하면서 어떤 예식 절차 같은 것이 필요하지 않을까 합니다. 이번 불사를 일으키게 된 취지문 같은 것도 있어야 할 것 같고요."

"꼭 필요하겠지요. 다만, 그 시기가 문제일 것입니다. 막상 불사에 따르는 법요식(法要式)을 올려놓고 나서 준비 기간으로 3년을 보낼 수도 없는 노릇이고……, 이렇게 하면 어떨까요. 모든 준비를 완료한 다음 판각을 시작하기 전날 법요식을 올리는 것 말입니다. 그 자리에서 불사 취지와 발원(發願)을 담은 기고문(祈告文)도 올리도록 하는 것이지요."

"그거 참으로 좋습니다. 사실 예식부터 올리고 나서 준비를 하느라고 3년이 흐르면 상감께서도 지루해 하실 것 같고, 하여 혼자 속을 끓이고 있던 참이었습니다."

"내일 다시 뵙도록 하고 그만 일어서실까요. 날이 꽤 어두워졌습니다."

수기대사가 장삼을 바로잡으며 일어섰다.

"대사께서 오늘 너무나 과로하셨습니다. 참으로 고맙습니다."

최우도 따라 일어서며 예를 갖추었다.

"무슨 말씀이오, 대감. 불사는 승려에게 생전의 가장 복되고 영광된 일입니다. 곧 소승의 일을 했을 뿐이고 애쓰신 분은 바로 대감이십니다."

"이 몸은 네 가지 대죄를 범하고 있는 게 아닙니까."

"허허허허…… 대감께서 소승을 책하고 계시군요."

수기대사가 소탈하게 웃었다. 그러나 다음 순간 수기대사는 정색을 하고 최우를 바라보았다.

"대감, 대감께서 익히 잘하실 일이겠지만 불사를 이루어 나가면서도 또 한편으론 국난 평정에 심혈을 쏟아주시기를 간곡히 바랍니다. 이 나라 이 백성이 평안해야 부처님의 가르침도 융성하게 됩니다. 이 늙은 중은 그저 상감과 대감만 믿습니다."

수기대사의 음성은 떨리고 있었고 두 눈에는 물기가 어려 있었다.

"대사께 진정 면목이 없습니다. 아무리 최선을 다하려 했지만 워낙 부족한 몸이라 상감을 제대로 받들지 못한 채 이 꼴이 되지 않았습니까. 이 몸이 지은 죄는 만대에 남을 것입니다."

최우의 목소리가 쓸쓸하게 번져나갔다.

그러나 수기대사는 불안했다. 이렇게 화합을 하긴 했지만 어디까지나 찰나의 일이라고 한 겹 접어둘 작정이었다. 어느 때 무슨 일로 이 화합이 깨질지 모를 일이었다. 그때 가서 실망을 하지 않기 위해서였다. 어차피 동기가 다르게 시작된 일, 그건 영원한 평행선을 그을 뿐이었다. 다만 오늘처럼 매일매일 화해가 이루어지도록 노력하며 무사히 불사가 끝나기를 소망하고 인내할 작정이었다.

가파른 언덕

"상감도 너무하시지. 오랑캐 몰아낼 생각은 않으시고 이게 무슨 엉뚱한 일인가 그래."

"멀찌감치 가 계시니까 난릴 겪고 있다는 걸 잊어버리신 모양이지."

"그럴 리야 없겠지만 하시는 일이 꼭 그런 투라니까. 이제 죽을지 저제 죽을지 모르며 헐벗고 굶주리는 백성들 생각도 좀 하셔야지."

"어림 반 푼어치도 없는 소리 하지도 말어. 고량진미(膏粱珍味)를 배꼽이 요강 꼭지가 되도록 배불리 자시는 상감께서 어찌 백성들 배창자 우는 소리를 들어? 그랬다면야 이 난리 통에 난데없이 불사를 일으켰겠어?"

"그러게 말야. 불사도 좀 큰 불사라야지. 앞으로의 일이 큰일이구먼."

"하, 난 가당찮은 게 말야 이번 불사로 부처님 힘을 빌려 오랑캐를 쫓겠다면서? 이건 웬 자다가 봉창 두들기는 소리야? 아, 도대체 어떤 얼빠진 놈이 그따위 해괴한 생각을 해냈을까. 아마 오랑캐를 잡귀로 아는 놈의 짓거릴 게야. 그렇지?"

"낸들 아나. 하여튼 위에서 하는 일들이란 매양 이꼴들 아닌가."

"하, 답답한 것이 말야. 우리 같은 천한 것들도 뻔히 아는 걸 가지고 나라를 다스린다는 사람들이 어찌 그리 팔푼이 같은 짓거릴 하나 그래. 부처님은 우리가 죽은 담에 찾아갈 길을 열어주시고 생전에 도움을 주셔도 좋을 일만 골라 하시거든. 아들을 점지한다든가 잡귀를 몰아낸다든가, 바로 이걸 모르는 거야. 부처님은 살생을 싫어하기 때문에 죽이고 죽는 끔찍한 싸움판은 돌아보시지도 않는다는 것쯤은 나라를 다스리는 사람들이라면 의당 알아채야 할 게 아닌가."

"누가 아니래나. 이튿에 환한 부처님만 욕먹게 만들고 있어."

"이 사람 벼락 맞을 소리 다 하네. 자넨 그럼 부처님을 욕한단 말인가?"

"아……아니, 이거 무슨 소리야?"

"정말 아니지?"

"아, 그렇다니까. 왜 생사람 잡으려고 들어?"

"다들 자네나 나 같은 마음이야. 감히 어느 누가 부처님을 대놓고 욕을 하겠나. 불사로 오랑캐 무찌른다고 거짓말하는 놈들한테나 우리처럼 욕을 똥장군으로 퍼다 붓겠지. 필경 그놈들은 지옥으로 떨어질 거야."

"이르다 뿐인가. 지옥도 불지옥으로 떨어져서 기름 가마에 부글부글 끓여내야지."

바위 뒤에 몸을 숨기고 있는 수기대사는 한숨을 내쉬며 머리를 설레설레 젓고 있었다. 어느 곳에서나 두 사람 이상 모여앉은 자리에서는 불사에 대한 이야기였다. 그런데 하나같이 이렇게 비판적이었다. 승려들인 경우에는 그래도 자신이 불사 참예를 허락했던 때의 명분을 내세우면 쉽게 수긍을 하곤 했다. 그리고 승려들은 우선 스스로의 일이라는 인식이 작용하고 있기 때문에 그 비판의 농도가 한결 묽은 것이었다. 그러나 민간인들의 불평은 곧 생계와 직결되어 있었다. 그들의 불평이 크면 클수록 그만큼 살기가 곤궁하다는 반증이었다. 원성(怨聲)이란 별것이 아니었다. 생계의 위협으로부터 싹트기 시작한 불평이 모아지면 그것이 바로 원성이었다.

사람들의 이런 불평을 흔하게 들으며 수기대사는 그들의 사이에 끼어들 용기를 내지 못했다. 끼어든다고 해도 막상 할말이 없을 것 같았다. 그들은 저마다 알 만큼 알고 있었다. 그리고 별로 틀리는 말이 없었다. 그들이 부처님을 욕되게 하지 않는 한 잘못 끼어들었다가는 오히려 역효과만 초래할 위험이 컸다. 그들은 자칫 조정의 앞잡이 노릇을 하는 땡땡이중으로 넘겨죠을 것이기 때문이었다. 그렇게 되면 괜히 그들의 불심마저 극 가게 할 염려가 있었다. 그건 마치 말꼬리를 휘어잡는 것만큼이나 어리석은 일이었다.

"불사가 시작되면 쿠역 바람이 불 텐데 자넨 어떡하려나?"

"용빼는 재주 있겠나. 끌려가는 수밖에."

"이 사람아, 같은 말을 해도 그럭하지 말게. 세상일 사람 맘먹기에 달린 거 아닌가. 기왕이면 부처님께 시주드린다는 마음으로 가기로 하세나."

"거참 좋은 생각이구먼. 우리 같은 형편에 어느 세월이라고 푸짐한 시주 한번 올릴 수 있겠나. 옳은 생각이구말구. 그만 일어나세나."

"너무 오래 쉬었나 보이."

멀어지는 두 사람의 뒷모습을 수기대사는 망연히 바라

보고 있었다.

  필생과 각수를 구할 겸 각 사찰의 주지들을 만나 성원을 부탁하기 위해서 강화를 떠나온 지도 서너 달이 되었다. 어느 절에나 들르면 주지의 도움을 얻어 승려들에게 글씨를 쓰게 했다. 거기서 필력이 뛰어난 축과 보통인 축으로 나눴다. 한 절에서 3분의 2 이상의 승려가 품위 없는 글씨를 쓰고 있었다. 이런 현상은 대부분의 절들이 비슷한 것 같았다. 그러나 그걸 나무랄 수는 없었다. 글씨는 예(藝)에 속하는 것이기 때문이었다. 예는 재주이며 재주는 타고나는 것이었다. 뛰어난 필력을 지닌 축과 보통인 축의 비율은 후자가 세 배 가량이 많았다. 그들은 모두 다음날로 강화로 떠날 채비를 갖추게 했다. 필력이 뛰어난 축은 필생으로, 보통인 축은 각수로 쓸 작정이었다. 각수도 어지간히 글씨를 쓸 줄 알아야만 되는 것이었다. 목기(木器)나 파는 손재주로는 글씨가 지니는 정기나 획에 담긴 힘을 살려낼 수가 없었다. 씌어진 글씨를 그린 글씨로 만들어버리기가 십상이었다.

  그렇게 뽑힌 승려들이 강화에 당도하면 글씨 교정(矯正) 훈련과 판각 기술 훈련을 받도록 되어 있었다. 수기대사는 강화를 떠나오기 전에 제자들을 중심으로 그 계획을 완료했던 것이다. 그리고 만약 민간인 지원자가 있을 경우에는 자신이 돌아갈 때까지 대기시키도록 일렀다. 글씨도 글씨였지만 그외에 검토할 사항이 많았기 때문이다.

　수기대사는 하루에 백 리 가까이 걸어 절을 찾아다니는 동안에 전란을 당하고 있는 백성들의 생활을 샅샅이 볼 수 있었다. 한마디로 처참한 실정이었다. 하루에도 몇 차례씩 가슴이 미어지는 일을 목격하거나 들으면서 수기대사는 똑같은 갈등에 시달리는 것이었다.

　과연 불사는 옳은 것인가. 이미 진행되고 있는 일인데 왜 이러느냐. 그래, 후회가 없도록 잘 만드는 길밖에 없다.

　그러나…….

　되풀이되는 갈등을 겪으며 수기대사는 염불을 외웠고 그러면서 쉬지 않고 길을 걸었다.

　"대사님, 오늘 밤은 저기 보이는 마을에서 쉬어가야 될까 봅니다."

　효신이 발을 절룩거리며 말했다.

　"벌써 배가 고파진 게로구나."

　수기대사는 앞만 보고 걸으며 대꾸했다.

　"소승이야 상관없지만 대사님이 걱정입니다. 앞으로도 갈 길이 끝도 없지 않습니까."

　"알았다. 쉬어가기로 하자."

　수기대사는 짤막하게 대답하며 옆에서 걷고 있는 효신을 곁눈으로 이윽히 바라보았다. 그런 대사의 얼굴에는 잔잔한

가파른 언덕　147

웃음이 번지고 있었다.

이미 해는 떨어지고 사방은 어둑어둑해지고 있었다.

"저기 웬 사람들이 저리 웅성거리느냐. 가만있자, 곡성도 들리지 않느냐?"

마을 어귀에서 수기대사는 발길을 멈추었다. 한 집 앞에 사람들이 가득 몰려 있고 애통해 하는 여자의 통곡이 멀게 흩어지고 있었다.

"소승이 먼저 가서 알아보겠습니다."

효신이 대답도 듣지 않고 절룩거리는 발로 혼잡스럽게 뛰어갔다.

누가 또 이 어려운 세상을 버린 게지, 생각하며 수기대사는 천천히 발길을 옮겨놓았다.

그 집이 한결 가까워졌을 때 효신이 아까보다 더 어지러운 몸짓으로 달려왔다.

"대사님, 대사님, 이런 기막힐 일이 있습니까. 이건 도무지……."

"왜 이리 경망스러우냐!"

수기대사는 지팡이로 땅을 울리며 엄한 얼굴을 했다.

"예에, 대사님. 다름이 아니옵고 몽골병에게 몸을 더럽힌 처녀가 임신을 했는데 그만 뒷산 소나무에 목을 맸다 합니다."

"뭣이라고?"

수기대사는 소리를 지르고 나서 비틀거렸다.

"대사님, 왜 이러십니까."

효신이 재빨리 수기대사를 부축했다.

"나무관세음보살……."

수기대사는 어둠이 덮여 있는 허공을 멍하니 바라본 채 중얼거렸다.

"대사님, 위령 불공이라도 올리는 것이 어떨는지요."

"좋은 생각이야. 그렇게라도 해야 망령이 고이 가실 게 아니냐."

수기대사와 효신은 사람들이 길을 열어주기를 기다려 앞으로 나섰다. 시신은 사립문 밖에 거적을 쓰고 누워 있었다. 거적은 미처 시신의 발을 덮지 못하고 있었는데 한쪽 발은 맨발이었고 다른 발에는 흙 묻은 짚신이 신겨져 있었다. 수기대사는 그 발을 보자 또 까마득한 현기증이 일어나며 설움의 덩이가 치받쳐올랐다.

"스님, 스님, 내 딸은 어쩌면 좋습니까. 불쌍한 내 딸은 어쩌면 좋습니까. 오랑캐놈의 애를 뱄으니 살 수도 없고 그렇다고 죽고 나니 이리 원통한 것을 어쩌면 좋습니까."

여자는 수기대사의 장삼자락을 붙들고 몸부림쳤다. 수기대사는 눈을 감고 선 채 석상이 되어 있었다.

가파른 언덕 149

방에도 들어가지 못하고 사립 밖의 차가운 땅바닥에 누웠다가 그대로 거적에 덮여 실려갈 원혼(寃魂)을 위해 수기대사는 꼬박 밤을 새워서 불공을 드렸다.

"한잠도 주무시지 못했으니 이를 어쩝니까. 대접도 변변히 못해 드렸는데 하루 만이라도 쉬어가세요, 스님."

"아닙니다. 소승은 갈 길이 바쁩니다."

"스님, 우리 불쌍한 딸은 극락엘 못 가겠지요? 제 목숨 제가 끊은 죄로 부처님이 돌보시지 않겠지요?"

"아닙니다. 걱정하지 마십시오. 따님은 정절을 굳게 지킨 것이니 죄가 되지 않습니다. 오히려 부처님께서 감싸안으실 것입니다."

"정말 그럴까요, 스님?"

"염려 마십시오. 따님은 극락왕생할 것입니다. 그러니 아주머니도 더 슬퍼하지 마시고 가사에 충실하십시오."

"고맙습니다. 스님, 고맙습니다."

수기대사와 효신의 모습이 동구 밖으로 사라질 때까지 여인은 합장을 한 채 꾸벅꾸벅 절을 하고 있었다.

"대사님, 예서 잠시 쉬어가는 것이 어떻습니까."

"아니다. 이 고갯마루만 넘으면 마을이 하나 나설 것이다. 젊은 나이에 어찌 그리도 못 견뎌 하느냐. 어서 걸어라."

"대사님께선 소승이 안 보이도록 축지법을 쓰시니까 천리나 한 걸음이나 마찬가지시지요."

"어허, 거 무슨 어듬니 덜 아물어진 소리냐."

수기대사가 시선을 모으며 뚝 멈춰섰다. 효신은 흠칫 놀라며 굳어졌다.

"이 세상에 축지법이 어딨느냐. 다 불심이 개울 바닥 같아서 생기는 소치다. 잠시도 멈추지 말고 관세음보살을 염하면서 걷도록 해라."

이러면서 수기대사와 효신은 고갯마루를 넘어섰다. 내리막길은 한결 수월했다.

"대사님, 저것 좀 보십시오. 저 숲속에 뭐가……."

효신은 당황한 몸짓으로 저쪽 숲을 가리켰다.

"또 웬 소란이냐. 어디에 뭐가 있다그……."

사실 숲 사이로 희끗희끗한 것이 보였다. 조금씩 움직이는 것은 분명한데 사람인지 짐승인지 구별할 수는 없었다.

"아마 나무하는 사람일 게다. 가자. 가다 보면 가까워질 게 아니냐."

수기대사는 다시 걷기 시작했다. 효신은 저게 몽골병일지도 모른다는 생각에 가슴은 거친 뜀박질을 하고 있었다. 어느만큼 가까이 갔으나 그것의 정체는 드러나지 않았다. 희끗희끗하던 것이 옷이라는 것만 확인할 수 있었다.

"어험, 험!"

수기대사가 인기척을 했다. 뭐가 불쑥 솟아올랐다. 남자였다. 그런데 그 남자의 옷은 갈기갈기 찢어졌고 상투는 풀어져 산발이 되어 있었다. 뿐만 아니라 입 언저리에는 피가 범벅이 되어 있었다.

"살려줘요, 살려줘. 난 몰라요, 아무것도 몰라요. 아야야, 말해요, 다 말한다니까요. 살려줘요."

남자는 손바닥을 비비고 맞는 시늉을 해가며 뒷걸음질을 쳤다. 얼마만큼 뒤로 물러가더니 후닥닥 돌아서 뛰기 시작했다.

"광인이로구나."

수기대사는 침통한 표정으로 말했고,

"그런데 왜 입에 피가 묻어 있었을까요?"

효신이 두려움에 차서 물었다.

"이상한 일이다. 저리로 가보자."

그 남자가 서 있던 풀밭에는 내장이 드러난 토끼가 버려져 있었다.

고갯마루의 비탈길이 끝나고 평지를 얼마쯤 걸어가니 초가가 하나 나타났다. 지난 가을에 갈지 못한 모양으로 지붕은 거의 검은빛을 띠고 있었다. 그 툇마루에 노파가 앉아 꼬박꼬박 졸고 있었다.

"할머니, 할머니……"

"누, 누구요?"

나지막하게 불렀는데도 노파는 벌떡 일어설 정도로 놀랐다. 그런 노파를 물끄러미 바라보며 수기대사는 소리 나지 않게 혀를 찼다. 대부분의 사람들이 하찮은 일에도 이렇게 소스라치는 것이었다. 다 난리의 탓이라고 생각하며 수기대사는 진한 슬픔을 느끼곤 했다.

"난 또 누구라고. 어인 스님들이시오."

노파는 넘치게 반색을 했다.

"나무관세음보살……."

수기대사와 효신은 합장 인사를 했다. 노파도 합장을 하고 허리를 깊이 굽혔다. 노파의 얼굴은 밝은 웃음이 가득 차 있었다.

"누추하지만 일루 자리하세요. 먼 길 오시느라 노독이 심하실 텐데."

노파는 치마 끝을 몰아잡아 툇마루를 훔쳐냈다.

"생활하시기가 고달프시지요?"

"이 늙은 것 혼자만 겪는 건 아니니까요."

"어떻게…… 할머니 혼자신가요."

"난리 통에 그리됐답니다. 영감은 진즉 저 세상으로 가고 아들 둘, 딸 둘이었는데 하필이면 아들 둘이 밑일 게 뭡니까. 복 쪼가리가 없느라고 그렇지요. 딸 둘은 시집보냈고 아

가파른 언덕 153

들 둘이 커서 살 만해지니까 이놈의 난리가 터지지 않았습니까. 그래 싸움판에 끌려나갔지요. 2년이 넘도록 종무소식이니 필경 죽은 것이지요. 이럴 줄 알았더라면 죽을 끓이든 풀을 뜯든 장가를 보냈어야 하는 건데. 손자라도 하나 보고 죽어야 했을 텐데 손자는커녕 내 송장 묻어줄 자식도 없어지고 말았어요."

노파는 울먹이며 소매 끝으로 연신 눈물을 찍어냈다.

"너무 조급하게 생각하지 마십시오. 병정으로 뽑혀나가면 난리가 끝나야 돌아오게 됩니다. 부처님께 매일 발원을 올리면서 기다리셔야 합니다."

"발원이야 이 손바닥이 닳아지도록 올리고 있지요."

노파는 중얼거리듯 말을 흘려버렸다. 거의 돌아올 가망이 없다고 믿는 것 같았다.

"혹시 이 근방에 미친 남자가 있습니까?"

수기대사는 조심스럽게 물었다.

"억동이 말이군요. 스님도 어디서 보셨던가요?"

"예, 조금 전에 고개 내리막 숲에서 보았습니다."

"거기서 무슨 짓을 했을꼬?"

"처음엔 몰랐는데 달아난 다음에 보니까 토끼를 생으로 뜯고 있었던 것 같았어요."

"에그 징상스럽게 또 그 짓을 했구먼. 그리 살라면 차라리 죽는 게 낫지."

노파는 침이 튀도록 혀를 찼다.

"어쩌다가 미치게 됐나요?"

"그도 난리 덕분이죠. 억동이도 싸움터에 끌려갔는데 반년이 조금 넘어 그렇게 미쳐가지고 들어왔어요. 사람들 말로는 오랑캐한테 붙들려 죽도록 맞아 미쳤다고들 합니다. 막 돌아왔을 땐 온돔에 상처투성이였다고 들었어요. 지금도 목덜미에 큰 흉이 잡혀 있긴 합니다. 다 므슨 일들인지 원……."

노파는 꺼져라 한숨을 내쉬었다.

수기대사는 천천히 일어섰다.

"가시게요? 아무것도 대접을 못해서 이를 어쩌나."

노파는 민망한 표정으로 허둥거렸다.

"괜찮습니다, 할머니. 소승들은 든든하게 요기를 하고 길을 잡았습니다."

"그래도 스님들한티 이거……."

"정 그러시다면 목이 마른데 냉수 좀 주시겠습니까?"

"그러믄요."

노파는 부엌으로 좇아 들어가서 냉수를 두 사발 넘치게 떠가지고 나왔다. 냉수를 받아든 수기대사는 효신에게 눈짓을 했다. 그리고 수기대사는 그 냉수를 한 방울도 남기지 않고 다 마셨다.

"아, 참 잘 마셨습니다. 감로수 맛이 이처럼 달까 모르겠습니다."

"고맙습니다, 스님."

노파는 콧물을 훌쩍 들이마셨다.

"부디 오래오래 사십시오. 두 아드님의 무사를 위해 소승이 불공을 드리도록 하겠습니다."

"고맙습니다, 스님. 고맙습니다."

노파는 기어이 목이 메었다.

어느 곳에 가면 반드시 있어야 될 절이 간 곳이 없었다. 어느 절에 들러서는 옛날 함께 수도했던 친구 승려의 비보를 듣기도 했다. 그런 일들은 가슴 찢기는 아픔을 주었다. 그러나 백성들이 겪고 있는 각양각색의 고통들 앞에서 수기 대사는 몇 갑절 더 거센 아픔의 전율에 떨었다. 전란의 상처는 구석구석 스미지 않은 곳이 없었다.

"이놈아, 비켜서란 말이다."

사공이 주먹을 쳐들어 보였다.

"어찌 그리 말귀가 트이지 않았소. 그래 가지고 어떻게 험난한 바닷길을 헤치는 사공 노릇을 할 수 있는지 의문이 태산이오."

형색이 영락없이 거지꼴인 소년이 버티고 서서 자못 호령조였다.

"저 자식 주둥아리 놀리는 것 좀 보게. 아니 그래 네까짓 거렁뱅이 주제에 불사 참예가 당키나 하냔 말이다."

사공이 기가 막혀 했다.

"그건 사공이 판가름할 일이 아니잖소. 사공의 소임은 날 강화까지 데려다주는 것 아니오. 불사 참예 여부는 그 다음에 대사들이 결정지을 문제요."

남루한 행색과는 달리 소년의 말솜씨는 제법 격을 갖추고 있었다.

"저놈이 비렁뱅이짓 하면서 주둥아리만 까져가지고. 어디 맛 좀 봐라."

화가 받친 사공이 소매를 걷어붙이며 짐짝 위에서 뛰어내렸다. 그런데 소년은 달아날 생각은 않고 태연히 버티고 서 있는 것이었다. 오히려 당황한 쪽은 사공이었다. 소년이 뺑소니를 쳐줘야 뛰어내린 기분으로 뒤쫓아가서 뒤통수라도 한 방 오지게 쥐어갈겨줬을 텐데 너무 엉뚱한 꼴을 당하게 되자 사공은 그만 어이가 없었다.

"불사 일으키는 강화에 가서 쉽게 배 채우려는 네 놈 속셈을 모를 줄 알아? 정 말썽부리면 저 바다에 처넣고 말 테니까 썩 없어져!"

"허 가소롭구먼. 개 눈엔 똥밖에 안 보인다더니만 사공의 속이니 별수 있겠소."

"뭣이 어째?"

사공이 사정없이 소년의 볼을 후려갈겼다. 소년은 비틀거리다가 쓰러졌다.

"배 뜰 시각이 다 됐는데 앨 데리고 무슨 소란이야!"

창을 든 병정이 사공에게 버럭 소리를 질렀다.

"아, 저놈이 불사 참옐 간다고 배를 태워달라니 말이 됩니까요."

병정이 소년을 돌아다보았다. 그때 소년은 옷을 툭툭 털며 일어서고 있었다.

"말끝마다 거지 거지 하지 마십시오. 비록 내 행색은 남루하고 남의 밥 얻어먹는 것은 사실이나 마음이 가난하지 않고 비굴하지 않은데 어찌 거지일 수 있겠소."

소년은 병정에게로 다가서며 말했다.

"하아, 이놈 봐라. 작은 고추가 맵다더니 바로 널 두고 이르는 말이구나."

병정이 소년을 내려다보며 희한하다는 표정을 지었다.

"알아보시니 고맙소. 역시 사공보다는 한결 나으십니다. 저는 이번 불사에 자원한 사람이오. 그러니 강화까지 배를 타게 해주시오."

"하, 이것 참. 이번 대불사에 뽑힌 필생들은 한다하는 명필들이야. 그런데 너 까짓 코흘리개가 뭘 한다는 거야."

병정이 뜬하다는 표정으로 헛웃음을 쳤다.

"이런 답답할 일이 또 있나. 혹시 댁에서 글씨를 식별할 줄 아시오?"

소년은 병정을 빤히 올려다보았다. 그 눈이 경멸의 빛을 담고 있었다.

"그런 건 왜 물어, 이놈아."

병정이 퉁명스럽게 쏘아붙였다.

"글씨 식별은 아무나 하는 게 아니니까. 좋소, 정 못 믿겠다니 간단한 물증을 보여드리지."

소년은 지고 있던 조그만 봇짐을 내리더니 끄르기 시작했다. 봇짐 속에서는 열서너 개의 크고 작은 붓과 벼루가 나왔다. 그리고 글씨를 쓴 몇 개의 두루마리도 있었다. 이래도 까불겠느냐는 듯 소년은 떡 버티고 서 있었다.

난색이 된 병정은 고개를 갸웃거리다가 갑자기 얼굴이 밝아졌다.

"너 이놈, 필생 차원을 가장한 오랑캐 첩자지! 지나치게 똘똘한 것이 아무래도 수상해."

병정이 우악스럽게 소년의 덜미를 움켜잡았다.

"난 오랑캐한테 부모 형제를 다 잃고 고아가 된 몸이오.

가파른 언덕 159

이번 불사가 오랑캐를 무찌르기 위함이라 하기에 부모 형제의 한 맺힌 원한을 풀려고 예까지 찾아왔는데 첩자 누명이 웬 말이오. 이거 놓으시오, 놔요!"

소년은 분을 못 견뎌 하며 소리쳤다.

"너, 그거 정말이냐?"

병정이 슬그머니 손을 풀며 물었다.

"사내대장부가 어찌 한 입으로 두말을 하겠소!"

소년은 벌겋게 상기된 얼굴로 발을 구르며 외쳤다.

"허, 사내대장부라……, 그래 대체 네 이름이 뭐냐?"

"학골에 살던 정장균이라 하오."

"알았다. 보아하니 글줄이나 읽고 쓴 모양인데 소원이라면 배를 태워주지."

병정은 귀엽다는 듯 소년을 바라보며 웃었다.

수기대사는 반년이 넘어 강화로 돌아왔다.

그동안 단 하루도 걷지 않은 날이 없었고 어느 곳에서나 하룻밤 이상을 머물지 않으면서 강행군을 한 수기대사는 진주 지방에 이르러 한 달 가까이 지체했다. 분사대장도감 설치 때문이었다. 수기대사가 도착했을 때는 최우와 함께 세웠던 거의 모든 계획이 진행 중에 있었다. 수기대사는 최우가 임명한 분사 운영 총책임자와 일들을 의논하며 5개월에 걸쳐 쌓인 심신의 피로를 풀어나갔다.

일차적으로 전라도·경상도 지방에서 뽑힌 사람들이 매일 몰려들었다. 수기대사는 그들을 맞아들여 매일 설법 반 연설 반의 격려를, 성의를 다 바쳐 했다.

"여러분, 먼 길 오시느라고 얼마나 힘이 드셨습니까. 여러분들이 여기 오신 것은 부처님께 공덕을 쌓으시려 함임을 소승은 잘 알고 있습니다. 여러분들이 여기 오신 것은 끌려온 것이 아닙니다. 뽑혀 오신 것입니다. 그리그 부처님의 부르심을 받아 여러분 스스로가 걸어오신 것입니다. 여러분이 개돼지입니까? 아닙니다. 여러분은 부처님을 모실 줄 알고, 부처님의 가르침을 깨달을 수 있고 그 가르침을 행할 수 있는 엄연한 사람입니다. 그런데 감히 누가 여러분을 개돼지처럼 끌어올 수 있단 말입니까. 여러분, 진정 잘 오셨습니다. 여러분을 진심으로 환영하며 각자에게 관음보살님의 감로수가 내릴 것을 소승은 믿습니다. 그리고 여러분, 불사를 이루는 데는 빈부귀천의 차이가 있을 수 없습니다. 부처님께서는 모든 중생을 대하는 데 치우침이 없이 공평하시기 때문입니다. 생전에 죄를 많이 지은 자가 시주를 많이 했다 하여 극락엘 갈 수 있는 게 아니며, 죄지은 바 없이 착하게 살았던 사람이 시주를 하지 않았다 하여 지옥에 떨어지는 법은 없습니다. 이번 여러분들의 불사 참예는 수천만 금의

가파른 언덕 161

시주를 덮는 것이며, 홍수의 흙탕물에 떠밀리거나 사나운 불길 속에서 죽어가는 사람을 구해낸 것만큼이나 큰 공덕을 쌓는 일인 것입니다. 영험하신 부처님께서는 이런 여러분의 깨끗한 시주와 큰 공덕을 다 살피고 계십니다. 그 은혜는 여러분 자신과 여러분의 자손 대대로 베풀어질 것입니다. 여러분, 정말 잘 오시었습니다. 오셨으니 부지런히 일하시어 더 많은 시주 올리시고 더 많은 공덕 쌓으시기 바랍니다. 여러분들이 깨어 있을 때나 잠이 들었을 때나 부처님의 살피심은 언제나 여러분들의 곁을 싸고 돌 것입니다. 다시 한 번 여러분의 오심을 진심으로 환영합니다."

이렇게 말을 하고 나면 사람들은 완연히 생기를 찾는 것이었다. 이야기를 듣는 도중 대부분 합장을 했고 어떤 사람은 눈물을 찍어내기도 했다.

수기대사는 의식주의 철저한 관리를 강조했다. 그리고 절대로 폭력 행위를 하지 말 것을 다짐했다. 어떠한 경우에도 폭행을 가하는 관졸이 있을 때에는 엄한 처벌을 내리기로 했던 최우와의 협약을 상기시켰다. 그 다음에 인명 피해 사고 예방을 부탁했다. 아름드리 나무를 찍어내고 그것을 운반하는 과정에서 불의의 사고는 항상 도사리고 있었다. 이상의 사항을 준수하면서 일과는 엄한 규칙에 따르도록 했다. 정해진 지역을 이탈하지 못하도록 통제하며 음란 행위와 음주를 금지시켰다. 단 음주는 열흘에 한 번씩 있는 휴일에 허용하되 그 양을 제한했다. 만 3년이 되면 귀향시키는 것을 원칙으로 하고 지원자는 받아들이기로 했다. 각 지역마다 관졸의 숫자만큼 승려들을 배치하여 상호 협조가 이루어지도록 했다. 승려들이 주로 할 일은 사람들을 상대로 계속 종교 활동을 벌일 것과 자칫 빗나가기 쉬운 관졸들의 세력을 견제하는 것이었다.

수기대사는 불사를 떠나오기 전에 자작나무가 가장 많이 채취될 거제도를 가보았다. 생각했던 것보다 일은 훨씬 효율적으로 진행되고 있었다. 가지들이 다 다듬어진 통나무는 비탈진 받침대를 타고 거침없이 바닷물로 들어가는 것이었다. 그런 시설은 섬 여러 군데에 되어 있었는데 그건 통나무를 한군데로 모으는 노동력의 낭비를 막기 위한 조치가 분명했다. 그런데 바다로 미끄러져 떨어져내리는 통나무 끝에는 꼭 밧줄이 매어져 있었다.

"저 통나무마다 굳이 구멍을 뚫어 밧줄을 맨 것은 무슨 이유인가?"

"예, 통나무들이 조류에 쓸려가는 것을 예방하기 위함입니다. 저 밧줄들을 모아 땅에 박아둔 기둥에 묶어두면 조류에 의한 분실을 막을 수 있습니다."

"그렇지, 그렇지."

수기대사는 감탄해 마지않았다.

세심하게 신경을 썼다고 썼는데도 공사 현장에 와보니 역시 예기치 못했던 일들이 많았다.

일하는 사람들도 누구 하나 게으름 피우는 것을 볼 수 없었다.

"식사는 부족함이 없습니까?"

"그러믄요, 스님. 이렇게만 먹여준다면 평생 이 일을 하겠습니다."

"허허허…… 참 다행입니다. 허나 처자들은 어쩌고 평생 이 일을 하시려오?"

수기대사는 흡족하게 웃으며 사내에게 농을 걸었다.

"그래서 괜시리 장갈 들었다고 거듭 후회하는 처지랍니다."

옆에 서 있던 다른 사내가 이마의 땀을 쓱 문지르며 대꾸했다.

"허허허허…… 다들 건강하게 일해 주시오. 소승 이만 물러갑니다."

수기대사는 만족스럽게 거제도를 떠나올 수 있었다.

수기대사는 강화도로 돌아오자마자 대기 중인 민간인 지원자들의 선발에 들어갔다. 먼저 글씨와 판각의 실기를 시켰다. 여기서 수준에 오른 사람만으로 면접에 들어갔다. 자원을 한 사람들이라서 그런지 백여 명 중에서 탈락자는 불

과 10명 남짓이었다

  면접은 수기대사가 전담했다.

"자원해 주신 뜻 고맙소. 이번 불사는 일이 년에 끝나는 것이 아니라 그 기간을 예측할 수가 없습니다. 한번 자원서에 서약하시면 중병에 걸리지 않는 한 도중에서 그만둘 수는 없습니다. 그 서약은 부처님과 상감께 올린 것이니까요. 그래도 자원을 하시겠습니까?"

  수기대사는 대뜸 이렇게 물었다. 그래서 자원을 포기하면 그만이지만 그렇지 않으면 수기대사의 말은 다시 계속되었다.

"고맙습니다. 그런데 이 불사가 끝날 때까지는 주색잡기는 물론 육식도 금하게 됩니다. 그리고 참예 전날 삭발을 하셔야 합니다. 쉽게 말해서 참예 기간 동안은 승적 없는 승려가 되시는 겁니다. 그래도 자원을 하시겠습니까?"

  대개 이 물음에는 머뭇거렸다. 그 이유는 삭발에 있었다.

"꼭 삭발을 해야단 합니까?"

"그렇습니다. 정신 통일을 기하고 번잡스러움을 없애며 상호 일체감을 가지게 하기 위함입니다."

"기약 없는 세월을 금주 금욕해 가며 불사에 바치려는데 삭발이 그리 큰 문제는 아니겠지요. 모발은 항시 길어나고 있으니까요."

가파른 언덕 165

수기대사는 넌지시 이 한마디를 잊지 않았다.

이렇게 해서 대기 중이던 사람들 가운데서 60여 명이 자원 서약을 하게 되었다. 그리고 나머지 사람들은 고향으로 되돌아갔다. 서약을 마친 사람들은 그날로 삭발을 하고 목욕재계한 후 승복으로 갈아입었다. 그리고 부처님 앞에 엎드려 불사 참예 예불을 올린 다음 훈련장으로 인도되었다.

수기대사는 수록할 경전 정리에 몰두하면서 드문드문 찾아드는 지원자를 접하거나 훈련장을 살피는 것으로 나날을 보냈다. 그러던 어느 날 점심나절에 한 지원자가 찾아들었다. 건장한 체구와는 달리 그 남자의 얼굴은 초췌해 보였다. 한눈에 먼 길을 걸어온 것임을 알 수 있었다.

"필생을 지원하십니까, 각수를 지원하십니까?"

인사를 나누고 난 수기대사가 사무적으로 물었다.

"소인은 필생도 각수도 아니옵고 목수이옵니다."

"목수?"

수기대사가 고개를 갸우뚱했다.

"예에, 목수이옵니다. 소인이 가진 기술은 없사오나 이번 이룩될 대장경을 봉안할 판전 신축을 소인에게 맡겨주신다면 끝없는 영광으로 알고 뼈가 부서지도록 일을 하겠사옵니다."

남자는 있는 예를 다 갖추어 말했다.

"판전 신축…… 하긴 꼭 해야 되겠지만 그리 급한 일은 아닌데……."

수기대사가 혼자말처럼 중얼거렸다.

"아니옵니다, 대사님. 이번 불사가 언제 끝날지도 모르면서 아는 것도 별로 없는 소인이 이렇게 말씀 올리는 것은 당돌한 줄 아오나 부인사 판전처럼 신축을 하려면 좋이 10년은 넘어 걸릴 것이옵니다."

"부인사 판전? 그럼 젊은이가 부인사 판전의 구조를 알고 있단 말씀이오?"

수기대사가 소스라치게 놀랐다.

"그러하옵니다. 일곱 살 때부터 소실되기 전날 밤까지 30여 년을 보아왔기 때문에 지금도 만지는 듯 그 모습이 눈앞에 선합니다."

"소실되기 전날 밤이라니…… 그럼 부인사가 마지막 불타는 걸 보았단 말씀이오?"

수기대사의 목소리는 심하게 떨리면서도 컸다.

"그날 밤 오랑캐를 막아내려 나선 민간인 백여 명 중의 하나로 소인도 끼어 있었습니다."

"아아, 이럴 수가 있나. 젊은이는……, 이다지 무서운 인연을 가진 젊은이는 대체 누구요?"

"소인은 출생이 천하여 성은 갖지 못했사옵고 이름은 근필이라 하옵니다."

 "근필이……, 어서 상세한 내력을 좀 들려주시오. 그날 밤 어찌되었는지."

 근필은 차근차근 이야기를 하기 시작했다. 수기대사는 이야기 중간중간에 눈을 꼬옥 감으며 관세음보살을 부르거나 염주를 두 손아귀에 모아잡고 부르르 떠는 것이었다.

 "여기에 그 사리가 모셔져 있습니다."

 이야기를 마친 근필은 봇짐 속에서 조그만 상자를 꺼내 수기대사 앞에 조심스럽게 밀어놓았다.

 오동나무로 된 상자 뚜껑에 닿은 수기대사의 손이 잔물결처럼 떨리고 있었다. 숨을 한 번 크게 들이마신 수기대사가 이윽고 뚜껑을 열었다. 하얀 천이 드러났다. 수기대사는 엄지와 검지로 천의 한쪽 끝을 천천히 들어올렸다. 그런 수기대사의 왼쪽 손은 오른쪽 장삼 소매를 걷어잡고 있었다. 천이 다 걷혀진 상자 속에는 푸르스름한 광채를 발하는 세 개의 사리가 새하얀 천 위에 올라앉아 있었다.

 "관세음보살 나무아미타불……."

 합장을 한 수기대사는 신음처럼 이 소리를 뇌었다.

 "소인의 생각으론 이 사리를 불사가 다 끝나고 대장경을 판전에 봉안할 때 함께 모시는 것이 어떨까 합니다."

 "참으로 장한 생각이시오. 그보다 먼저 이 사실을 두루 알리고 불전에 예부터 올려야지요. 내가 입을 열 개를 가졌더라도 젊은이가 쌓은 공덕은 다 칭송하지 못할 것 같소. 원로에 고단하실 테니 어서 여장부터 푸시오. 판전에 관한 이야기는 이따가 다시 의논하도록 하십시다."

 수기대사는 말은 이렇게 했지만 실은 자신을 위해서 근필을 쉬게 한 것이었다. 오로지 혼자이고 싶었다. 그 누구하고도 더 이상 말을 할 수 없었다. 가슴은 헝클어진 것도, 갈기갈기 찢기는 것도, 활활 달아오르는 것도, 부글부글 끓는 것도 아니었다. 일찍이 이런 충격에 부딪힌 경험은 없었다. 수기대사는 상자를 받쳐들고 대웅전으로 걸어갔다.

 그날 밤 대웅전에는 불이 꼬박 밝혀져 있었고 끊임없이 독경 소리가 흘러나왔다.

 근필은 다음날 아침에야 수기대사를 만날 수 있었다. 집안 내력을 될 수 있는 대로 자세히 이야기했다. 수기대사가 전혀 지루한 기색이 없이 이야기를 들어주었기 때문에 그렇게 할 수가 있었다.

 "참으로 이건 예사로운 인연이 아닙니다. 젊은이는 분명 관세음보살님의 현신입니다. 누가 뭐래도 소승은 그렇게 믿습니다."

 수기대사는 근필의 손을 덥석 싸잡았다.

 "화, 황송하옵니다. 소인이 어찌 감히……."

가파른 언덕 169

얼굴이 달아오른 근필은 몸둘 바를 몰랐다.

위령제(慰靈祭)를 겸한 사리 가봉안제(假奉安祭)를 지극한 정성으로 올리고 나서야 수기대사는 어느만큼 감정적 안정을 회복할 수 있었다.

그날도 수기대사는 근필과 함께 판전 신축지를 물색하러 다니다가 해거름에 절로 돌아왔다.

"필생 지원자가 오래전부터 대사님 거처에서 기다리고 있습니다."

행자가 알려온 소식이었다.

바삐 거처로 돌아온 수기대사는 사방을 두리번거렸다.

기다리는 사람은 아무도 없었다. 아니, 남루한 차림의 거지 하나가 마루에 걸터앉아 있을 뿐이었다. 웬 거지아이가 예까지 들어왔을까 생각하며 수기대사는 마당을 건너갔다.

"스님께서 혹시, 수자(守字) 기자(其字) 대사님이신지요?"

거지아이는 어느새 마당으로 내려서서 묻고 있었다.

"그런데……"

수기대사는 순간적으로 이 아이가 지원자임을 깨달았다. 첫마디가 벌써 예사 아이가 아니었던 것이다.

"소생 정장균, 대사님께 문안드리옵니다."

아이는 합장을 하며 머리를 숙였고 수기대사도 맞받아

합장을 했다.

"소생 비록 졸필이오나 이번 불사에 글씨로 시주를 할까 하여 이렇게 대사님을 찾아뵈온 것입니다."

"호오…… 어서 다루로 오르지."

수기대사의 눈자위에는 솜털같이 부드러운 미소가 번져나고 있었다.

"그래, 몇 살이나 되었는가?"

"금년 열둘이옵니다."

"부모님은? 허락을 맞고 예까지 왔나?"

수기대사는 장균을 싸안듯 하는 눈길로 거푸 물었다.

"소생이 들은 소문으로는 필생 지원자에겐 글씨를, 각수 지원자에겐 판각을 시켜본다고 하였는데 소생에게도 그것이 더 시급한 줄로 아옵니다."

"호오…… 날 책망하는 거로구먼. 허허허허…… 그럼 그렇게 해야지. 필생 지원이라 그랬겠다!"

수기대사가 흔쾌하게 웃으며 일어섰다.

"대사님, 붓과 벼루는 마련되어 있사오니 종이만 주시면 되겠습니다."

수기대사는 엉거주춤하게 되돌아섰다. 그때 장균은 기둥 뒤에서 붓과 벼루를 옮겨놓고 있었다. 벼루에는 이미 신묘한 빛깔을 품은 먹물이 담겨 있었고 붓은 금탕 먹물을 찍을

가파른 언덕 171

수 있도록 손질이 되어 있었다. 처음 당하는 일이라 수기대사는 잠시 어리둥절했다.

 허리를 꼿꼿하게 편 장균은 붓끝을 먹물에다 대었다. 먹물이 붓을 타고 올랐다. 먹물이 붓에 다 찰 때까지 장균은 그대로 앉아 있었다. 먹물이 다 차자 붓을 떼어 벼루 바닥에다 두어 번 문질러 붓을 가다듬었다. 그러고는 붓을 종이 위로 옮겼다. 거침없이 흐르는 물줄기였다. 흐르다가 바위에 부딪혀 솟구치기도 하고 낭떠러지로 떨어져내리기도 하며 흐름은 막힘을 몰랐다.

 "신동이로구나. 타고난 재주야."

 수기대사는 감탄을 거듭했다.

 "너 이번 불사가 언제 끝날 줄 모르는데 견딜 수 있겠느냐?"

 면접인 셈이었다.

 "견디고 못 견디고가 따로 없습니다. 어차피 올 데 갈 데 없는 몸이니까요."

 "그건 또 무슨 말이냐?"

 장균은 자신의 처지를 털어놓았다.

 "어허, 이런 기막힐 노릇이 또 있나."

 이야기를 듣고 난 수기대사는 장균의 머리를 쓰다듬으며 수없이 혀를 찼다.

수기대사는 두 번째 물음은 묻지 않았다. 금주 금욕 운운할 나이가 아니었던 것이다.

"불사 참례를 하려면 다 삭발을 해야 하는데 할 수 있겠느냐?"

"그건 별로 중한 문제가 아닌 줄 압니다. 머리칼은 길게 마련 아닙니까?"

"기특하구나, 정말 기특해."

수기대사는 다시 머리를 쓰다듬었다.

"소생의 소원은 이런 기회에 입문하는 겁니다."

"입문을……? 그건 차차 생각해야 될 문제다. 네 재주가 너무 아까워. 그리고 네 나이 또한 어려서 아직 그런 큰일을 결정할 시기가 못 된다."

"대사님 말씀 알아듣사오나 부모 형제의 죽음을 목격한 다음부터 소생은 어찌 할 바를 모르고 있습니다."

"알겠다, 내가 다 안다. 내 옆에 있으면서 깊이 생각해 보도록 하자."

수기대사는 지나치리만큼 영특하고 나이에 비해 숙성한 이 소년의 가슴에 박혀 있을 무수한 상처의 파편들을 뽑아 주리라고 마음먹었다. 삶은 어차피 허망한 것이지만 그 과정에서는 희로애락(喜怒哀樂)이 엇갈리는 것. 기쁨도 미처 다 알지 못할 나이에 슬픔부터 배워야 하는 인생처럼 비극

가파른 언덕 173

은 없는 것이었다. 전란 — 그 상처는 너무나 가혹하게 퍼진 전염병균이었다.

최우와는 자주 연락이 오고 갔다. 정기적으로 만나는 외에도 전할 일이 있으면 양쪽에서 사람이 왕래했다. 그리고 사람을 시켜 안 될 다급한 일이 생기면 시간을 가리지 않고 서로 찾아서 의논을 하곤 했다. 최우도 예를 잃지 않았지만 수기대사는 언제나 겸양의 덕을 내보였다. 그저 모든 일이 원만하고 신속하게 진행될 수 있도록 정성을 기울이고 마음을 쏟았다. 그건 불사에 임하는 승려로서의 자세만은 아니었다. 그런 단순한 의무감을 넘어서서 꼭 그렇게 해야 되겠다는 필연적인 책임감 같은 것을 수기대사는 느끼고 있었다. 그건 자신이 목격한 무수한 슬픔과 고통과 아픔에 대해 위안과 격려와 보답이 돌아갈 수 있어야 한다는 생각이었다. 신념이란 별다른 것이 아니고 굳어진 생각이었다.

처음 불사를 반대했던 이유나 어쩔 수 없이 불사 참예를 결정하는 순간 뭉쳐졌던 결의에는 아직 피가 통하지 않았었다. 그런데 실제에 부딪히고 현장을 목격하면서부터 박제(剝製)된 생각에는 피가 돌기 시작하고 생동의 힘을 얻게 되어갔다.

그날도 수기대사는 최우와 여러 가지 계획을 의논하고 있었다.

차를 한잔씩 나누며 잠시 휴식을 하는 시간이었다.

"대사께 긴히 드릴 말씀이 좀 있습니다."

최우는 찻잔을 들고 가까이 다가앉으며 나지막하게 말했다.

"불사에 관한 것이 아니라……, 들으시고 어떤지 도움말을 주십시오."

최우가 뜻을 들이자 수기대사는 반사적으로 방어 자세가 되었다. 또 무슨 괴이한 생각을 꾸며내 가지고……, 수기대사의 마음에는 두꺼운 성곽이 둘러쳐졌다. 그러나 전혀 표를 내지는 않고 어서 말을 해보라는 표정만 지었다.

"다름이 아니라 서방을 설치하고 싶은데……."

"서방이라?"

수기대사는 경솔할 만큼 순간적으로 최우의 말을 받았다. 서방이라는 말을 듣자마자 정방(政房)이 퍼뜩 스쳐갔다. 그리고 잇대어 서방이란 글 서(書), 집 방(房)으로 정방의 반대 의미로 파악되었던 것이다. 이건 실로 놀라운 일이었다. 무인을 중심으로 한 정방 정치로 모든 권력을 장악해 오고 있는 최우의 입에서 문인(文人)을 전제한 서방 설치 문제가 나온 것이다.

"대사, 왜 그리 놀라십니까?"

"아, 아닙니다. 어서 말씀하시지요."

수기대사는 감정을 감추며 자신이 너무 성급한 오판을 했는지도 모른다는 꺼림칙한 마음이 되었다.
 "아무래도 정방만으론 균형이 잡히지 않는 것 같아서 선비들을 중심으로 한 서방을 신설하는 게 어떨까 생각해 보았지요. 나로선 꽤 오래, 열심히 생각해 본 결과, 꼭 필요하다는 결론을 얻었는데 대사의 생각은 어떠십니까?"
 수기대사는 새삼스러운 눈길로 최우를 바라보며 그저 고개만 끄덕일 뿐이었다. 정작 최우에게 직접 설명을 듣고 나자 오히려 실감이 오지 않는 것이었다. 꼭 꿈결에서 헛들은 소리만 같았다.
 "대사의 의견을 솔직하게 말씀해 보시지요. 참고로 삼을 테니까요."
 "소승은 지금 비몽사몽간입니다."
 "이 최우한테서 그런 말이 나왔으니 그러실 법도 합니다. 그러나 절대로 허튼소리는 아닙니다. 갈수록 헛헛한 걸 어떡하겠습니까. 그래 내 나름대로 숙고한 끝에 결정을 내린 것입니다."
 "예…… 감히 소승의 의견으로 사족을 달고 싶진 않습니다. 한마디로 상감께서 무척 기뻐하실 것입니다."
 "그렇게 생각하십니까, 대사!"
 "틀림없을 것입니다. 기뻐하시고말고요."
 최우는 만족스런 표정으로 차를 한 모금 마셨다.

"그리고 대사께 크게 사죄해야 될 일이 있습니다."

"대감께서 소승한테요?"

수기대사는 피식 웃었다. 최우의 말을 농담으로 받는 웃음이었다.

"대사께서도 익히 알고 계셨겠지만 그동안 내가 너무 선종(禪宗)에 치우쳐 있었지 않습니까. 그게 불찰이었음을 이제야 크게 깨달았습니다. 이번 불사 준비가 대사를 위시한 교종승(教宗僧)들이 아니었으면 이렇듯 신속하고 정확하게 추진될 수가 없질 않았습니까."

수기대사는 그만 기분이 언짢아졌다. 그래서 앞으로는 선종 대신 교종을 정책적으로 후원하겠단 말인가.

"대감께선 죄를 지으셨다고 생각할 것까진 없을 것입니다. 선종이든 교종이든 다 한 부처님의 말씀을 따를 뿐입니다. 다만, 그 이르는 방법이 다소 차이를 보일 뿐이지요. 그리고 개개인은 자신의 취향이나 체질에 따라 선택을 자유로 하는 것입니다. 대감은 일찍이 선종을 택하신 거지요."

이렇게 달을 하고 보니 수기대사는 더 기분이 상했다. 최우가 선종을 정책적으로 두둔하고 후원했던 것은 너무나 뻔한 이유가 있었다. 정치 세력을 장악하는 데 있어서 여러 층의 백성들에게 강한 영향력을 미치고 있는 교종은 틀림없이 눈엣가시였을 것이다. 왜냐하면 어떤 방법으로도 교종을 세력 확장의 앞잡이로 이용하는 데 성공하지 못했던 것이다. 그래서 상대적으로 최우는 선종 쪽으로 기울어질 수밖에 없었다. 중생의 제도보다 자신의 해탈에 진력하는 선종승들은 기대하지도 않은 여러 양상의 호의와 편의를 굳이 마다할 이유가 없었을 것이다. 선종에 대한 그런 호의나 편의는 다시 상대적으로 작용하여 교종에는 냉대와 압력으로 나타났다. 그런데 이제 최우는 교종에 호의를 표하며 편의를 제공하려는 몸짓을 하고 있는 것이었다. 그럼 선종은 또 어찌될 것인가. 악순환의 연속일 뿐이었다. 수기대사는 불쾌했다. 한 개인에 의해서 종교가 우롱당하는 것도 그랬지만 매사가 정책적 포석으로 움직여지는 최우에 대한 불쾌감이 더 컸다. 서방(書房) 신설에 대해서 전폭적인 찬성을 보내긴 했지만 최우의 저의가 무엇인지 심히 의심스러웠다. 다만, 찬성을 했던 것은 정방의 견제 세력으로서의 서방이 되기를 기대하는 마음에서였을 뿐이다.

"종교를 정치와 완전히 차단할 수는 없지만 당초부터 그 생리는 판이한 것이지요. 종교는 어디까지나 종교일 뿐이며 정치의 위에도 아래에도 놓이지 않습니다."

수기대사는 천천히 그리고 또박또박 이 말을 하고 눈을 감아버렸다.

군신기고문

 필생과 각수로서 수련(修鍊)을 쌓고 있는 사람들은 도합 5백여 명에 이르렀다. 그중에 민간인은 백여 명이었는데 육안으로는 구분해 낼 방법이 없었다. 3백여 명의 각수 수련생들도 처음 6개월 동안은 붓을 잡았다. 장경판 글씨를 손에 익히기 위한 방법이었다.

 그들 5백여 수련생들은 한치의 틈도 없는 규칙 생활을 익혀나가고 있었다. 그들은 새벽 예불 시간에 맞추어 기상을 했다. 세수를 마친 그들은 줄지어 수련장으로 향했다.

 각자 정해진 자리에 앉고 쇠북이 청아한 소리로 울려퍼지는 것과 때를 같이하여 아침 예불을 올렸다. 그들이 수련장에서 아침 예불을 드리는 것은 법당에 다 들어갈 수가 없기 때문이었다. 수기대사는 매일 아침 미간에 주름이 잡힌 엄한 얼굴로 집례(執禮)해 나갔다. 예불이 끝나면 그대로 선(禪)에 들어갔다. 선은 아침 공양 직전까지 계속되었다. 선을 하는 동안에 자세가 흐트러지거나 졸게 되면 어느새 수기대사가 들고 다니는 경책이 등짝을 후려갈기는 것이었다. 아침 공양이 끝나면 각자의 바리때(승려들이 쓰는 목기 그릇)를 씻어서 닦은 다음 수련장으로 자리를 옮겼다. 당번이 벼루에 물을 붓기 시작하면서 본격적인 일과가 시작되었다.

묵향이 은은하게 퍼지고 예리한 칼끝이 나무를 파먹는 소리만 사각거릴 뿐 사람의 소리라곤 자취가 없었다. 잡담을 용납하지도 않았지만 할 여유조차 없었다. 하루의 책임량을 다 해내려면 잠시도 한눈을 팔거나 딴생각을 할 겨를이 없었다. 필생들은 규격 종이 열 장에 글씨를 가득 채워야 했고 각수들은 서른 자를 양각(陽刻)해야 했다. 그런데 책임량을 완수하는 것으로 일과가 끝나는 것이 아니었다. 그날 일과는 다음날 저녁까지 연결되고 있었다. 일과는 저녁 공양 직전까지가 끝이었다. 저녁 공양을 마치고 나면 수기대사의 설법 시간이었다. 그때 법당에서는 저녁 예불이 올려지고 있었고 대개 수기대사의 설법은 예불과 비슷하게 끝났다.

그 다음이 그야말로 모두에겐 손바닥에 땀이 고이는 시간이었다. 전날 쓴 글씨와 판각에 대한 심사 결과가 발표되는 것이다. 수기대사는 하루 종일 그 많은 사람의 작업 결과를 빠짐없이 조사한 것이었다.

글씨는 열 자 이상, 판각은 세 자 이상 지적당하는 사람은 표정이 질렸다. 그도 그럴 것이 벌로 밥 나르는 일, 수련장 청소하는 일, 심지어 변소의 똥 푸는 일까지 온갖 궂은일은 도맡게 되기 때문이었다. 그뿐만 아니라 수기대사의 면박이 어찌나 뜨거운지 동료들에 대한 창피도 말이 아니었다. 지적당하는 기준은 따로 없고 수기대사가 임의로 정해놓고 있었다. 그런데 기묘한 것이 어딘가 마음이 석연찮거나 미심쩍은 글씨는 여지없이 꼬집혀나오곤 했다. 그래서 모두들 혀를 내둘렀고 수기대사의 면박을 견디며 온갖 궂은일을 감수할 수밖이 다른 도리가 없었다. 그런데 문제는 지적되는 글자수의 최저선이 고정된 것이 아니었다. 들이 바뀔 때마다 밑으로 밑으로 내려갔다. 벌칙 강화인 셈이었다.

이 오금 저리는 시간이 끝나면 취침 목탁이 울릴 때까지는 자유 시간이었다. 자유 시간이라고 해서 다리 뻗고 눕거나 얼굴 맞대고 노닥거릴 여유가 없었다. 개울로 달려가 옷을 빨거나 해진 곳을 꿰매는 부지런을 떨어야 했다. 옷이 좀 지저분해 보이거나 구멍이 나 있으면 불호령이 떨어졌다.

이렇게 빡빡히 짜인 일과는 장마철 물레방아 돌듯 쉼 없이 되풀이되고 있었다.

 이 수련생들과 공양도 매끼 함께 들고, 잠자리도 매일 밤 같이하고, 삭발에 승복까지 똑같이 닮은 모습을 하고도 바늘 끝 하나 들어갈 수 없도록 짜여진 규칙 생활에서 제외된 유일한 인물이 있었다. 근필이었다. 수련생들이 아침 공양을 마치고 수련장으로 갈 때면 그는 느린 걸음으로 절을 나섰다. 강화부(江華府) 가문(價門) 밖에 정한 판전 신축지로 가는 것이다. 고개를 푹 수그린 근필의 걸음걸이는 언제나 느렸다. 마지못해 걷는 것처럼 신축지에 다다르면 버릇인양 공지(空地)를 휘 한차례 둘러보았다. 그런 다음 자라 등같이 생긴 바위 위로 올라가 앉는 것이다. 그러고는 그뿐이었다. 그렇게 앉아 점심도 굶은 채로 하루 해를 다 보내는 것이다. 조는 것도, 어떤 일정한 물체를 보는 것도, 그렇다고 흐리멍덩한 것도 아닌 눈으로 그렇게 줄곧 못박혀 앉아 있었다. 그러다가 갑자기 바위를 뛰어 내려와 공지를 무질서하게 왔다갔다하는 것이었다. 그때의 걸음걸이는 또 그렇게 빠를 수가 없었다. 한참을 그러다가 지친 듯 바위로 돌아오는 수도 있었고 어느 때는 막대기를 들어 직직 줄을 긋기도 했다. 해가 뉘엿뉘엿해지면 근필은 바위를 버리고 절로 걸음을 옮기는 것이었다. 그러기를 반년째 하고 있었다.

 신축지를 물색하고 다닐 때 수기대사는 보조 목수를 구해야 되지 않겠느냐고 물었다.

"있긴 있어야 되겠지만 별로 필요한 것도 아닙니다."

근필은 전혀 신경을 쓰지 않는 태도로 말했다.

"그래도 그 큰 공사를 혼자 감당할 수는 없는 일 아니겠소. 내가 관에 연락해서 쓸 만한 목수들을 뽑아오도록 주선하겠소."

"……"

며칠 후에 열서너 명의 목수가 관졸의 안내를 받아 절로 왔다. 그들을 한 번 쳐다본 근필은 아무 말도 없이 방으로 들어가더니 나무 상자 하나를 들고 나왔다. 손잡이가 달린 연장통이었다.

"다들 가실까요."

근필은 목수들에게 말하고 앞서 걸었다. 목수들은 쭈뼛쭈뼛한 태도로 근필의 뒤를 따라나섰다.

일주문을 나서 얼마를 걷던 근필은 숲속으로 꺾어들었다. 곧 걸음을 멈춘 근필은 연장통에서 톱을 꺼내 장딴지 굵기의 나무를 자르기 시작했다. 나무가 쓰러지자 그걸 다시 3등분으로 잘랐다. 그리고 연장통에서 끌과 대패를 더 꺼내 둘러서 있는 목수들 중에서 가까운 세 사람에게 연장을 한 가지씩 내밀었다. 각기 톱과 끌과 대패를 받아든 세 목수는 어리둥절한 표정이다가 한 사람이 불쑥 쐈댔다.

"우리 기술을 점쳐보겠다는 거요?"

"아셨으면 어서 연장을 다뤄보시오."

"아니 사람을 뭘로 알고 이래 이거."

"나하고 일하려면 별수없소. 싫으면 다른 사람한테 연장을 돌리시오."

근필의 목소리는 담담할 뿐이었다.

세 목수가 투덜거리며 나무토막을 하나씩 맡았다. 근필의 지시에 따라 연장은 다음 사람, 다음 사람으로 옮겨졌다. 그런데 그 목수들은 전부 다음날로 강화도를 떠나야 했다.

"아니 어떻게 된 일인가?"

수기대사의 놀란 물음에,

"죄송합니다만 대패도 제대로 못 잡는 사람들이었습니다."

근필은 아무렇지도 않게 대답했다.

근필이 그나마 생기를 찾았던 것은 배로 실려온 재목들이 산더미로 쌓일 때였다. 눈에 윤기가 돌고 움직이는 팔다리에 탄력이 넘쳤다. 그러나 그때뿐이었다. 재목 운반이 끝나게 되자 다음날부터 또 고개를 푹 수그린 채 느린 걸음걸이가 되었다.

근필이 유별나게 부지런히 하는 일이 한 가지 있었다. 머리 깎는 일이었다. 그저 사흘거리 머리를 깎아대는 것이었다. 처음 몇 번은 그냥 응해주던 삭발 전담 스님도 끝내는 역정을 냈다.

"삭발 날은 따로 정해져 있는데 왜 자꾸 말썽이오. 그 머리가 길었나 만져나 보고 말하시오. 목수 손이라 못이 박여 머리가 길었는지 말았는지도 모르나 원. 사흘거리 이러니 귀찮아서 사람이 살 수가 없잖소."

이런 면박에도 근필은 아랑곳하지 않았다. 그저 굽실거리며 간청을 하는 것이었다. 그럼 스님은 어쩔 수 없다는 듯 숫돌에 칼을 문질렀다.

"날 못살게 굴려고 사흘거리 이러는 것도 아닐 테고. 대체 무슨 연유요?"

스님이 는을 흘기며 물었다.

"글쎄 뭐 특별난 연유랄 것도……."

근필은 민숭민숭한 머리를 문지르며 멋쩍은 웃음을 흘렸다.

"특별한 연유가 없으면, 그럼 재미로 이러는 거요?"

"아이구 스님, 그럴 리가 있습니까. 세상에 무슨 재미가 없어서……."

근필은 정색을 하며 펄쩍 뛰었다.

"그러게 연유가 있을 것 아니겠소. 까닭도 모르면서 나더러 언제까지 이 고역을 치르란 말이오."

근필은 참으로 난처했다. 스님의 말이 틀리는 데가 없었다. 그렇다고 딱히 그 이유를 꼬집어낼 수도 없었다. 분명히 이유가 있긴 한데 막상 말을 만들려면 싱거워지고 그래도 억지로 말을 꾸며놓으면 상대방을 이해시키지도 못한 채 바보 취급당하기 십상인 그런 고약한 처지였다.

"왜 그런지 뭐가 자꾸 스멀스멀 기어다니는 것 같기도 하고, 무슨 끈끈한 것이 자꾸 덮이는 것 같기도 하고, 하여튼 머릿속이 답답하고 꿈틀꿈틀하고 시끌시끌하고 뭐 그래요."

근필은 기껏 이렇게밖에 말을 못했다.

"그래, 이렇게 머릴 깎으면 시원해지고 트인다 그런 말씀이신가?"

"예에, 바로 그런 뭐지요."

"늦바람 밤새는 줄 모른다더니 상투 틀고 살 때는 어쨌나 원."

스님의 이 면박에 근필은 뜨끔했다. 정말 맞는 말이었다. 왜 이러는지 스스로도 알 수가 없는 일이었다.

일에 전혀 진척이 없다는 보고를 받고 수기대사는 근필을 부를까 하다가 그만두었다. 왠지 심상치 않은 생각이 들었다. 하루도 빠짐없이 공사장으로 나갔는데 일은 하나도 되어 있지 않다면 그럴 만한 이유가 있을 것이었다. 어디로 보나 예사 목수는 아니었다. 그래서 어느 날 수기대사는 근필의 뒤를 밟았다. 그날도 근필은 여느 날과 마찬가지로 바위를 지키고 앉아 있었다. 그러다가 언뜻 바위를 뛰어내려 공지를 미친 것처럼 쏘다녔다. 이런 근필의 행동을 수기대사는 나무숲에 숨어 지켜보고 있었다. 점심나절이 되어 수기대사는 돌아섰다. 절을 향해 걷고 있는 수기대사는 연신 고개를 끄덕이고 있었다.

 진주 분사로부터는 수시로 연락이 왔다. 작업은 순조롭게 진행되고 있다는 보고였다. 보고서 중에서 인명 피해 상황을 읽으며 수기대사는 마음이 어두워지곤 했다. 인명 피해에 대해 수기대사는 특히 신경을 썼기 때문에 한 달 간격으로 도착되는 보고서에는 이에 대한 언급이 빠지지 않았다. 피해자가 발생한 경우는 인적 사항부터 사건 발생 경위까지 상세하게 기록되어 있었다. 대부분 벌채 과정에서 발생하는 사고였다. 나무가 넘어질 때 부주의해서 다치게 되는 것이었다. 다행히 아직까지는 중상자가 없었다. 불구가 된 중상자나 사망자의 발생에 대비한 수습책도 마련해야 했다. 중상자의 권속이나 사망자의 유가족에 대한 생계 문제 해결책이 그것이었다. 물론 행정적으로 처리될 문제였지만 수기대사로서도 관심을 게을리할 수는 없었다.

 그러나 무엇보다도 수기대사가 전념하고 있는 일은 경전 정리였다. 먼저 수록 범위를 정하는 것이다. 다음 단계로 경전 종류를 결정짓는다. 끝으로 내용 확인을 하는 순서였다.

내용 확인이라 함은 정리가 잘못되었거나 겹치는 부분 등을 찾아내는 것이다. 그 작업은 천상 경전을 차근차근 읽어나가는 방법밖에 없었다. 너무나 빠른 나날이 너무나 짧게 지나가고 있었다.

전황(戰況)에 관심을 기울일 여유도 없었지만 수기대사는 의식적으로라도 관심을 쓰지 않으려 했다. 어차피 장기전으로 양상이 굳어진 데다가 불사를 시작하게 되면서 마음을 닫아버렸다. 한 마리 토끼도 제대로 쫓지 못하던 포수가 두 마리를 쫓는데 무엇을 기대할 것인가. 해결되지 않을 괴로움을 가슴에 담고 괴로워하는 것처럼 큰 어리석음도 없었다. 그런 때 마음을 닫아버리는 것, 그것을 체념이라고 했는지 모른다. 그 체념이 첩첩이 산의 크기로 쌓이고, 그 큰 체념의 한(恨)이 어느 일순간 밝음으로 투명해질 때 해탈은 해돋이 하는 것인지도 모른다고 여겼다. 그래서 또 한 자락 체념의 단층을 쌓을 수밖에 없었다.

세 번째로 새해가 바뀐 고종 23년에 접어들면서부터 준비 작업은 거의 마무리가 되어가고 있었다.

통나무를 바다에서 건져 바람이 잘 통하는 움막에 넣어 건조에 들어갔다는 보고가 분사로부터 들어왔다.

필생들은 서너 달 전부터 거의 꼬집을 데 없는 글씨들을 써내고 있었다. 우아하면서도 정결하고, 자연스러우면서도 아름다운 글씨들은 모두 한 사람이 쓴 것 같은 통일과 조화를 이루었다. 각기 다른 사람이 쓴 글씨면서 한 사람의 것으로 보이고, 그러면서 글씨 하나하나는 살아서 숨을 쉬고 있었다.

 각수들도 제각기 나무랄 데 없는 솜씨들을 자랑하게 되었다. 글씨가 나뭇결 어디에 놓여도 구애를 받지 않았다. 나뭇결의 단단하고 무른 흐름을 타고 칼끝은 자유자재로 춤을 추었다. 그래서 글씨의 선에 담긴 아름다움을 손상하는 일이 없었고 획에 서린 힘을 꺾는 실수를 범하지 않았다. 종이 위에서 글씨가 지니는 품위와 격을 그대로 나무판 위에 재현시키는 것이었다.

 판전 신축지 구석에 아예 움막을 짓고 기거하게 된 근필은 이제 밤낮없이 일에 미쳐 있었다. 여덟 달 정도를 허송하다시피 한 근필은 어느 날 갑자기 절을 떠나 움막을 지었던 것이다. 이때도 수기대사는 아는 체를 하지 않았다. 그저 열흘 간격으로 쌀과 김치를 잊지 않고 보냈을 뿐이다. 달포가 되어 나타난 근필의 돌골은 말이 아니었다. 끼니를 제대로 맞추지 않은 탓인지 움푹 들어간 볼이 유독 눈에 띄었다. 더부룩한 수염과 머리칼 때문인지 몰골은 초췌하기 이를 데 없었다. 그러나 눈만은 전보다 더 맑은 빛으로 타고 있었다.

 "대사님, 그동안 자즈 문안드리지 못해 죄송하옵니다. 스님들 중에서 힘을 쓸 만한 분으로 네 분만 보내주시어 소인의 일을 돕게 해주셨으면 합니다."

"왜 하필 스님들이오. 그들이 무슨 목수 일을 안다고. 오히려 짐스럽기만 할 텐데."

"목수 일을 전혀 몰라야 합니다. 신심(信心)이 두텁고 그저 힘만 쓸 수 있으면 됩니다. 재목만 들어올리고 내리면 되니까요."

수기대사는 무슨 말인지 알아들었다.

"그야 어려운 일이 아니지. 헌데 몸을 좀 돌봐야 되겠구먼."

"소인 염려는 마십시오. 부처님께서 내리신 공양으로 살이 찌고 있습니다."

보조 목수는 어떻게 하려느냐고 물어보려다가 수기대사는 입을 다물어버렸다. 지난번의 그 저돌적인 처사가 바로 답이 될 것 같았기 때문이다.

그날로 스님 넷과 함께 절을 떠난 근필은 2년이 넘도록 경내에 얼굴을 보이지 않았다. 초파일과 설날에 사람을 보내도 근필은 오지 않았다. 심부름을 다녀온 사람의 말에 의하면 일에 정신이 팔려 들은 체도 안 하더라는 것이었다. 수기대사는 가끔 나가서 먼발치로 일하는 모습을 바라보곤 했다. 그저 혼자서 나무를 자르고 대패질을 하고 끌을 치는 것이었다. 그의 손짓과 눈짓에 따라 네 승려들은 나무를 옮기고 쌓고 할 뿐이었다. 그의 헝클어내린 머리칼은 허리에 이르렀고 옷은 누더기가 되어 있었다. 근필은 나무를 토막내서 다듬고 구멍을 파고 하는 일을 꼬박 이태나 계속해 오는 것이었다. 그래서 번갈아 가며 절에 들르는 네 승려는 한결같은 불평을 털어놓았다.

"무슨 놈의 목수가 그따위야. 집을 짓는다면서 기둥 하나 세워놓지도 않고 괜한 나무만 못쓰게 토막토막 잘라버린다니까. 아무리 봐도 미친 게 틀림없어. 그 눈빛이 틀림없이 미쳤어. 미치지 않고서야 밤도 낮도 모르고 일을 할 리가 있나. 그 몰골은 또 어떻고. 머릴 좀 깎으래도 들은 체도 안 해. 무슨 말을 해도 마찬가지지만 말야. 그런데 한 가지 이상한 게 있어. 아침마다 개울에서 목욕을 하거든. 그 추운 겨울에도 거르는 일이 없어. 그걸 보면 또 신심이 대단한 것 같기도 하고."

"미친 건 확실하구먼 뭘 그래. 미치지 않고 어찌 겨울에 목욕을 할 수 있겠나. 얼음물로 말야."

"그 말 듣고 보니 영락없구먼."

승려들 사이에서는 말들이 많았다. 그러나 수기대사는 일절 못 들은 체했다. 그저 근필의 건강이 걱정스러웠다.

입장(入藏)을 결정한 불서(佛書)는 총 6,547권이었다. 그

함호(函號)의 배열은 천자문(千字文)의 순서를 따라 천(天)부터 시작하기로 했다.

그 다음 경판 각자부(刻字部)의 크기를 결정했다. 가로를 1자 5치 2푼(46cm), 세로를 6치 7푼(20cm)으로 정했다. 그리고 한 면(面)에 14자(字) 23행(行)씩으로 양면(兩面)에 양각(陽刻) 각조(刻造)하도록 했다. 그러므로 경판 한 장에는 644개의 글씨가 새겨지는 셈이었다.

이에 따라 경판의 전체 크기가 정해졌다. 가로를 2자 2치 7푼(68cm), 세로를 7치 3푼(22cm)으로 했으며, 두께는 1치(3cm)였다. 그리고 각자부의 중앙을 경판 전체의 중앙으로 잡아 양쪽에 2단계의 마구리(인경[印經]을 할 때 잡게 되어 있는 손잡이)를 만들도록 했는데 그것들이 각각 1치 4푼(4cm)이었다.

이 경판의 설계를 실물 크기의 도표로 그렸다. 그리고 실물까지 만들어 진주 분사로 보냈다.

임금은 경판의 설계도와 실물을 받아보고 기쁨을 감추지 못했다.

"과인은 이날이 오기를 얼마나 고대했는지 모른다오. 이런 큰 기쁨을 과인에게 선사해 준 두 분의 노고가 실로 태산보다 크고 높을 것이오. 오늘이 판각을 시작하는 날이었더라면 한층 기쁨이 더했을 것이오."

"황공하옵니다. 머지않아 그날도 도래할 것으로 믿사옵니다."

최우가 아뢰었다.

"그날이 언제쯤이나 될 것 같소?"

"예에, 분사의 보고에 의하면 건조가 끝나는 대로 판목 작업에 들어갈 것이라 하온즉 내년 초에는 여기 강도(江都)에 도착되리라 믿어지옵니다."

"앞으로 단 1년, 피땀 흘리는 백성들의 노고를 뻔히 알면서도 과인의 마음은 왜 이다지 조급한지 모르겠소."

"황공하옵니다. 최선을 다하여 하루라도 빨라지도록 조처하오리다. 상감마마, 판각이 시작되는 날을 위하여 기고문(祈告文)을 미리 준비함이 어떨까 하옵니다."

"좋고말고요. 대사의 뜻은 어떠신지요?"

"소승도 같은 생각이옵니다."

수기대사는 간단하게 대답했다.

"그 일을 누구에게 시켰으면 좋겠소?"

"비서성시랑(秘書省侍郎) 이규보(李奎報)가 어떨까 하옵니다."

"그렇지요. 그 사람의 문장이라면 능히 이 일을 감당할 수 있을 것이오. 두 분께서 살펴 이규보로 하여금 이번 불사를 일으키게 된 간절한 연유를 부처님과 보살님들이 감동할 수 있도록 적게 하시오."

"명심하여 거행하오리다."

수기대사는 경판의 설계도를 따라 분사로 내려가보고 싶었지만 마음뿐이었다. 여기서 마무리지어야 될 일이 아직도 많이 남아 있었다.

붓과 먹, 종이 등을 장만하는 일부터 시작해서 자질구레한 것들이 한둘이 아니었다. 그러나 무엇보다 중요한 것이 필생과 각수를 최종적으로 확정하는 일이었다. 모두 3년이란 세월을 바쳐 수련을 쌓기는 했지만, 그 능력이 자로 재거나 저울에 단 것처럼 하나같을 수는 없었다. 어딘가 미심쩍고 개운찮은 점을 말끔하게 씻어내지 못하는 사람이 끼어 있었다. 그것을 결점이나 부족함이라고 말하기엔 너무 과했다. 그렇다고 시원한 마음으로 인정할 수도 없는 뭐 그런 것이었다. 그야말로 옥에 티라고 할 수밖에 없었다. 처음 수련을 시작할 때 이런 경우를 예상해서 그 수를 넉넉하게 뽑았던 것이다. 그러나 막상 결정을 내릴 단계에 이르자 수기대사는 망설이지 않을 수 없었다. 그동안 그들이 기울여온 집념과 노력에 대한 대가로서는 너무 잔인한 처사라 싶었다. 그들 모두의 가슴이 지금 기대로 설레고 있을 것이었다. 그런데 그 기대를 무너뜨려야 될 시기가 온 것이다. 물론 소수에 한한 일이라 하더라도 괴롭기는 마찬가지였다. 그러나 그 일을 단행할 수밖에 없었다. 순간의 괴로움을 피하다 보면 과오는 영원히 남게 되는 것이었다. 한번 관각된 장경은 불의의 사고나 작위적 파손이 없는 한 시간과 공간을 초월하게 되어 있었다. 수기대사는 명분과 정(情)의 틈바구니에서 마음 아파하며 그 일을 시행하기로 결정을 내렸다.

우선 탈락자들이 실의에 빠지지 않고 해나갈 수 있는 일을 궁리했다. 그리고 어떤 방법으로 가부를 결정할 것인가 신중하게 검토했다.

탈락자들이 할 수 있는 일이 의외로 많았다. 종이의 절단과 그 간수, 판독(判讀)이 어려운 불경의 재정리, 글씨가 완성된 장(章)마다 간추려 함(函)으로 구분하는 작업, 그걸 판각의 순서에 맞춰 배부하는 일, 완성된 경판의 순서 배열 등이었다. 이런 일을 시키는 데 그 나름들의 명분을 갖게 하는 것이 무엇보다 중요한 일이었다. 그러기 위해서는 이번 일을 일절 내색하지 않는 것이 최선책이라는 결론이 나왔다. 그래서 그 시행 방법도 처음 생각과는 달리 바꾸었다.

처음에는 하루 동안에 능력껏 글씨를 쓰고 판각을 시켜서 그 결과로 결정을 하려고 했다. 양이 많으면서 지적당한 수효가 적은 사람부터 우선으로 하려던 계획이었다. 그런데 같은 방법으로 하긴 하되 하루만이 아니라 며칠을 계속할 작정이었다. 그런 다음에 결정을 내리면 일이 비교적 순조로울 것 같았다. 그 결정도 어디까지나 심중에 담아두기만 하고 모두에게는 업무 분담 형식으로 표면화시키기로 했다. 그렇게 되면 그 누구에게도 심적 타격을 주지 않고 일이 원만히 해결될 것 같았다. 그런 후에 다소 눈치를 채게 되는 것은 별문제가 아니라 싶었다. 그때는 그런 사실이 없음을 부인하면 그만이었다. 그리고 불사 참예의 의의를 강조함으로써 그런 난관의 극복이 무난할 것이었다.

다음날 아침 예불이 끝난 다음 수기대사는 일과 변경을 알렸다.

"판목이 배에 실려 여기에 도착할 날도 멀지 않았습니다. 그렇게 되면 불사도 본격적으로 시작될 것입니다. 그에 대비하기 위해 여러분들의 수련 방법을 오늘부터 바꿔야 되겠습니다. 지금까지는 일정한 양을 정해놓고 그걸 정확하게 처리하는 데 주력했지만 오늘부터는 양의 제한에서 벗어나 자유로 쓰고 새기도록 하는 것입니다. 이는 정확성을 기하느라고 소홀히 했던 신속성을 보완하기 위함입니다."

그래서 모든 사람들이 제각기 능력껏 쓰고 새기기에 전념하기 시작했다.

그 작업이 열흘 이상 계속되었다. 첫날의 작업에서 그 양과 질이 각기 조금씩 차이를 보였다. 그런데 이튿날도 그 차이는 별로 변동이 없이 나타났다. 사흘째도 마찬가지였다.

이상하게도 첫날 많이 썼거나 잘 새긴 사람이 줄곧 그랬고 조금 못한 사람이 다음날 변화를 보이는 경우는 거의 없었다. 어쩌면 그건 당연한 결과인지도 모른다. 똑같은 여건 밑에서 3년 간의 수련을 거치는 동안 그들의 능력은 이미 확정되었다는 증거였던 것이다. 사실상 그 작업을 더 계속할 필요를 느끼지 않았지만 일의 순조로운 진행을 위해서 중단하지 않았다.

닷새 동안의 작업을 검토한 수기대사는 탈락자 결정을 내렸다. 필생을 백 명으로 확정하고 각수를 3백 명으로 확정했다. 탈락자는 각기 50여 명씩으로 도합 백여 명에 이르렀다. 이어서 이들 탈락자들의 업무 분담에 들어갔다. 그리고 머지않아 업무 분담 발표가 있을 것이라는 소문이 번지게 했다. 이 소문은 그야말로 삽시간에 퍼져나갔다. 예상했던 대로 수련생들의 얼굴에는 의아한 빛과 불안한 빛이 엇갈리고 있었다. 그러나 그 누구도 업무 분담이 무엇이냐고 묻거나 어떤 식으로 하느냐고 알려고 들지 않았다. 역시 수기대사도 일절 표를 내지 않았다.

그 작업이 시작된 지 보름 만에 수기대사는 업무 분담을 발표했다. 그리고 경위 설명이나 기준 같은 것에 대해서 단 한마디도 하지 않았다. 명령이니까 무조건 따르라는 식으로 처리해 버린 것이다. 그 다음 불만을 토로하거나 거부하는 사람이 나오게 되면 개인적으로 이해시키고 그래서 안 되면 포기할 수밖에 없다는 방안을 세웠던 것이다.

발표를 끝내자마자 수기대사는 업무별로 자리를 구분하게 했고 그에 해당하는 일을 떠맡겼다.

일과대로 설법을 마친 수기대사는 곧 거처로 돌아왔다. 그러나 취침 목탁이 울릴 때까지 아무도 찾아오지 않았다. 이상한 일이었다. 한두 명쯤은 찾아오리라고 예상했었다. 하지만 안심할 수는 없었다. 이틀이나 사흘까지는 기다려봐야 알 일이었다. 그동안 아무리 엄하게 다스려왔다고 해도 3년이란 세월에 걸쳐 쏟은 집념이나 노력 때문에 반발은 반드시 있을 것이었다.

그러나 다음날도 그 다음날도 거처를 찾은 수련생은 아무도 없었다. 수기대사는 눈을 내려감은 채 손바닥으로 가슴을 꼭 누르며 길게 숨을 내쉬었다. 이렇게 다행하고 감사할 수가 없었다. 물론 승려 쪽의 반발이란 아예 관심 밖이었다. 그러나 민간인 지원자들은 소동을 일으키리라고 예상했었다. 80여 명 지원자 중에서 20여 명이 탈락되었던 것이다. 극단의 경우 그들은 모두 배신감과 증오심을 품고 귀향하게 될지도 모른다는 위협을 느끼고 있었다. 그건 분명 위협이었다. 그런 사태가 벌어졌을 경우 그들에 대한 죄책감도 죄책감이었지만 귀향을 한 그들이 끼칠 영향이 더 염려스러웠던 것이다. 그런데 역시 그들은 지원자다운 품위를 보여주었던 것이다. 삭발을 결행한 그들은 역시 승적을 가진 승려보다 훌륭한 승려였고, 그들의 신심은 승려보다 오히려 맑고 고결한 것임을 수기대사는 새삼스럽게 깨닫는 것이었다. 그리고 그 결정을 위해서 그다지 신경을 썼던 자신이 그렇게 옹색하고 속되게 느껴질 수가 없었다.

지금 수기대사의 가슴에는 드넓은 초록의 풀밭이 펼쳐지고 있었다. 눈부신 햇살이 쏟아져내리고 풀 이파리들은 돌가루를 뿌려놓은 듯이 반짝거렸다. 그리고 훈훈한 바람결이 풀밭을 어루만지고 있었다. 자신은 거기를 걷고 있었다. 대장경 불사는 일으키기 잘한 거라고, 아니 대장경 불사 참예를 결정한 것은 백번 잘한 거라고 생각하며 그 풀밭을 걸어가고 있었다. 한 사람 한 사람의 염원을 한 자 한 자에 새기고자 했던 자신의 외로운 바람이 결코 헛꿈이 아닌 현실로 나타나준 것이었다. 수기대사는 불문에 몸을 담은 이후 이처럼 싱그러운 밝음을 만나본 적이 없었다.

수기대사는 다음날에야 비로소 장균을 부를 수 있었다. 업무 분담을 결정하던 날로 부르려 했지만 행여 누설이 염려스러워 미루어왔던 것이다.

"장균아, 밥은 배불리 먹었느냐?"

"예에, 대사님."

마루를 내려서던 장균은 바리때를 뒤로 감추며 당황해했다.

"먹고 돌아앉으면 배가 고플 나인데 모자라면 더 달래서 먹어라. 먹는 데는 체면이 없는 법이니라."

"언제나 흡족하옵니다, 대사님."

장균은 귓불까지 달아오르며 부끄러워했다. 그런 장균을 물끄러미 바라보며, 저리도 총명하고 맑을 수가 있나, 그동안 참 많이 컸구나, 수기대사는 피의 정 같은 것을 느끼고 있었다.

"오늘 밤 취침 전에 내게 잠시 다녀갈 수 있겠느냐?"

"예에, 대사님."

"그래, 어서 바리때를 씻도록 해라."

수기대사는 또 지극한 웃음을 보내고 돌아섰다.

수기대사는 장균을 대할 때마다 몸 어느 부분으로부턴가 기묘한 피의 떨림을 의식하는 것이었다. 그것을 구체적으로 풀어보면, 저런 자식이라면 하나쯤 가져볼 만도 하다는 너무 엉뚱하고도 너무 주책스러운 생각이었다. 그러면서 수기대사는 중생들의 삶의 고달픈 매듭이 어디서 풀리게 되는지를 재인식했고, 중생들의 삶이 결코 고해(苦海)만은 아니라는 새로운 의미 부여를 하는 것이었다. 그건 지극히 어리석고도 한심스러운 생각이라고 스스로를 비웃기도 해보았지만 다른 한편으론 거센 반발이 이는 것이었다. 깨달음은 반드시 어떤 계기를 거쳐서 오고, 구하고자 하는 도는 아주 사소한 사실의 체험적 인식에서 비롯된다는 생각이 버티고 있었다.

열다섯 살의 장균은 이제 의젓한 청년이 되어 있었다. 기특하게도 처음부터 지금까지 어른들의 틈바구니에서 잘도 견디어주었다. 이번에도 두 번째로 많은 양을 흠잡을 데 없는 글씨로 써낸 것이다. 물론 전에도 지적당한 일은 한 번도 없었다. 그러나 이 사실을 새로 확인한 수기대사는 그렇게 기쁘고 감격스러울 수가 없었다. 나이 탓인지 장균의 글씨는 소박하고 청순한 냄새를 짙게 풍겼다. 명필이 되려면 어린애가 그어대는 바로 그런 선(線)을 낼 수 있어야 한다고들 했다. 그런 기준으로 본다면 장균은 명필이 틀림없다고 수기대사는 평(評)하는 터였다. 장균을 처소로 오라고는 했지만, 딱히 할말이 있는 것도 아니었다. 그저 가까이서 조용하게 보고 싶은 것이었다.

설법을 마친 수기대사가 거처로 돌아오고 조금 있다가 장균이 댓돌에 서서 인기척을 했다.

"편히 앉거라."

"괘념 마십시오, 대사님."

"이룬 것도 없는 내가 대사로 불려지며 이렇게 편히 앉아

군신기고문 201

있는데 너처럼 일가를 이룬 사람이야 의당 편히 앉아얄 게 아니냐."

"황송하게도 어인 말씀이옵니까, 대사님."

장균은 당황하며 죄스러운 빛을 감추지 못했다.

"다름이 아니라 이번에 네가 두 번째로 많은 글씨를 써냈다. 물론 양도 양이지만 그 글씨가 아주 높은 데에 이르고 있었지. 그 기쁨을 혼자 누릴 수 없어서 널 부른 것이다."

"과찬의 말씀이옵니다, 대사님."

"과찬일 수야 없지. 실은 내가 망설이기도 했다. 허나 네 나이 어느덧 열다섯, 너는 유달리 심지가 깊고 신중함이 어른을 무색하게 할 정도라서 내가 안심하고 칭찬을 하는 것이다. 너도 이제 장부가 되었다. 오늘을 밑거름 삼아 더욱 정진해서 큰 뜻을 펴도록 명심해라."

"명심하겠습니다. 하옵는데……."

장균은 말을 꺼내려다가 중단했다.

"무슨 말인데 그러느냐. 어서 해보아라."

"대사님의 부르심을 받고 실은 소생의 소원이 이뤄지나 싶어 가슴이 두근거렸습니다."

"소원……? 옳아, 또 그 말이로구나. 내 너를 장부라 불렀다만 그 일을 결정짓기는 아직도 어린 나이다. 조금 더 기다리도록 하자."

장균의 소원이란 쿨문에 드는 것이었다. 그런데 어찌된 일인지 수가 대사는 선뜻 그 허락을 할 수가 없었다. 그 재주를 귀히 여기기 때문인가. 자문을 해보았지만 이유가 선명하지 않은 채였다.

"경내에는 소생보다 더 어린 행자도 적지 않습니다."

"그건 사실이지만 경우가 달라. 너두 서두르지 말아라."

"소생에게 무슨 결격 사유라도 있어서 허락을 하지 않으시는지요."

"결격 사유라니, 그럴 리가 있나. 하여튼 시기상조이니 조금만 더 기다리기로 하자. 언젠가는 내 입으로 가부를 알리도록 할 것이니라."

"부디 소생의 뜻을 거두어주십시오."

"염려 말고 그만 돌아가도록 해라. 내일 일이 또 있지 않느냐."

"예에, 편히 주무십시오, 대사님."

장균은 무거운 마음으로 일어섰다.

경판의 설계도를 받은 진주 분사에서는 다시 거제도와 완도에 한 부씩을 보냈다. 지리산 연변과 사천에서 채취된 나무들은 강을 이용해서 바다로 운반되었다. 분사에서는 그걸 모아 다시 가까운 섬으로 옮겼다. 결국 분사에 따른 판목 제작처는 모두 섬인 셈이었다. 그것은 결코 우연이 아니었다. 경판 용재(用材)의 주산지가 거의 섬이고 그 제작 과정에 바다가 필수 조건으로 되어 있다는 것 외에도 다른 절대적 이유가 있었다. 언제 닥칠지 모를 적의 위협으로부터 안전하게 보호하려는 것이었다. 따라서 적의 기습을 피하기 위해 강화까지의 운반도 해상을 택했기 때문에 선적(船積)의 간편함도 부수적으로 얻어지는 이점이었다.

각 판목 제작처에서는 나무가 건조될 때까지 목수들에게 다른 나무를 이용해서 실물을 만들도록 했다. 제작 기술과 요령을 습득하게 하기 위함이었다.

바다에서 건져진 통나무들은 볏짚과 나뭇가지로 지붕을 엮은 응달에서 건조되고 있었다. 직사광선을 막으면서 통풍이 잘되도록 하기 위해 처마 밑으로는 가마니가 달려 있었다. 그 가마니는 햇볕의 이동에 따라 지붕 위로 걷어올려졌다가 다시 내려지기를 되풀이했다. 밤에도 각 움막마다 사람이 떠나지 않았다. 날씨가 청명한 밤이면 양쪽의 가마니는 모두 지붕 위로 걷혀 올라갔지만 구름이라도 끼어 바람이 눅눅해지면 즉시 내려지는 것이었다. 움막에 들어 있는 통나무는 다 각기 받침대 위에 올려져 있었다. 그래서 통나무의 어느 부분도 바람을 받지 못하는 데가 없었다. 그 움막들은 평지를 골라 줄줄이 꼬리를 잇고 있었다.

한편에서는 나무를 찍어대는 도끼 소리와 다듬은 나무를 옮기느라 힘을 합치는 소리가 어우러지고 있는가 하면, 다른 한편에선 통나무가 바다로 굴러내려 물거품을 이루었고 얼마 안 떨어진 곳에서는 통나무를 바다에서 끌어내느라 어영차 영차 장단을 닻추기도 했다. 온 섬은 수많은 사람들이 들끓는 속에 분주한 활기로 넘쳐나고 있었다.

 통나무가 건조되기까지는 열 달 정도가 걸렸다. 햇볕에 직접 건조를 시켰더라면 한 달 남짓이면 충분할 것이었다. 움막에서 옮겨진 통나무들은 설계도에 따라 토막토막 잘렸다. 그 토막들은 다시 잘려 판목 크기보다 약간씩 길고 두꺼운 판자로 변해갔다. 그 판자들은 차곡차곡 쌓여 통풍이 잘 되는 창고로 옮겨졌다.

 목수들은 그 판자 하나하나에 정성스러운 대패질을 했다. 서너 번 밀고 자를 대보고 서너 번 밀고 대팻날을 조종하곤 했다. 두께와 길이가 설계도의 지시와 같아질 때까지 대패질은 계속되었다. 모서리까지 대패질이 끝나고 나면 그 거칠던 판자는 단장한 여인의 맵시처럼 모양이 달라져 있었다. 그 자르르 윤기가 도는 위에 먹줄을 튀겨 마구리 자리를 잡는 것이다. 그리고 유연한 곡선으로 이루어지는 홈을 파 나갔다. 홈이 대패질이라도 한 것처럼 다듬어지면 하나의 판목 형태를 갖추게 되었다. 그러나 양쪽 마구리 부분을 제

외하면 그저 밋밋한 판자에 불과했다. 그 판목은 목수의 손을 떠나 밖으로 옮겨졌다. 커다란 여러 개의 가마솥에서는 김이 무럭무럭 오르고 있었다. 아궁이에서는 벌채한 나무에서 잘라낸 가지들이 맹렬한 기세로 불길을 토하며 탔다. 판목은 그 가마솥의 펄펄 끓는 물에 담가졌다. 가마솥에는 계속 물이 퍼다 부어졌다. 그건 바닷물이었다. 소금물에 삶아진 판목은 다시 응달의 창고로 자리를 바꾸었다. 그런 과정을 거쳐야 판목은 비로소 완성이 되었다. 그것이 배에 실려 강화까지 가고, 그 다음 앞뒤의 가운데 밋밋한 자리에 경전이 새겨져야만 드디어 한 장의 경판이 되는 것이다.

고종 임금 24년 2월, 매서운 바닷바람을 헤치며 한 척의 커다란 배가 강화에 이르러 돛을 내렸다. 그 배는 천여 장의 판목을 싣고 분사를 출발하여 서해의 파도를 넘어온 최초의 배였던 것이다.

부두에는 이례적으로 최우를 비롯한 중신들과 수기대사를 에워싼 승려들로 장사진을 이루었다.

수기대사의 집례로 간단한 예불이 끝나자 승려들이 줄을 서서 배로 올라갔다. 한 발 간격으로 늘어선 승려들의 행렬이 배에서부터 뭍에까지 이어졌다. 곧 승려들의 손과 손으로 한 장 한 장의 판목이 옮겨지기 시작했다. 부두에는 침묵만이 넘쳐흐르고 있었다. 판목은 한 장 한 장이 새하얀 종이로 싸여 있었는데 손에서 손으로 옮겨질 때마다 한 마리의 흰 새가 포르륵포르륵 나는 것 같았다. 판목이 눈이 부시도록 희어 보이는 것은 햇빛을 받기도 하는 데다가 승려들의 짙은 회색빛 장삼과 대조를 이루기 때문이었다.

맨 처음의 판목이 맨 마지막에 선 승려의 손에까지 옮겨왔다.

"대사께서 먼저 받으십시오."

최우가 수기대사에게 사양했다.

"아닙니다. 대감께서 받으셔야 합니다. 이번 일은 불사인 동시에 국사가 아닙니까. 사양이 오히려 욕이 됩니다. 대감께서 어서 받으십시오."

그래서 첫 번째 판목은 최우가 받았다. 그리고 두 번째 판목을 수기대사가 받았다. 최우는 판목을 받쳐들고 걷기 시작했다. 그 뒤를 수기대사가 따르고 판목을 받은 사람들이 차례로 뒤를 이었다. 병정들의 호위를 받은 그 행렬은 끝없이 이어져나가고 있었다.

천여 장의 판목은 대웅전에 모셔졌다. 다음날 거행될 법요식을 위해서였다.

다음날 아침 임금은 왕비와 태자, 공주를 거느리고 법당 앞에 자리 잡았다. 좌우로 중신들이 늘어서고 그 뒤로 5백여 필생과 각수들이 줄을 맞춰 정연하게 서 있었다.

쇠북이 우람하게 울려 퍼지면서 법요식이 거행되었다.

향 내음이 어느 때 없이 짙게 퍼지고 목탁 소리나 독경 소리도 어느 때보다도 청아하고 아련하게 경내를 울렸다.

수기대사가 집례한 예불이 끝나고 최우가 앞으로 나섰다. 그의 손에는 기다란 봉투가 들려 있었다. 그가 단 앞에 이르자 임금이 일어섰고 왕비와 태자, 공주도 따라 일어섰다.

최우가 봉투에서 종이를 꺼냈다. 사방은 한층 무거운 침묵 속에 잠겨들었다. 최우가 종이를 펼쳐들었다.

대장경(大藏經) 판각(板刻) 군신기고문(君臣祈告文).

굵고 우람한 목소리가 퍼져나갔다.

국왕은 태자와 공(公)과 후(候)와 재상들과 문무백관(文武百官)들로 더불어 목욕재계하옵고 허공계(虛空界)에 가득한 시방(十方)의 한량없는 부처님과 보살과 제석천왕(帝釋天王)과 삼십삼천(三十三天)과 모든 호법영관(護法靈官)께 비옵나이다.

몽골병의 환란은 몹시 가혹하오이다. 그들의 잔인하고 흉악한 본성은 말할 것도 없거니와, 그 어리석은 어둠이 짐승

보다 더 심하오니, 천하에 가장 소중한 불법이 있는 줄을 어찌 알리이까. 그 더러운 발자국 지나가는 곳마다 불상(佛像)과 경전(經典)을 모조리 불살라 버리오매, 부인사(符仁寺)에 모셔두었던 대장경 판본도 마침내 불타고 말았나이다. 수십 년 공적이 하루아침에 재가 되어 나라의 큰 보배가 없어졌사오니 모든 불보살(佛菩薩)과 여러 천왕(天王)의 대자대비하신 마음인들 이 일에야 어떻게 참을 수 있겠나이까.

생각컨대, 제자(弟子)들이 어둡고 무지하와 오랑캐 방비할 계책을 미리 세우지 못하였삽고, 불법의 큰 보배를 지킬 능력마저 없었사오니, 대장경 판본을 잃게 된 변고는 실로 저희들의 잘못한 소치이온지라 후회한들 무엇 하오리까. 그러하오나 부처님께서 말씀하신 경법(經法)은 본래부터 이루어지고 무너짐이 있을 것 아니옵고, 경법이 담겨 있는 것은 물질적 기세계(器世界)이오니, 기세계가 이툴되고 망가지는 것은 자연스런 이치로서, 망가지면 다시 만드는 것도 당연한 사실이옵니다. 하물며 나라를 지니고 집을 가진 이로서 불법을 받드는 것은 본래 미적미적할 것이 아니온데, 이 큰 보배가 없어졌사온즉 공사(工事)의 거창할 것을 염려하여 다시 만듦을 어찌 등한히 하오리까. 그리하여 지금 대소(大小) 재상과 문무백관들과 함께 큰 원(願)을 세우고 주관하는 관청을 두어 한편은 공사를 시작하였나이다. 처음 대장경을 판에 새기던 연유를 상고(詳考)하온즉, 현종 2년에 거란병(契丹兵)이 침입하매 현종께서 남으로 피난하셨으나 거란병은 물러가지 않고 머물러 있으므로, 그때의 임금과 신하가 대장경을 판에 새기기로 크게 서원(誓願)하였삽더니, 그 뒤에 거란병은 곧 스스로 물러갔나이다.

그러하온즉, 그때나 지금이나 같은 대장경이요 판에 새기는 것도 다를 바 없으며, 임금과 신하가 함께 발원함도 또한 마찬가지오니, 그때의 거란병은 물러갔사온데 오늘의 몽골병인들 어찌 물러가지 아니하오리까. 다만 모든 부처님과 여러 하늘의 살피시기에 달렸으리라 하나이다.

저희들의 오늘날 정성이 그때 군신(君臣)들의 정성에 조금도 모자람이 없사오니, 바라옵건대 모든 부처님과 성현과 삼십삼천께서 저희들의 지극한 소원을 살피시고 신통한 묘력(妙力)을 내리시사, 저 모진 오랑캐로 하여금 더러운 발꿈치를 돌려 멀리 달아나게 하시고, 다시는 우리 국경을 침범치 못하게 하여지이다.

그리하여 전쟁이 쉬어 온 나라가 화평하고 모후(母后)와 태자의 수명이 길며, 나라의 운(運)이 길이 만세에 태평케 하시고 불법을 밖으로 두호하오며, 부처님 은혜에 조금치라도 보답하려 하나이다. 저희들의 간절한 소원을 굽어살피시옵소서.

이규보가 쓴 기고문 낭독을 절정으로 대장경 판각 불사 법요식은 끝을 맺어가고 있었다.

정지된 세월

　필생과 각수들은 매일 새벽 예불을 올리기 전에 목욕재계했다. 그리고 아침 공양을 들면 변소를 거쳐 손과 입을 씻고 수련장으로 향했다. 이제 수련장은 작업장으로 자연스럽게 바뀌었다. 한번 들어가면 특별한 이유 없이는 점심때까지 아무도 나올 수가 없었다. 점심 공양을 마치면 다시 손과 입을 씻은 다음 작업장으로 들어갔다.

　필생과 각수들은 다 같이 수련할 때보다 책임량이 줄어들었다. 정확을 기하기 위해 취해진 조처였다.

　필생들이 쓴 글씨는 한 장 한 장 수기대사의 손을 거쳐야 했다. 수기대사는 한 글자도 빼놓지 않고 확인 교정(校正)

을 하는 것이었다. 한 획만 빗나가거나 틀려도 한 장 322자(字)를 다시 써야 하는 것은 말할 것도 없었다. 수기대사의 확인을 거친 것들만 각수들의 손에 넘어갔다.

  그래서 필생들은 한 글자를 쓰고 숨을 가다듬고, 또 한 글자를 쓰고 눈을 살며시 내려감고, 다시 한 글자를 쓰고는 벼루 위에다 한정도 없이 붓을 다듬는 것이었다. 그들은 그럴 때마다 자신들도 모르게 관세음보살을 소리 없이 부르고 있었다. 그들의 책임량은 오전에 한 장, 오후에 한 장으로 본문인 불경 외에 삽입되는 글씨까지 합쳐서 하루에 7백여 자를 쓰도록 되어 있었다. 한 글자 한 글자에 모든 정성과 온 신경을 집중해야 하는 작업이었기 때문에 결코 적은 양은 아니었다. 수련을 할 때에는 글씨의 모양에 치중했기 때문에 한 종이에 그다지 많은 양의 글씨는 쓰지 않았다. 연습이라는 생각으로 마음의 여유도 있는 데다가 종이의 여백이 한결 안정감을 주기도 했다. 물론 판목이 도착하기 전 몇 개월에 걸쳐 그 크기에 맞춰 연습을 안 한 게 아니었다. 그런데도 막상 부딪치고 보니 어쩌면 그렇게 숨이 막히는지 몰랐다. 앞에 펼쳐놓은 종이는 야속하게도 자꾸만 줄어들어 손바닥만하게 보이는가 하면 들고 있는 붓은 또 원망스럽게도 한사도 커져서 지팡이보다 굵은 대필이 되는 것이었다. 그들은 모여앉아 그런 괴로움을 털어놓았고 다 함께 절절한 동감을 감추지 못했다. 그외의 괴로움도 누가 털어놓기만 하면 그들은 아무런 이의 없이 서로에게 동감을 하소연하곤 했다. 그들은 그런 기회를 통해서 스스로의 괴로움을 극복하는 동시에 외로움을 털어버릴 수가 있었다. 그것은 다시 일에 맞설 수 있는 힘을 불어넣는 계기가 되어주는 것이었다.

하루에 백여 명이 두 장씩 쓴 2백여 장의 경판용 글씨는 차례대로 정리되어 목판에 오르기를 기다리며 쌓여갔다.

하루에 40자에서 50자까지 각조해야 하는 각수들도 그들 나름의 괴로움을 겪어내고 있었다. 누구를 막론하고 손에 예상하지 못했던 경련증을 느끼게 된 것이었다. 아무렇지도 않던 손이 칼만 잡게 되면 바르르 떨리기 시작했다. 그리고 앞에 놓인 목판이 나무로 보이질 않았다. 사실 그건 예사 나무가 아닌 것은 틀림이 없었다. 우선 나무의 질도 질이지만 그것 하나가 이루어지기까지의 과정을 생각하면 그만 주눅이 들고 말았다. 바다에서 3년, 응달에서 1년, 손질이 끝나고 나서는 다시 끓는 소금물을 거쳐 응달에서 건조되고, 하나하나 종이로 싸서 뱃길 천리를 지나온 물건이었다. 그런데 자칫 획 하나 깎아먹거나 선 하나 망쳐놓게 되면 어떻게 될 것인가. 교정별감이 이만한 금덩이라고 한들 그렇게 소중히 여길 것인가. 모든 각수의 눈앞에는 그날 판목을 받쳐

들던 최우의 모습이 어른거리는 것이다. 그래서 첫 글자 첫 획에 칼끝을 대려다가 멈추고 숨길을 잡았고 다시 대려다가 어금니를 맞물며 손을 거두는 것이었다. 한 글자를 새기고 나면 이마며 콧등에 땀이 송글송글 맺혔다. 그들은 한 자를 새기고 나서 합장을 했고 다시 한 자를 새기고 나서 또 합장을 하는 것이었다. 기진한 몸으로 작업장을 나온 그들은 필생들과 마찬가지로 각자가 겪고 있는 고통이 같은 색깔임을 발견하게 되는 것이었고 그러면서 힘과 용기를 새롭게 얻어갔다.

한 사람의 각수가 하루에 50자를 새기게 되면 앞뒤 양면을 합하여 보름 만에 하나의 경판이 완성되도록 되어 있었다. 그럼 보름 동안에 3백여 장의 경판이 만들어지고 그걸 하루 단위로 환산하면 매일 20여 장이 완성되는 셈이었다.

무리를 피하기 위해 필생과 각수들을 보름 간격으로 하루씩 놀리기로 했다. 보름으로 간격을 잡은 것은 특별한 이유는 없었다. 열흘 간격으로 하게 되면 각수들이 경판 한 장을 각조하다 말고 휴일을 맞게 되었다. 완성과 시작의 마음가짐을 분명하게 하기 위하여 보름 간격으로 휴일을 둔 것이다.

보름 만에 예정대로 3백여 장의 첫 경판이 완성되었을 때 수기대사는 벅찬 감격을 누르지 못해 말도 제대로 하지 못했다.

정지된 세월 215

"참으로, 참으로 수고들 하였소. 다들 장하오."

수기대사는 목이 메어 더 이상 말을 하지 못했다. 해거름에 찾아온 최우는 감탄에 감탄을 거듭했다.

"참으로 이건 신기(神技)요. 이 딱딱한 목판에 어찌 이리 살아 움직이는 글씨를 새길 수 있단 말이오. 상감께서 보시면 얼마나 기뻐하시겠습니까. 내일 아침 이걸 가지고 대사께서도 함께 입궐하십시다."

"……."

수기대사의 얼굴에는 아무 표정이 없었다.

"내일이 마침 휴일이라니 이들의 노고를 치하하는 뜻으로 내가 푸짐한 잔치를 마련했으면 합니다. 어떻습니까, 대사."

"대감의 뜻 더없이 고마우나 그냥 받은 걸로 해두지요. 이들은 불사가 끝날 때까지 몸과 마음을 정히 갖추어야 될 사람들입니다. 일은 이제 시작인데 잔치다 뭐다 하면 몸과 마음이 함께 허물어져 불사 진행에 지장이 막대할 것으로 압니다."

수기대사는 냉담하게 거절했다.

"그도 그럴듯한 말씀이군요. 미처 게까지는 생각이 미치지 못했나 봅니다."

최우는 떨떠름한 표정이 되었다.

수기대사는 요즈음 모멸감 같은 것을 씻어버리지 못하고

있었다. 처음부터 최우를 한 가닥 접어놓고 생각했고 언제 돌변할지 모른다는 마음의 대비를 하고 있었지만 이번의 처사는 견뎌내기가 어려웠다. 끝까지 기고문을 보여주지 않은 채 법요식전에서 읊어버린 것이었다. 단 한마디의 언급도 없었던 이유는 기고문 내용으로 보아 자명해진 터였다. 그러나 그 모멸감은 차돌멩이가 되어 가슴에 박혀 있었다. 수록 불경을 정할 때도 왈가왈부 말이 많았지만 어떤 경위든 다 부처님 말씀이니까 하는 식으로 양보도 하고 이해도 할 수 있었다. 그러나 기고문에 대해서만은 이해를 앞세울 수가 없었다. 그렇다고 딱히 어쩔 방법이 강구되는 것은 물론 아니었다. 최우로부터 마음을 거둬들이고 처음 생각대로 불사가 이루어질 수 있도록 혼신의 힘을 다 바치기로 작정했다.

수기대사는 휴일인 다음날 점심 공양에 서너 가지의 반찬을 더 만들게 해서 그들의 노고를 격려하는 표시로 삼았다.

다음날부터 작업은 또 빈틈없이 계속되었고, 젊은 생명의 정열이 불붙고 있는 그 용광로에는 시간도 세월도 정지 상태에 빠져 있었다.

그때까지도 근필은 변함없이 나무들만 손질하고 있었다.

판목이 도착하던 날 근필도 부두로 나갔었다. 먼발치에서 판목이 운반되는 것을 하나도 빠뜨리지 않고 살폈다. 승려들의 손에서 손으로 옮겨지는 그 새하얀 판목들을 바라보면서 근필은 심장의 박동으로 가슴이 먹먹해지고 있었다. 그건 억누르기 힘든 감격이었다. 모든 것은 꿈에서 현실로 뒤바뀌고 있었다. 드디어 불사는 이루어지게 되었구나 하는 실감이 전신으로 짜릿짜릿하게 퍼지고 있었다. 어딘지 막연하고 왠지 허전하던 마음에 울타리가 둘러지며 마디마디 매듭이 맺히는 것이었다. 저 판목이 머잖아 경판으로 바뀌게 되고 그 경판들은 자신이 지은 판전에 봉안되는 것이다. 근필은 어디선가 용솟음하는 힘을 느끼고 있었다. 그 힘들은 서로 팽팽한 줄다리기를 하는 것이었다. 근필은 그 길로 일터로 돌아왔다. 일터에는 분명히 판전이 세워져 있었다. 단청 색깔도 선명한 판전이 빛나는 햇빛 속에 우람하게 서 있었다. 그 모습은 부인사의 판전과 비슷했지만 또 다른 생김새였다. 근필은 외마디 소리를 지르며 판전을 향해 뛰어갔다. 그런데 판전은 잡히지 않고 저만치 뒤로 물러났다. 또 뛰어갔다. 판전은 다시 물러나 앉았다. 몇 번 되풀이되는 사이에 판전은 숲 가까이까지 물러나더니만 끝내 숲속으로 사라져버렸다. 근필은 허겁지겁 뛰어가다가 사정없이 곤두박이고 말았다. 널려 있는 나무 기둥에 발이 걸린 것이었다. 가까스로 일어난 근필의 눈앞에는 밝게 부서져내리는 햇살과 어지럽게 흩어져 있는 나무 조각과 그렇게 넓게만 보여왔던 공터뿐이었다. 근필은 벌떡 일어났다. 그리고 미친 듯이 공터를 걷기 시작했다. 좌에서 우로, 우에서 좌로, 대각선으로, 직선으로 걸으며 근필은 환호하고 있었다. 비로소 허허벌판으로 보이던 공터가 가슴에 뿌듯하게 차오는 것이었다. 그렇게 헛헛하던 발길이 이제야 제대로 땅을 밟는 느낌이었다.

근필은 왼손에 끌을 오른손에 망치를 움켜잡았다. 끌과 망치의 손잡이에 팽팽한 힘이 버팅겨졌다. 망치를 높이 들어 끌 머리를 내리쳤다. 끌이 나무 속으로 깊게 파고드는 촉감이 뻐근하도록 가슴에 부딪혀왔다. 근필은 정신없이 망치를 휘두르기 시작했다. 뿌연 안개가 낀 것 같던 시야가 맑아지고 무언가 눈에 쥐비쳐 들었다.

부두에서 돌아온 네 승려는 근필의 옆에 둘러서서 떠들어댔다.

"판목은 들어왔는데 판전은 완성되지 않았으니 이 무슨 낭팬가."

"완성이 다 메야. 아직 주춧돌도 놓지 못했잖아."

"무슨 놈의 일이 이 지경인가 그래. 맨날 나무만 토막쳐대고 있으니 사람이 답답해 살 수가 있어야지."

"어쨌거나 우리 신세가 따분해. 입산하고 삭발할 때 이런 친구 밑에서 막일하자고 한 건 아니잖나."

정지된 세월 219

"누가 아니래나. 대사님도 딱하시지. 이런 친굴 믿고 대불사 판전을 맡기시다니 말야. 쯧쯧쯧……."

"두고 보게나. 대사님이 결국 큰코다치시고 말 테니까. 만 4년 세월에 해놓은 게 뭐냔 말야. 딴 목수 같았으면 진즉 완공을 보았을 게 아닌가."

"일러 뭘 해. 헌데 다른 목수들을 퇴했다니 더 가관 아닌가. 혼자 판전을 짓겠다는 고집인 모양인데 미치지 않고서야 어디 할 수 있는 짓인가."

"그 대접 단단히 받을 테니 두고 보게."

"어떻게 말인가?"

"아, 이 지경 치다가 결국 판전은 망치게 될 거구 그럼 나라에서 고이 살려두겠나?"

"그렇지, 그래."

"틀림없는 일이야."

네 승려가 이렇게 입방아를 찧어대도 근필의 망치질은 멈추지 않았다. 근필의 표정으로 보아 그들의 떠드는 소리를 전혀 듣지 못하는 것 같았다.

근필은 그날부터 날이 어두워져 앞을 분간할 수 없을 때까지 작업을 계속했다.

"저 친구가 점점 미쳐가잖아?"

"뭐가 보여서 저 모양인가?"

"낸들 아나. 밥을 먹으래니 들은 체를 하나, 쉬래니 알은 체를 하나."

"대사님한테 알려드릴까?"

"무슨 난리를 당하려고 그런 짓을 해? 대사님 앞에서 저 친구 칭찬도 함부로 못할 판에 험담을 해?"

"이게 어찌 험담인가? 사실을 알리는 것이지."

"어리석기는, 아무리 콩으로 메주를 쑤는 엄연한 사실이라도 받아들이는 사람이 인정을 안 하면 거짓말이 되고 험담이 되는 게야."

"그럴 법도 하군."

"하여튼 내일 아침에 보게나. 저 나무들 다 못쓰게 망가져 있을 터니."

그러나 다음날 아침 승려들은 서토의 얼굴을 바라보며 멍청한 표정이 되어버렸다. 나무 기둥들에는 낮에 뚫은 구멍과 조금도 다를 게 없는 구멍들이 뚫려 있었던 것이다.

수기대사는 난처했다. 그 부탁을 거절할 수도 수락할 수도 없었다. 그것은 참으로 뜻밖의 청이었던 것이다. 그러나 이쪽에서 예상을 못했던 것뿐, 그쪽의 입장으로서는 결코 무리한 것도 아닌 것이었다.

며칠 전에 중신의 자녀들이 판각 불사 구경을 소원하고

있으니 허락해 주기 바란다는 전갈이 왔었던 것이다. 능히 있을 수 있는 일이었다. 온 나라가 떠들썩하게 추진되고 있는 불사이니 그들만이 아니라 그 누구든 한 번쯤 구경하고 싶은 기대나 호기심이 발동할 것이었다. 그런데 문제는 그들이 모두 남자만이 아니라는 점이었다. 모처럼의 기회이기 때문에 딸들도 끼일 게 분명했던 것이다. 이 점이 바로 문제였다. 작업장에는 그 어떤 여자의 출입도 허용하지 않는다는 규칙을 세워놓고 있었다. 물론 남자의 경우도 철저한 통제가 가해지고 있었지만 여자에게 있어서 더 심한 것은 일반적인 통념을 전제로 하기 때문이었다. 성스러운 일을 하는데 여자의 발길이 닿으면 불길하다는 것이었다. 그런데 중신들의 딸에게 이런 조건을 내세워 청을 거절할 수는 없었다. 실상 여자를 불길하거나 불결하게 치부하는 것도 따지고 보면 황당한 것이었다. 다만 신성시하는 일에 종사하는 사람이 정신을 집중해야 하고 그렇게 되려면 정신을 산란하게 할 수 있는 요소들을 미리 제거해야 할 것이다. 남자에게 있어서 가장 큰 비중을 차지하는 방해물은 역시 여자였다. 그래서 오랜 날을 통해 여자들에게 그런 누명을 씌워 온 것에 불과한 것이었다. 수기대사가 5백여 명의 필생과 각수들을 거느리면서 항시 불안한 것이 바로 이 점이었다. 휴일이 되면 그 불안이 더 심해지곤 했다.

인간 고행 중에서 가장 견디기 어려운 것이 굶는 것이라면 욕정을 다스리는 것도 그에 못지않은 고행임을 체험을 통해서 익히 잘 알고 있었다. 그것은 본성이었다. 본성은 마음가짐을 배신하고 이성(理性)을 희롱하고 학식을 비웃는 교활한 존재였다. 그런데 필생과 각수들은 거의가 서른 줄에 놓인 청죽(靑竹) 같은 몸들이었다. 그들은 지금까지 만 4년을 용케 고행을 해오고 있었다. 작업장에 들어서 향 내음을 누르고 물큰 풍겨오는 젊은 냄새에 휩싸일 때마다 수기대사는 바짝 긴장하곤 하는 것이었다. 그 작업장이 꼭 범람 직전에 있는 물 항아리 같은 위험을 느끼게 했다. 항아리 끝보다 높게 넘칠 듯 말 듯 차 있는 물에 조그단 돌멩이를 넣거나 물을 서너 방울만 더 떨어뜨리면 항아리의 물이 주르르 흘러내리는 것이었다. 중신들의 딸들이 돌멩이거나 몇 방울의 물이 될까 봐 수기대사는 큰 걱정이었다. 그렇다고 이런 고민을 실토하면서까지 거절을 이해시킬 수는 없는 노릇이었다.

  결국 수기대사는 허락을 통고하고 말았다. 자신이 필생과 각수의 탈락자를 결정하기 전에 했던 고민이 결국 기우였던 것처럼 이번에도 그들이 결코 허물어지거나 흐트러지지 않을 것이라고 기대를 걸면서였다.

  중신들의 자녀 50여 명은 하인들까지 거느리고 판각 구경을 나왔다. 그들의 차림차림은 중신들 자녀답게 호화롭고 아름다웠다.

어느 구석에서도 전란에 쫓겨 천도한 근심이나 우울 같은 것은 찾을 수가 없었다.

법당 앞에서 예를 마친 그들은 곧 작업장으로 안내되었다. 안내를 맡은 승려는 작업장에서는 조용히 해줄 것을 주의시켰다. 남자들이 앞서고 여자들이 뒤를 따랐다. 하인들은 대웅전 마당 구석에 몰려 서 있었다.

중신들의 자녀들은 한 줄로 늘어서 중앙 통로를 느리게 걸어가며 구경에 정신을 팔고 있었다. 손가락질을 하며 서로 귓속말을 나누기도 했고, 혼자 폭넓게 고개를 끄덕이는 사람이 있는가 하면, 연신 고개를 갸웃거리며 손가락으로 글씨 쓰는 시늉을 하는 젊은이도 있었다. 그러나 필생과 각수들은 누구 하나 그들에게 시선을 돌리는 사람이 없었다. 무섭도록 두껍게 가라앉은 침묵 속에서 필생과 각수들은 감정도 느낌도 모두 제거당한 사람들처럼 오로지 일에 함몰되어 있었다. 어쩌다가 고개를 드는 필생이나 각수가 있었지만 그들의 눈길은 허공에 머물러 있을 뿐 아무것도 보는 것 같지 않았다. 여자들의 행렬이 시작되었지만 그들에겐 아무 변화도 없었다. 수기대사는 여자들이 풍겨대는 향 내음을 너무나 진하게 맡고 있었지만 그들은 후각마저 마비된 모양이었다. 수기대사의 눈길은 여자들의 행렬이 길어질수록 그 행렬을 따라 좌우로 빠르게 오르내리고 있었다. 그러나 한눈을 파는 사람은 아무도 없었다. 감시를 계속하던 수기대사의 눈길이 한곳에 딱 멎었다. 그건 각수나 필생이 아니라 한 처녀한테였다. 그 처녀를 노려보고 있는 수기대사의 눈에서는 불길이 뻗치고 있었다.

옆모습밖에 보이지 않는 그 처녀는 걷기를 멈춘 채 한곳을 응시하고 있었다. 수기대사는 그 처녀의 시선이 어디에 고정되었는지를 알아내려고 뒤꿈치를 세웠다. 처녀가 취하고 있는 자세로 그 방향을 어림할 수밖에 없었다. 빠르게 눈길을 움직이던 수기대사의 얼굴이 굳어졌다. 그 방향에서 제일 먼저 눈에 띈 것이 장균이었다. 중앙 통로를 중심으로 좌우로 각각 세 줄씩 줄지어 있었다. 그 사이사이에는 소로(小路)가 마련되어 있었다. 지금 처녀의 눈길이 머물고 있을 것으로 어림되는 방향에는 장균을 중심으로 좌우 한 사람씩, 그 뒤로 두 사람씩을 잡아 적어도 아홉은 그 범위에 들 것이었다. 그런데도 수기대사의 직감은 대뜸 장균에게 꽂히고 말았다. 결코 장균이 맨 앞자리에 앉아 있기 때문이 아니었다. 장균은 글씨 쓰기에 골몰하고 있었다. 허리를 꼿꼿하게 세운 자세로 턱을 약간 끌어당긴 모습이어서 얼굴은 감추어진 데라곤 없었다. 다만 눈꺼풀이 아래로 내려덮여

정지된 세월 225

언뜻 조는 것처럼 착각을 일으키게 했다. 그러나 전체적으로 그 모습은 더할 나위 없이 수려하고 근엄하고 우아한 아름다움을 간직하고 있었다.

이건 장균에게 국한된 것이 아니라 글씨를 쓰는 모든 사람이 공유하는, 평소의 그 사람과는 또 다른 모습이 표출되는 순간이었다. 수기대사는 조바심을 쳤다. 제발 장균이 고개를 들지 말기를, 어서 처녀가 자리를 옮겨주기를 바랐다. 그러나 처녀는 움직일 줄을 모른 채 여자들의 행렬은 자꾸만 처녀를 지나쳐가고 있었다. 수기대사는 가슴이 덜컥했다. 장균이 고개를 든 것이다. 다음 순간 수기대사는 한숨을 휴우 내쉬었다. 고개를 든 장균은 지그시 눈을 내려감고 꼿꼿하게 앉아 있었다. 수기대사는 헛손질을 하며 곧 소리를 지를 것만 같았다. 여자들의 행렬이 다 끝나서 멀어져가는데도 처녀는 그 자리에 넋을 빼고 서 있었던 것이다. 그때 행렬 쪽에서 한 처녀가 치맛자락을 거머잡고 이쪽으로 다급하게 걸어오고 있었다.

"얘, 가화야. 예서 뭘 하고 있니? 다들 저쪽으로 갔다."

다가온 처녀가 귓속말로 그러나 빠르게 말했다.

"응? 아냐. 아무것도 아냐."

가화라고 불린 처녀는 화닥닥 놀라며 헛소리처럼 중얼거렸다.

그런 그네의 얼굴은 순식간에 새빨갛게 달아올랐다.

"왜 이리 놀라니?"

처녀가 이상한 느낌이 들었던지 빠르게 주변의 필생들을 살폈다.

"가자, 구슬아. 내가 괜히 한눈을 팔았나 봐."

가화는 빠른 걸음을 옮겨놓기 시작했다. 그 뒤를 구슬이 쫓아갔다.

수기대사는 그제야 무너지는 듯한 한숨을 내쉬었다. 그때까지도 눈을 감고 앉아 있던 장균은 잠시 후에 붓을 들어 벼루의 먹을 찍는 것이었다. 그 안정된 몸가짐이나 찬바람이 서린 듯한 표정으로 보아 아무런 눈치를 채지는 못한 것 같았다.

중신들의 자녀들이 왁자하게 떠들며 일주문 쪽으로 멀어져가는 것을 바라보며 수기대사는 맨손바닥을 털어냈다.

"얘, 가화야. 솔직하게 말해 봐."

"얜 참, 아무것도 아니라니까."

"그럼 왜 아까도 그렇고 지금도 얼굴이 홍시처럼 익니?"

"내가 빈혈 증세가 있는 건 너도 잘 알잖니. 그때 아찔했었던 거야."

"요런 깍쟁이, 누가 모를 줄 알구. 아찔도 괜히 아찔하니. 어떤 미남이 눈에 확 들어오는 순간에 그만 아찔해진 거지.

정지된 세월 227

그래도 내 말이 틀려?"

 가화는 그만 가슴이 뜨끔했다. 그건 사실일 수도 있었다. 그러나 이대로 있을 수는 없었다.

 "얘, 구슬아. 왜 자꾸 억지 소릴 하니. 그분들은 다 스님들이잖니. 그런 말 자꾸 하면 너 지옥 간다."

 "미안. 그 사람들 중에는 민간인이 백여 명이나 섞여 있어. 천생연분으로 부처님께서 인연을 맺어주신다면 네 눈에 든 남자가 틀림없이 민간인일 거야. 또 만약 스님이라 하더라도 가슴 아파하는데 아버님이 보고만 계시겠어. 호부상서(戶部尙書) 호령 한 번이면 그까짓 스님 하나쯤 파계시키기 여반장이지."

 "얘, 얘 구슬아. 너 정말 왜 이러니. 괜한 생사람 잡지 말란 말야."

 가화는 그만 울상이 되어 발을 굴렀다.

 "알았어, 알았어. 이젠 그만 할게."

 구슬이 짓궂게 웃었다.

 가화는 밤이 깊도록 잠을 이룰 수가 없었다. 나이는 열일고여덟쯤 되었을까. 어쩌면 그렇게 빼어나게 생길 수가 있는가. 어쩌면 그렇게 준엄한 모습일 수가 있는가. 그 생김생김과 품위로 보아 예사 집안은 아닌 것 같은데. 그러나 승려가 아니라면 그 나이에 불사에 참예할 리가 없지 않은가. 아니지, 신심이 두터운 집안이라면 보낼 수도 있지. 그런데 그 나이에 얼마나 재주가 빼어났으면 명필 중에 명필만 뽑았다는 필생이 되었을까-. 그 인물에 그 재주, 만약 승려라면 어째야 하는가. 구슬이 말대로 아버지 힘으로 될 수 있는 일일까. 아버지에게 매달리면 청을 거절할 리는 없지만 아버지가 과연 파계를 시킬 수 있는 힘이 있을까.

그 많은 사람들 중에서 무슨 빛이라도 뿜듯 돋아오르던 이름을 알 수 없는 그 청년의 모습 때문에 가화는 잠을 잘 수가 없었다.

수기대사는 길 떠날 채비를 서둘렀다. 그만하면 필생과 각수들에 대해서는 안심을 해도 좋을 것 같았다. 그들 나름대로 부처님을 모시는 바른 길을 걷고 있으며 불사에 대한 치열한 사명감을 지니고 있음을 확신할 수 있었다. 1년 이상 판각에 쓸 수 있는 글씨도 마련되어 있으니 분사에나 다녀올 참이었다. 서둘러 다녀오면 두 달이면 족할 것이었다. 보고서와 판목 수송 실적을 보면 계획대로 일을 하고 있는 것이 분명하지만 그래도 한차례 다녀오는 것이 더욱 좋을 것 같았다. 수기대사는 떠나기 전날 모두에게 간곡한 당부를 했다.

강화를 떠난 지 열이틀 만에 수기대사는 시봉 효신을 데리고 추풍령 고개로 이어지는 산길을 걷고 있었다.

"대사님, 소승이 보기론 지난번보다 더 백성들 살기가 고달픈 것 같습니다."

"너무 자명한 일 아니냐. 날이 갈수록 큰일이로구나. 오랑캐들은 심심하면 몇만 명 주둔군을 남겨놓고 훌쩍 떠났다가 다시 궁금해지면 주력 부대를 끌고 몰려들어 한바탕 쑥밭을 만들고. 꼭 세도 강한 놈 약한 사람 짓밟듯 하니 이 무슨 나라꼴이 이럴 수가 있겠느냐."

"……"

효신은 할말이 막혀버렸다. 기껏 말을 꺼내놨는데 더 이을 말이 없는 것이다. 또 얼마 동안 발바닥이 아리는 고통이나 씹으며 걸을 도리밖에 없었다. 효신은 터벅터벅 걷고 있었다.

"아아악! 사, 사람 살려어—."

여자의 날카로운 비명이었다.

"어찌된 거냐! 어디냐, 어느 쪽이냐!"

뚝 걸음을 멈춘 수기대사가 사방을 두리번거리며 다급하게 물었고,

"모르겠습니다."

효신이 말을 더듬으며 방향 없이 이리저리 돌았다.

"아악, 아아— 사람, 사알……."

다시 여자의 비명이 메아리를 남겼고,

"저쪽이다! 서둘러라."

수기대사가 외치며 우측 숲으로 뛰어들었다.

얼마를 뛰었을 때 신호라도 하듯 뜬 여자의 비명이 터졌다. 아주 가까운 거리였다.

수기대사가 들이닥쳤을 때 한 여자가 두 남자에게 붙들려 몸부림치고 있었다. 그 여자의 머리는 풀어헤쳐졌고 옷은 갈가리 찢겨져 거의 알몸이 드러나 있었다. 두 놈은 한사코 여자를 넘어뜨리려 했고 여자는 사생결단 물어뜯고 몸부림치고 있었다.

"이놈들아, 당장 손을 풀어라!"

수기대사는 벽력같이 소리를 질렀다.

"어!"

"아니, 웬 중놈이야!"

두 놈은 여자를 떠다밀치고는 쑥 칼을 빼들었다.

"이 천하에 고이얀 놈들! 백주에 이런 못된 짓을 하다니, 천벌을 면치 못하리라."

수기대사는 호령을 하며 이들이 산적떼라는 것을 직감했다.

"주둥아리 닥쳐라, 이 중놈아. 우린 받을 만치 받아서 더 받을 천벌도 없다."

"자아알 걸려들었다. 우리 손에 살아 돌아갈 줄 알았더냐."

정지된 세월 231

두 놈은 험상궂게 얼굴을 일그러뜨리며 한 발짝씩 다가들었다.

"어디 쳐봐라. 내 목을 치는 순간에 네 놈들 머리에도 벼락이 칠 것이다."

수기대사는 지팡이로 땅을 구르며 앞으로 나섰다. 두 놈은 주춤했다.

"어서 내 목을 치라니까!"

수기대사는 다시 한 발짝 앞으로 나섰다. 두 놈은 따라서 한 발짝 뒤로 물러섰다.

"어서 치라니까!"

또 한 발짝을 떼어놓았다. 두 놈은 또 물러섰다. 그러면서 서로 눈짓을 교환했다. 그리고 두 놈은 칼을 내던졌다.

"아이고 스님, 죽을죄를 졌습니다."

두 놈은 손을 앞으로 모으며 합장을 했다. 그들의 너무 돌변한 태도에 수기대사는 어리둥절했다. 그러나 그대로 멍하니 있을 수만은 없었다.

"너희 놈들이······."

수기대사는 말을 꺼내다가 그대로 나동그라졌다. 한 놈이 달려들어 발을 걸었고 다른 한 놈은 넘어진 수기대사를 잽싸게 올라탔다.

"대사님, 대사님!"

효신이 바랑을 텃어 팽개치며 달려들었다. 발을 걸었던 놈이 재빨리 칼을 집어들어 효신의 가슴팍을 겨누었다. 효신은 꼼짝없이 돌기둥이 된 채 밧줄로 친친 묶이고 있는 수기대사를 내려다볼 수밖에 없었다. 수기대사를 묶고 난 놈은 효신까지 묶었다. 그리고 가까운 나무로 끌고 가 다시 친친 동여매버렸다. 그때서야 수기대사는 서너 그루의 나무를 지나쳐 또 한 사람이 묶여 있는 것을 알았다. 겁에 파랗게 질려 있는 그 사람은 한눈에 어느 집 종임을 알 수 있었다.

돌아선 두 놈은 저쪽으로 급히 뛰어갔다. 거기에는 아까 그 여자가 등을 이쪽으로 보인 채 앉아 있었다. 여자는 울고 있는 게 분명했다. 쫓아간 두 놈은 여자를 잡아일으켰다. 그리고 양쪽에서 잡고 끌었다.

"여보, 여보, 나 즘 살려줘요!"

여자가 목을 뒤로 빼며 발버둥쳤다.

"……"

수기대사는 몸부림을 쳤다. 거기 풀섶에 희끗희끗한 것이 보였다. 사람이 쓰러져 있는 것이 틀림없었다.

"이런 죽일 놈들……"

수기대사는 이빨을 뿌드득 갈았다. 이미 그들이 여자의 남편을 죽인 모양이었다.

여자의 비명은 저쪽 숲속에서 처절하게 찢어지고 있었다.

정지된 세월 233

수기대사와 효신은 있는 힘을 다해 버둥거렸지만 아무 소용이 없었다.

잠시 후에 잠잠해졌다. 수기대사는 눈을 꼬옥 감아버렸다.

지루하도록 긴 시간이 흘렀다. 수기대사는 속입술을 씹으며 여자를 살려만 주기를 빌었다.

"아악!"

짧은 비명이 터졌다. 수기대사가 눈을 번쩍 떴다. 그 눈에는 증오의 빛이 이글이글 타고 있었다.

조금 있다가 두 놈이 낄낄거리며 숲에서 나왔다.

"개만도 못한 놈들!"

수기대사는 부르르 떨며 이 말을 하고는 눈길을 떨구어버렸다.

"자아, 이젠 우리 두령님한테로 가보실까. 두령님이 기뻐하실 거다."

두 놈이 밧줄을 풀려고 했다.

"이런 죽일 놈들아, 아무리 산적 떼라고 어찌 살인을 밥먹듯 한단 말이냐!"

"아이쿠 스님, 간떨어지겠습니다요. 산적 떼도 눈은 있어서 살인을 해도 골라서 하니 스님은 걱정 안 해도 됩니다요."

한 놈이 비아냥거렸다.

"살인을 골라서 하다니. 무슨 그따위 말버릇이 있느냐."

"헤헤헤……, 원 상것들이라 말버릇이 고약허우. 허나 들어보실라우? 스님을 죽이면 부처님한테 벌을 받을 테니 이렇게 살려놨고, 저기 저 친구는 우리 같은 상것이니까 또 살려놨수다 이래도 골라 살인하는 게 아니우? 이렇게 허는데도 죄받는다는 쉰소릴랑 하지 마슈. 우리가 허는 건 살인이 아니라 웬수 갚는 거니까. 아셨수?"

 다른 한 놈이 턱을 까불며 말했다. 수기대사는 그 말을 흘려듣지 않았다.

 세 번째의 산굽이를 돌아 낭떠러지를 끼고 얼마를 걸어가니까 그들의 본거지가 나타났다. 두 놈은 낭떠러지에 이르렀을 때 입이다 손을 대고 부엉이 울음 같은 묘한 소리를 서너 번 냈다. 그러자 어디선지 뻐꾸기 울음과 흡사한 소리가 울려왔다.

 돌투성이의 좁은 길을 지나 나타난 그들의 본거지는 놀랄 만했다. 수백 평에 이르는 질펀한 평지나 다름이 없었다. 급하고 험한 산세로 보아 이런 평지가 있으리라곤 상상할 수도 없었다. 굴론 몇 굽의 계단으로 이루어지긴 했지만 전혀 사람의 손길이 닿은 것은 아니었다. 사람의 손이 닿았다면 거기에 있었을 나무들을 쳐낸 정도였을 것이다. 이 심산에 이런 조화를 부린 자연의 힘도 그렇지만 이런 곳을 찾아내 본거지로 삼은 이 도적 떼들이 더 기가 막혀 수기대사는 혀

정지된 세월 235

를 내둘렀다. 통나무로 얽은 집들은 위쪽으로 줄지어 자리 잡고 있었다. 그중에서 규모가 커 보이는 중간쯤에 위치한 집으로 끌려 들어갔다.

"두령님, 다녀왔습니다."

두 놈은 절도 있는 절을 했다.

"고생 많았다. 헌데 저것들은?"

두령이라 불린 자가 세 사람을 가리켰다. 그자는 두령답게 풍채가 좋았고 눈초리에 힘이 들어 있었다.

"일행이 셋이었는데 부부는 볼 것 없이 그 자리에서 목을 따버렸고 종놈만 살렸지요. 아 그런데 난데없이 저 중놈들이 나타나서 훼방을 놓지 않겠습니까요. 헌데 두령님께서 중놈들은 어떻게 하라는 명을 따로 안 내리셔서 처치할 수도 없고 그렇다고 놔줄 수도 없어서 예까지 데려왔습니다요."

한 놈이 조심스럽게 보고를 마쳤다.

"거참 시건방진 중놈들이로구나. 이쪽으로 끌어내라. 그리고 너희들은 저놈을 데리고 가서 겁을 풀어주고 훈련을 시켜라."

수기대사와 효신은 두령 앞에 세워졌고 잡혀온 사내는 두 놈에게 끌려나갔다. 두령의 옆에는 힘깨나 쓰게 생긴 다른 두 놈이 버티고 앉아 있었다.

"이놈, 무릎을 꿇어라. 감히 어디라고 버티고 서 있느냐!"

두령이란 자가 호령을 했다.

"닥쳐라 이놈아! 살인을 밥 먹듯 하는 무리들이 누구 앞에서 큰소리냐."

수기대사가 눈을 부라리며 벌떡 일어섰다.

"앉아 있거라."

두령이 손짓으로 만류하고 나서,

"아하하하…… 아주 제법이로구나. 허나 네 놈도 별수없는 땡땡이중놈이 아니냐. 돈 많고 세도 있는 놈들의 비위나 살살 맞춰가며 시주 얻어내 배나 채우고 그 대가로 목탁이나 쳐주는 땡땡이중놈이지 별수있어! 결국 네 놈들의 죗값도 그놈들이나 마찬가지지만 그래도 여지껏 다치지 않았던 것은 그나마 부처님을 모시기 때문이었다. 허나 어찌 생각하면 너희 중놈들의 소행이 더 괘씸해! 돈 많고 세도 있는 놈들이야 의당 천한 도슴 짓밟고 사는 종자들이라 치더라도 어찌 부처님을 모신다는 중놈들까지 우리 같은 목숨을 업신여길 수 있단 말이냐!"

두령은 차츰 흥분하기 시작하더니만 얼굴에 피가 시뻘겋게 돋아 앞에 놓인 통나무 상을 내리쳤다. 수기대사는 순간적으로 생각했다. 피해망상증이라고 일축할 수는 없는 말이었다. 지극히 국부적인 일이긴 했지만 이 문제는 선종(禪

宗)으로부터 비난거리가 되어오고 있기도 했다. 아무리 부분적이요 사소한 일이라 할지라도 대의명분에 어긋나면 지탄을 받게 마련이고, 처한 입장과 놓인 경우에 따라서는 부분적인 것이 전체적인 것으로, 사소한 것이 절대적인 것으로 얼마든지 바뀔 수 있는 것이었다. 수기대사는 숨을 가다듬었다.

"네가 하는 말이 다 맞는 것도 아니고 그렇다고 다 틀린 것도 아니다. 쌀알이 많다 보니 뉘가 섞이는 법. 아무리 산적 떼라고는 하나 두령 된 자가 그 정도 식별력도 없이 어찌 그리 말을 함부로 하는가."

"으아하하하…… 글줄이나 읽었다고 정말 제법이로구나. 그런다고 내가 넘어갈 것 같으냐. 혹시 모르겠다. 소문을 듣자 하니 딱 한 사람 쓸 만하더구나. 거 강화도에서 대장경인가 나무판 불경인가를 만들고 있다는 거 뭐라더라. 그래 수기대사란 분 말이다. 네 놈이 만약 그분이라면 내 당장 큰절을 올릴 것이다."

"바, 바, 바로……."

효신이 더듬거리며 앞으로 나섰고 수기대사는 눈을 감아 버렸다.

"바, 바로 이분이 그 수기대사이시다!"

효신이 외쳤고,

"뭐라고?'

두령이 벌떡 일어서더니 다음 순간,

"으아하하하…… 으흐흐흐."

배를 거머잡고 웃어젖혔다. 한참 만에 웃음을 다스린 두령은 험악한 얼굴로 소리를 질렀다.

"살고 싶으면 고이 살려달라고 빌 것이지 거짓말까지 해? 이놈을 당장 목을 쳐죽이고 말 테다."

두령이 거칠게 칼을 뽑아들었다.

"대사님, 이걸 어쩌면 좋습니까. 물증 될 만한 게 없으니 어째야 좋습니까, 대사님."

효신은 안절부절못하였다.

"효신아, 마음을 가라앉혀라. 진정을 하고 저자한테 물어라. 수기의 뭐가 그리 대단하더냐고 말이다."

수기대사는 여전히 눈을 감고 선 채 효신에게 일렀다. 그러자 효신이 묻기도 전에 두령이 입을 열었다.

"그것 봐라 요런 땡땡이중놈아. 수기대사가 누군지도 모르잖느냐. 수기대사로 말할 것 같으면 아무리 천한 목숨이라 할지라도 업신여기는 법이 없으신 생불 같은 스님이신데, 오랑캐 애를 밴 여자가 목매달아 죽는 것을……."

"그만!"

수기대사가 호령했다.

"효신아, 그 다음부터 네가 상세하게 알려줘라."

수기대사는 효신에게 이르고 그 자리에 앉더니 다리를 꼬아올렸다.

"자아, 자네도 앉아서 지금부터 내 시봉의 얘기나 듣게. 자네가 소문으로만 들은 것보다는 훨씬 상세하고 재미가 있을걸세. 우리가 함께 겪은 일들이니까 아무려면 소문보다야 낫지 않겠나? 효신이 너도 앉아서 얘길 해라."

수기대사는 두령에게 부드러운 표정으로 말했다. 두령은 어리둥절한 얼굴이었다.

그래서 효신은 지난번 진주 분사까지 가는 동안에 겪었던 일들을 빼놓지 않고 이야기하기 시작했다.

이야기를 다 듣고 난 두령과 나머지 두 사람은 그야말로 큰절을 올렸다.

"대사님, 몰라뵙고 죽을죄를 졌습니다. 이 천한 것들을 용서해 주십시오."

그들은 진심으로 사죄를 했다. 그들은 거의가 종 노릇을 했거나 천한 일들로 근근이 살아왔다고 했다. 어차피 한평생 살다가 죽으면 썩어질 몸뚱어리였다. 그런데 언제까지 목구멍 풀칠을 하려고 천대와 멸시에 짓밟혀가며 개돼지처럼 살 수는 없었다. 그래서 산으로 몰려들었고 종을 거느리고 사는 부류들이 걸려들기만 하면 애 어른 가릴 것 없이 쳐

죽었다. 그리고 종은 데려다가 한패를 만들었다. 천한 목숨들 피 빨아 배불리는 것들의 재물을 빼앗아다가 여기서는 고루고루 나눠 먹는다고 두령은 당당하게 말했다.

"자네들 심정 내 잘 알지. 허나 이런 식으로 한다고 해결될 문제가 아니잖은가. 죄만 자꾸 늘어갈 뿐이지. 그리고 언제까지 이런 산속에 숨어들 살 텐가. 지금부터라도 바르게 살도록 힘써야지."

"누군 이 짓 하고 싶어 합니까요. 바르게 사는 것이 고작 종놈살이니 그보담 이 짓이 백번 낫지요."

"그럼 내 얘길 들어보게."

수기대사는 근필의 이야기를 시작했다. 될 수 있는 대로 재미있게 차근차근 이야기를 풀어나갔다.

"그 사람이야 배운 기술이 있으니 그런 좋은 일이라도 하지요."

한 사내가 퉁명스럽게 말했다.

"아니지, 기술만 있어서 좋은 일 하는 건 아니라네."

수기대사의 말에,

"그럼 우리도 그런 좋은 일을 할 수 있습니까? 그 목수처럼 불사에 참예할 수 있는 걸로 말입니다."

두령이 진지한 표정으로 물었다.

"왜, 해보고 싶은가?"

"우리도 천한 것들. 죽은 다음 소원은 그 목수와 다를 바 없습니다."

수기대사는 고개를 끄덕이다가,

"다들 몇 명이나 되지?"

"2백이 약간 넘습니다."

"무술들은?"

"제대로 익히진 못했지만 뚝심까지 합치면 제 목숨들은 지킬 것입니다."

"목숨을 내거는 위험한 일인데도 할 수가 있어?"

"여지껏 지은 죄가 씻어지고 죽어 소원이 이뤄진다면 어떤 어려운 일도 해낼 수 있습니다, 대사님."

수기대사는 한참을 말없이 앉아 있었다. 어디선가 밤짐승 우는 소리가 길게 꼬리를 물었다.

"자네들 상전이었던 사람들말고, 또 자네들 같은 사람들이 지은 농사를 뺏어가는 자들이 누군 줄 아나?"

수기대사가 셋을 번갈아 보며 넌지시 물었다.

"오랑캐들이죠."

고개를 갸웃거리는 두 사내와는 달리 두령이 대뜸 대답했다.

"잘 맞혔어. 쌀이 그득그득 쌓였을 그놈들의 미곡창을 공격해서 그 쌀을 불사미(佛事米) 모으는 아무데나 보내는 것도 불사 참예의 한 방법이 아닐까."

"그렇군요, 대사님. 왜 진작 그런 생각이 떠오르지 않았을까요."

두령이 두릎을 치켜 반가워했고,

"허, 너무 좋아허지 마슈. 난리가 끝나버리거나 불사가 끝나버린 다음에는 어쩔 테요? 부처님 일 돕던 몸으로 다시 이 짓 못할 게고, 또 종놈 노릇밖에 더 있겠수."

한 사내가 이렇게 투덜거렸다. 두령은 사실이 그렇다는 표정으로 수기대사를 바라보고 있었다.

"옳은 말이야. 허나 큰 걱정 없네. 이제 자네들의 힘이 무서워졌네. 누구도 함부로 못해. 지금부터 이렇게 뭉쳐서 사람 없는 땅을 찾아나서는 거야. 그런 땅은 얼마든지 있으니 농사짓고 기술 익혀가며 자유롭게 살 수 있네. 바르게 살려는 마음, 그게 항상 죽지 말고 살아 있어야 해. 그런 땅을 못 구한다면 그때 내가 나서서라도 구해주지."

"그걸 어떻게 믿수?"

한 사내가 불쑥 쏴댔고,

"이놈아, 함부로 주둥아리 나불대지 말어! 어느 앞이라고 꺼들대."

두령은 냅다 호통을 쳤다. 그리고,

"대사님, 그런 좋은 일을 하면 우리 같은 것들도 부처님께서 살펴주실까요?"

간곡한 어조로 물었다.

"원래 부처님께서는 죄짓고 회개하는 자들의 편이며, 부자보다 가난한 사람들의 편이며, 건강한 자보다 병든 자의 편이네. 필경 자네들을 살피실 것이네."

"대사님, 고맙습니다. 대사님께서 시키신 대로 목숨 걸고 그 일을 해내겠습니다. 우리들이 그동안 저지른 잘못을 용서해 주십시오."

두령은 고개를 숙인 채 목이 메었다.

"자네들을 위해서 내가 성심 성의껏 불공을 올리겠네."

수기대사는 두령의 손을 끌어잡았다.

양지와 음지

 가화는 며칠을 궁리한 끝에 단안을 내렸다. 매일 밤 잠을 못 자가며 언제까지 가슴에 숯을 태울 수는 없었다. 날이 갈수록 그 남자의 모습은 눈앞에 있는 것이 아니라 가슴으로 파고드는 것이었다. 스스로에게 면구스럽고 쓰스러워 자신을 책망도 해보았지만 다 부질없는 짓이었다.
 가화는 하인을 시켜 그들의 휴일이 보름 간격으로 온다는 것을 알아냈다. 그리고 휴일이라도 경내를 벗어날 수 없다고 했다. 그 남자에 대한 모든 것을 알아내려면 천상 휴일에 절로 가는 수밖에 없었다.
 휴일이 되도록 며칠을 기다린 가화는 전날 밤에 어머니

방으로 갔다.

"어머니, 쌀 몇 가마만 저에게 내주십시오."

가화는 근심 어린 표정으로 대뜸 이렇게 말했다.

"쌀을? 갑자기 그게 무슨 소리냐?"

어머니가 어리둥절해서 물었다.

"불공을 좀 올려야 될 것 같습니다."

"불공은 무슨……?"

"요즘 이상하게도 밤마다 악몽에 시달리고 있어요. 시커먼 도깨비가 마구 달려들고 산발한 소복 귀신한테 쫓기고 또……."

"에그머니나, 흉측해라."

어머니는 가화 옆으로 바싹 다가앉으며 끌어안듯 했다.

"그래서 요즘 우리 가화 얼굴이 이렇게 상했었구나. 에구 가엾어라, 에구……."

"그래 생각다 못해……."

"그만해 둬라, 가화야. 가화가 어떤 딸이라구 시주쌀 몇 가마 아끼겠니. 그런데 어쩌면 용케 불공 올릴 생각은 해냈니 그래. 우리 가화 기특하기두 해라. 내일 당장 나하고 함께 절엘 가자꾸나."

"절엔 저 혼자 가는 게 좋을 듯합니다."

"건 또 왜 그러니?"

"제 몸에 잡귀가 붙은 것은 제 부덕 때문입니다. 불공을 올리고 빌어도 제가 정성을 다해야지 어머니 정성을 빌리면 효험이 적을 듯합니다."

"글쎄…… 네 말을 듣고 보니 정말 그럴 것도 같구나. 그럼 내일 당장 뚝쇠한테 쌀 지우고 버들이 데리고 가서 불공을 올리도록 해라."

어머니 방을 물러나온 가화는 속이 후련해졌다. 그런데 참으로 이상하고 묘한 일이었다. 조그만 거짓말을 하려고 해도 가슴이 조여들고 얼굴부터 달아오르던 자기였다. 한데 어떻게 해서 그리도 엄청난 거짓말을 능청스럽게 술술 해댈 수 있었는지 모를 일이었다. 그러고도 가슴이 두근거리기는커녕 오히려 시원하고 상쾌하고 살랑살랑한 것이었다. 다음 날 아침 일찍 가화는 뚝쇠에게 쌀 두 가마니를 지워 집을 나섰다.

"불사 무사히 이룩되도록 스님께서 소녀 대신 정성 들여 주셔요. 소녀는 절 구경이나 하렵니다."

가화는 이 말을 붙여 쌀을 넘겼다. 그리고 뚝쇠와 버들이를 데리고 경내를 뒤지기 시작했다. 수많은 승려들이 삼삼오오 짝을 지어 여기저기 흩어져 있었다. 가화는 구경을 하는 체하면서 힐끔힐끔 그 승려들의 얼굴을 살피기에 정신이 없었다. 산신각을 지나고, 칠성각을 거치고, 천불상전을 돌고, 사천왕전을 기웃거리고, 종각을 맴돌아 그 넓디나 넓은 경내를 샅샅이 뒤졌지만 그 남자의 모습은 찾을 수가 없었다.

내가 그 남자의 얼굴을 잊어버렸나. 가화는 눈을 질끈 감았다 떴다. 준엄하게 생긴 그 이마의 얼굴은 생생하게 떠올랐다. 가화는 다시 눈을 질끈 감았다 떴다. 지혜와 총기가 이글거리던 그 눈의 얼굴은 역시 또렷하게 떠올랐다. 잘못 본 것이 아니었다. 분명 밖에 나와 있지 않은 것이다. 아니 숨바꼭질을 했을지도 모른다. 가화는 다시 대웅전 앞에서부터 더듬기 시작했다. 지난번에 들렀던 길고도 큰 건물을 돌고, 그들의 거처를 다른 데보다 더 유심히 살피고, 아까와 똑같은 길을 되풀이하여 걷고 있었다.

"아씨, 다리 아프신데 보신 걸 또 보시면 뭘 하십니까."

버들이가 걱정스럽게 말했다.

"걱정 말고 따라만 다녀라."

가화는 냉정하게 쏴댔다.

두 번째도 헛걸음이었다. 가화는 그만 애가 켰다. 당장 그날 들어갔던 일터와 거처인 승방을 뒤졌으면 싶었다. 그러나 그건 어림도 없는 일이었다. 다시 한바퀴 돌 수밖에 없었다.

그러나 세 번째도 헛걸음이었다. 가화는 그만 발을 동동 구르고 싶었다. 목이 터져라 부르고 싶어도 이름을 알 수가 없었다. 누구를 붙들고 어디 있는지 묻고 싶어도 이름을 모르고 있었다. 그러나 이대로 돌아설 수는 없었다.

가화는 다시 한바퀴를 돌 작정을 하고 대웅전 뜨락으로 들어섰다.

"아……."

가화는 함성을 질렀다. 그러나 그 소리는 몸 안에서 터졌을 뿐 밖으로 나온 소리는 앞에 선 버들이도 들을 수 없을 지경으로 가늘었다.

그렇게 찾아헤매던 남자가 지금 바로 눈앞에 서 있었다. 그날의 그런 얼굴, 그런 표정으로 그 남자는 지금 혼자서 탑을 우러러보고 있었다.

가화는 가까스로 숨길을 가다듬고 뜨락 구석으로 걸음을 옮겼다. 가화가 걸음을 멈춘 곳은 그 남자의 얼굴을 거의 바로 볼 수 있는 지점이었다.

"뚝쇠야, 지금부터 내 말 똑똑히 들어라."

"예에, 말씀합쇼."

"저 앞에 탑을 올려다보고 계신 스님이 보이지?"

"그러믄입쇼. 아주 젊어 보이는데요."

"지금부터 눈이 빠지도록 얼굴을 익혀둬라."

"스님치곤 반반한 댑쇼. 뭘 하실깝쇼?"

"입 다물고 하라는 일이나 해. 밤중에 봐도 알아차릴 수 있도록 이곡구비를 꼭꼭 익혀라."

목을 빼고 눈을 껌벅이며 한참을 서 있던 뚝쇠가 말했다.

"다 됐는댑쇼."

"틀림이 없겠느냐?"

"소인 안질 걸릴 지경입니다요."

"그럼 됐다. 넌 내일부터 저분에 대해 모든 걸 샅샅이 알아내라."

"알아봤자 스님 아니겠습니까요."

"이놈이 어디서 시건방지게 말대꾸냐. 물볼기를 맞아야 제정신이 들 모양이로구나."

가화가 눈꼬리를 치세우며 역정을 냈다. 뚝쇠는 안색이 달라지며 어깨가 움츠러들었다.

"스님인지 아닌지, 이름이 뭐며 고향이 어딘지, 나이가 몇 살이며 가문은 어떤지 하나도 빠뜨리지 말고 속히 알아내서 알려라. 한 가지 명심할 일은 쥐도 새도 모르게 해내야 하는 것이다. 만일 발설이 되면 너희 둘은 고이 살아남지 못할 것이다."

가화는 이 말을 마치고 앞서서 총총히 걸어가기 시작했다.

세 척의 배는 나란히 뱃머리를 맞추어 항해하고 있었다. 배는 세 척 다 똑같은 생김새였다. 각기 세 개씩의 돛을 올린 데다가 한쪽에 10개씩 도합 20개의 노를 달고 있었다. 그

20개의 노들은 잠시도 쉬는 때가 없었다. 40명의 기운 좋고 숙달된 사공이 교대로 노를 잡았다. 사공들말고도 한 배에는 20명의 무술에 능한 병정들이 무장을 하고 있었다. 그리고 승려 한 명과 취사나 잡역을 맡은 다섯 명까지 합하면 한 배에는 66명이 승선하고 있는 것이었다.

세 배에서는 매일 아침저녁 같은 시간에 승려들의 집례에 따라 불공을 올렸다. 그리고 사공들은 노를 밀고 당기면서 계속 관세음보살을 가락을 넣어 합창했다. 세 배에서 울려퍼지는 관세음보살은 뱃길을 따라 바다에 은은한 노래로 실리고 있었다.

이마에 손을 대고 수평선을 이리저리 살피고 있던 남자는 고개를 갸웃거렸다. 눈길을 거둔 남자는 돌아서려다가 미심쩍은 얼굴로 다시 뱃전에 바짝 붙어섰다. 또 실눈을 뜨고 수평선을 찬찬히 살펴나갔다. 그의 안색이 흐려졌다.

"쯧쯧쯧쯧……"

서 있는 남자는 혀를 차며 다급하게 돌아섰다. 그리고 뱃머리에 서 있는 병정에게로 걸어갔다. 그는 다른 병정들과 차림새가 달랐다. 세 배의 경비 책임을 맡고 있는 교위(校尉)였다.

"아무래도 바람 끝이 심상찮습니다."

수사공(首沙工)은 그 남자가 침착하게 보고했다.

"그렇지? 내 느낌에도 어딘가 이상해서 이러고 서 있는 참일세. 어떻게……, 심할 것 같은가?"

교위가 불안하게 물었다.

"장담할 순 없습니다만 영 좋질 못합니다."

"장담하고 안 하고가 어디 있겠나. 자네 생각이면 틀림이 없는 게지. 그럼 대피를 해얄 텐데 어쩌면 좋은가. 어디 가까운 섬이라도 없나?"

교위는 당황한 기색을 감추지 못하고 서둘렀다. 수사공은 난감했다. 교위가 묻기 전에 벌써 대피할 만한 곳을 더듬어보았던 것이다. 그런데 머지않아 닥칠 어둠 전까지 도착할 수 있는 대피처는 없었다.

"너무 심려 마시고 우선 노질을 빨리 하도록 영을 내려주십시오."

"그러지."

가운데 배에서는 곧 양쪽 배에 대고 영을 내렸다.

"바람 끝에 감기고 있으니 돛도 내려야 되겠습니다."

수사공이 미간을 찌푸린 채 말했고,

"돛까지 내려?"

교위가 금방 얼굴이 굳어지며 되물었다.

"그래야 뱃길이 더 빨라집니다."

"알겠다. 돛을 내리라고 전하라."

교위가 옆에 선 병사에게 명령했다.

"좌선(左船) 들어라, 돛을 내려라아—."

병사가 목에 핏줄을 세우며 외쳤다.

"좌선 영 받았다, 돛을 내려라아—."

왼쪽 배에서 곧 복명복창을 보냈다.

"우선(右船) 들어라, 돛을 내려라아—."

"우선 영 받았다, 돛을 내려라아—."

세 배는 거의 동시에 돛을 내리기 시작했다. 세 개의 돛이 각기 내려졌을 즈음에 새 명령이 하달되었다.

"저녁밥을 빨리 짓도록 하라."

세 배는 아까보다 한결 빠른 속력으로 물살을 가르고 있었다. 한 노에 두 사공씩이 붙은 것이다.

하늘은 차츰 희부옇게 변해가고 있었다. 수평선에는 빙 둘러 거두칙칙한 색깔이 번지고 있었다. 그래서 수평선은 윤곽을 잃어버린 채 한결 가깝게 느껴졌다. 눅눅한 습기를 품은 바람이 진한 갯 내음을 훅 끼얹고 지나가곤 했다. 그런데 그 기분 나쁜 바람은 이상하게도 한쪽에서만 부는 것이 아니었다. 왼쪽에서 부는 것 같다가 오른쪽에서 부는 것 같기도 하고, 방향을 종잡을 수가 없었다.

"어찌될 것 같소?"

교위가 초조하게 물었다.

"모든 물건은 단단히 비끄러매도록 영을 내리셔야 하겠습니다."

계속 수평선에서 눈을 떼지 않고 있는 수사공의 엉뚱한 대꾸였다.

좌우 배에 다시 명령이 전달되었다.

"밥이 되는 대로 먹도록 해야겠습니다."

수사공이 다시 이렇게 말하고 침울한 얼굴로 교위의 곁을 떠났다.

때이른 저녁밥을 먹고 났을 때는 햇살이 막힐 지경으로 하늘에 칙칙한 안개구름이 퍼져 있었다. 그리고 바람결도 한층 두꺼워진 데다가 자주 몰려들었다. 그에 따라 뱃전에 부딪히는 물결 소리가 불규칙했다.

"갑자기 이게 어찌된 일인가."

밥은 한 숟가락도 뜨지 않은 교위가 수사공을 초조하게 건너다보았다.

"태풍인 모양입니다."

"그럼 어쩌나……!"

"이겨내야죠. 태풍은 무섭긴 해도 대개 그리 오래가진 않습니다."

수사공이 침착하게 말했다.

먹구름이 흡사 발 달린 짐승처럼 험악하게 몰려들기 시작했다. 먹구름이 꿈틀거리며 하늘을 뒤덮어가는 속도가 빠르면 빠를수록 바람도 거칠어졌다. 그에 따라 물결이 파도로 솟구쳤다.

꿈틀거리고 뒤엉키던 먹구름이 흙손질을 한 것처럼 고르게 하늘을 채우면서부터 천둥이 치기 시작했다. 자욱한 물안개가 일고 있는 바다는 차츰 좁아지는 느낌이었고 그 위에 어둠이 뭉클뭉클 떨어져내리고 있었다. 이제 뱃전을 갈기는 파도의 조각들이 배 안에까지 넘쳐들었다. 그때마다 배는 몸을 지탱할 수 없을 만큼 흔들렸다.

"이거 어찌되는 거냐, 수사공!"

돛대를 붙들고 선 교위가 소리쳤다.

"더 어두워지기 전에 영을 내리십시오. 양쪽 배 각기 수사공들이 알아서 태풍을 이겨내야 합니다."

"그게 무슨 소리여! 그 사람들은 자네만치 어림도 없잖아."

"허나 어쩔 수 없습니다. 곧 비가 쏟아질 것이고 풍랑은 점점 심해지는 데다 캄캄해지면 영을 내릴 방도가 없습니다. 그땐 각기 알아서 파도를 타야 하는 겁니다."

번갯불이 번쩍하더니 이내 하늘을 깨기라도 할 것처럼 천둥이 울렸다. 그리고 후드득 빗발이 듣기 시작했다.

"이 망망한 바다에서 따로따로 흩어지면 어쩐단 말이냐. 서로서로 밧줄로 연결하도록 하라!"

양지와 음지 255

교위가 소리쳤고,

"그럼 큰일날 일입니다. 그렇게 되면 파도에 밀려 배끼리 부딪쳐서 박살이 나고 맙니다!"

수사공이 맞받아서 소리쳤다.

"……"

"더 늦기 전에 빨리 영을 내리십시오."

빗줄기가 한층 거칠게 쏟아지기 시작하고 바람이 한결 사납게 불어젖혔다. 벌써 배와 배의 간격은 평소의 다섯 배도 더 떨어져 있었다.

"좌선 개별 행동하라아—."

"우선 개별 행동하라아—."

서너 명 병사들의 합해진 이 목소리는 천둥과 바람 소리와 빗소리와 파도 소리에 사정없이 휩쓸려버렸다.

비는 폭우로 변해 있었고 거칠게 몰아치는 바람에 따라 파도는 겹겹으로 곤두서서 밀어닥쳤다. 이미 좌선도 우선도 어디쯤 있는지 알 수가 없었다. 사방엔 어둠의 절벽이 가로막고 있었다.

"횃불을 밝혀라!"

어둠 속에서 교위가 외쳤다.

"소용없습니다."

수사공이 신경질적으로 쏴붙였다. 그리고 어둠 속에다 대고 소리쳤다.

"다들 들어라! 노를 걷어라, 노를 걷어라. 다들 노를 걷어라, 노를 걷어라. 다들 노를 걷어라. 걷었으면 대답하라. 걷었으면 대답하라."

어둠 속에서 산발적으로 대답이 나왔다. 배가 크게 기우뚱했다.

"닻을 내려라, 닻을 내려. 닻을 내리고 대답하라."

잠시 후이 '예에' 하는 대답이 멀리로 들렸다. 배가 붕 솟구치다가 와르르 아래로 쏟아져내렸다.

"모두 움직이지 말고 자리를 지켜라. 절대 쏠리면 안 된다. 자리를 지켜라. 무엇이든 붙들고 자리를 지켜라."

수사공의 파인 목소리가 어둠 속에 흩어지고 있었다.

와르르르 쫘당 꽝!

천둥이 한바탕 아우성을 치면 쏴아 빗줄기는 더욱 거칠어지고 배는 숨이 잦아지도록 한정도 없이 솟구쳐올라선 뱃속이 왈칵 뒤집히도록 아래로 아래로 쑤셔박혔다.

"쏠리지 마라, 쏠리면 죽는다!"

좌선의 수사공이 브르짖었다.

파도가 뱃전을 후려치며 동시에 배를 덮어눌렀다. 배가 사정없이 기울어졌다.

그리고 오 마디 비명이 어둠 속에 퍼졌다.

양지와 음지

"아아악!"

"사, 사라암……."

각기 다른 목소리였다. 파도가 덮치면서 배가 갑자기 기울어지는 바람에 바다로 떨어져내린 모양이었다.

다시 배가 반대편으로 기울어졌다. 그때 와르르 무언가가 무너졌다.

"판목이 무너졌다!"

"붙들어라."

"잡아라."

"빠지면 안 돼, 빠지면!"

"움직이지 마라!"

어둠 속에서 질정 없는 아우성이 뒤엉키면서 배는 다시 반대쪽으로 넘어갈 듯이 기울어졌다. 무언가 와르르 쏠리는 소리와 함께 여러 목소리의 비명이 헝클어졌다. 그때 밀려든 파도가 기울어진 뱃전을 그대로 후려갈기며 덮쳐눌렀다. 비 쏟아지는 소리와 폭풍의 아우성과 노도의 고함만 어둠 속에 요란할 뿐 더 이상 사람의 소리는 들리지 않았다.

"모두 판목 묶은 줄을 붙들어라. 밧줄이 벗겨지지 않게 붙들고 매달려라!"

우선의 교위가 소리소리 지르고 있었다.

"그건 안 됩니다. 잘못하다간 몰살당하게 됩니다!"

수사공이 옆에서 소리쳤다.

"닥쳐라. 노를 젓지도 못하는 판에 우리 할 일이 뭐냐!"

교위가 어둠 속에다 대고 외쳤다.

배가 기울어질 때마다 판목의 더미를 묶은 밧줄에 매달린 사람들은 이리저리 쏠리고 있었다.

"배 옆창에 물이 선다아—."

어디선가 이런 소리가 절박하게 들려왔다.

"배 옆창이 샌다고?"

"크, 큰일났구나!"

"옆창이 새면 우린 어떡해!"

"빨리 수사공한테 알려."

그 난장판 속에서도 이 말은 입에서 입으로 빠르게 옮겨졌다.

"뭐라고? 옆창 어디쯤이냐!"

수사공이 외치며 허둥거렸다.

"뒤쪽에서 온 말이오."

누군가가 볼멘소리를 질렀다.

"옆창 어디가 새나, 대답해라."

"뒤쪽이오, 뒤."

수사공은 넘어지고 비틀거리며 뒤쪽으로 옮겨가면서 계속 외쳤다.

"옆창 어디가 새냐, 대답해라!"

"여기요, 여기."

"나 수사공이다. 계속 소릴 쳐라."

"여기요, 여기."

수사공은 겨우겨우 물이 새는 곳까지 다다랐다.

물 새는 곳을 더듬거려 만지던 수사공이 절망적으로 말했다.

"다 틀렸구나!"

"그게 무슨 소리요. 우린 어떻게 되는 거요, 수사공!"

그때서야 수사공은 옆에 사람이 있었다는 것을 깨달았다.

"괜찮아, 막으면 돼."

수사공은 순간적으로 거짓말을 했다. 이음자리가 벌어져 바닷물이 쏟아져 들어오고 있었다. 그리고 배가 조리질을 당할 때마다 그 자리는 삐걱삐걱 울면서 벌어져가고 있었다. 괜찮으려면 지금 당장 태풍이 멎어야 했다. 파도가 이렇게 사납지 말아야 했다. 그래도 안심할 수가 없는 노릇이었다. 그런데……, 배는 얼마 못 가 갈라지고 말 것이었다. 수사공은 물이 쏟아져 들어오는 이음자리에 등을 대고 돌아섰다. 그러나 떠밀리는 물줄기를 막아낼 수는 없었다. 삐걱거리는 소리는 차츰 숨가쁘고 크게 들려왔다.

밤새도록 계속된 폭풍과 폭우는 새벽녘이 되면서부터 차

즘 가라앉아갔다. 그러다가 날이 밝아졌을 때는 갈라진 구름 더미 사이로 파란 하늘이 언뜻 보이기까지 했다. 그러나 파도는 아직도 성깔을 보이고 있었다. 그렇지만 간밤의 것에 비하면 아무것도 아니었다.

"이제 안심해도 됩니다."

수사공이 젖은 머릿수건을 풀어내며 말했다.

"좌선 우선이 안 브이잖아!"

투구도 벗겨지고 옷이 찢어져나간 교위가 두리번거리며 당황했다.

"우선 우리 배부터 다 무사한지 알아보십시오."

"그렇군."

교위가 축축 늘어져 있는 사람들을 하나씩 헤아려나가기 시작했다.

"열넷이 행방불명이군."

교위가 중얼거리듯 말하고는 털퍽 주저앉아버렸다. 그 눈이 헛것을 보고 있었다.

강화를 향해서 다시 돛을 올리고, 이틀 사흘이 지나도 좌우 선의 모습은 찾을 수가 없었다. 그리고 강화에서 며칠 머무른 그들이 분사를 향하여 노를 잡았을 때까지도 좌우 선은 입항할 줄을 몰랐다.

풀섶이 바람을 타는 듯하더니 두 그림자가 불쑥 나타났다.

"누구냐!"

그림자를 향해서 이쪽에서 물었다.

"산돼지, 산돼지."

두 그림자가 함께 답을 했다. 그러나 이쪽 풀섶에서 서너 개의 그림자가 불쑥불쑥 솟았다.

"어찌됐느냐?"

두 그림자를 맞아들인 이쪽에서 먼저 물었다.

"여섯 놈이 지키고 있는데 모두 곯아떨어져 있었습니다."

"군막은?"

"한참 떨어져 있었습죠."

"알았다. 너희들 여섯이 먼저 떠나라. 곧 뒤따라가마. 하나 앞에 하나씩 맡아서 단칼에 해치워야 한다."

"그건 염려 맙쇼. 지금 자정이 넘었으니 곧 뒤받쳐와야 합니다요. 자칫하다간 동틀 것입쇼."

"서둘러라."

그림자들은 두 패로 갈라졌다. 여섯의 그림자들은 재빠르게 풀섶으로 몸들을 감추었다. 그 그림자들은 밭둑을 타넘고 개울을 건넜다. 그들의 옷 색깔이 어둠에 잠겨드는 것이기도 했지만 행동이 어찌나 민첩한지 전혀 흔적을 남기지 않았다.

그 그림자들은 어느 큼직한 건물을 향하여 기어가고 있었다. 건물 가까이 접근한 그림자들은 일단 멈추었다. 한 그림자가 다른 그림자 하나에게 건물 쪽을 손가락으로 가리켰고 그때마다 그림자들은 고개를 끄덕였다. 그림자들은 서로 간격을 두고 조금 더 기어가다가 멈췄다. 그림자들은 일제히 옆구리에서 뭔가를 빼들었다. 그리고 건물의 마당으로 기어오르나 했을 때 불쑥 솟은 여섯 개의 그림자는 그대로 마당을 내달았다. 건물 가까이 달려간 그림자들은 제각기 바위덩이 비슷한 것들에 달라붙었다. 그리고 몇 번씩 허공으로 팔을 뻗쳐 아래로 후둘렀다. 그들의 행동과는 상관없이 사방에는 그대로 정적이 어둠과 함께 고여 있었다. 그림자들은 다시 한자리로 모였다.

　"빨리 문. 나머지는 경계."

　명령에 따라 그림자 하나가 건물의 문으로 다가섰고 나머지는 흩어져 건물을 등지고 섰다.

　"열렸습니다요."

　문에 붙어 있던 그림자가 속삭였고,

　"됐다. 소리 나지 않게 문을 열어라."

　명령을 내리던 그림자가 황급히 다가서며 말했다.

　두 그림자는 문을 들어올리고 있었다. 그들의 숨결이 거칠었다.

두 쪽째의 문이 거의 열려갈 때 밭고랑 사이를 날쌔게 움직이는 그림자가 있었다. 그 그림자는 건물로 접근해 왔다.

"누구야!"

이쪽에서 물었다.

"산돼지!"

대답이 건너왔고,

"얼음 풀렸소."

이쪽에서 말했다. 그러자 그림자는 팔을 들어 흔들었다. 잠시 후에 그림자들이 줄을 이어 나타났다. 그 그림자들의 행렬은 서슴없이 건물 마당으로 들어섰다.

"한 가마니씩이다. 달구지까지는 길이 멀다."

그림자가 굵은 음성으로 잘라 말했다.

줄을 선 그림자들은 큼직한 짐짝을 하나씩 받아 어깨에 올리기가 무섭게 뛰기 시작했다. 그런데 그림자의 행렬은 끝이 어둠에 묻혀 안 보일 만큼 길었다. 그러나 행동들이 어찌나 기민한지 그 긴 행렬의 꼬리가 마당에 다다르기까지는 그다지 긴 시간이 걸리지 않았다.

"자, 여기도 하나 올려라."

행렬의 마지막 꼬리가 어둠 속으로 사라지자 여태껏 버티고 서 있던 그림자가 등을 들이대며 말했다.

"두령님이 어떻게……."

"이놈아. 잔소리 말고 올려라. 노닥거릴 짬이 어딨냐."

그 어깨에 짐짝이 올려지고 나머지 그림자들도 하나씩 짊어진 다음 어둠 속으로 사라져갔다.

들을 가로지른 그림자의 행렬은 산굽이를 돌았다.

짐을 내려놓은 그림자들은 골짜기에 잇대어 앉아 있었다. 뒤미처 서너 그림자가 나타나더니 짐을 부렸다. 그중의 하나가 앞으로 나섰다.

"앞뒤 사람 무사한지 살펴라. 이상이 있는 데만 일어나서 알려라."

"……"

"……"

"됐다. 다들 고생했다. 이 골짜기만 넘어가면 달구지가 기다리고 있다. 거기다가 150가마만 떼놓으면 된다. 나머지 50가마는 우리들 양식이다. 곧 날이 밝는다. 어서 뜨자."

말이 끝나기가 두섭게 그림자들은 짐짝들을 불끈불끈 어깨에 들어올렸다. 그건 쌀 가마니들이었다.

앞서거나 처지는 일 없이 그림자들은 질서 정연하게 골짜기를 거슬러올랐다. 그들이 산등성이를 다 넘어 네 대의 달구지가 기다리는 곳에 이르렀을 때는 동편 하늘이 번히 트여오고 있었다.

그들은 서둘러 쌀 가마니를 나눠 실었다.

"쉰 명만 남고 나머지는 어서 돌아가 기다려라. 날이 밝기 시작했으니 숲을 벗어나지 말고 산등성이에 솟기지 않도록 하라. 장돌이, 어서 데리고 떠나게, 곧 밥해서 먹이구."

"알았어요. 편히 다녀오쇼, 두령."

"그래, 이따 만나자."

그들은 두 패로 갈려 한 패는 나무숲으로 사라졌고 나머지 한 패는 네 대의 달구지 뒤에 나눠 붙어섰다.

"소를 몰아라!"

달구지가 구르기 시작했다. 열서너 명이 한 달구지의 앞뒤에 붙어 당기고 미는 바람에 소는 줄곧 뛰어야 했다.

약속된 장소에는 네 사람이 기다리고 있었다. 둘은 승려였다.

"오래 기다리셨지요?"

두령이 이마의 땀을 쓱 문지르며 승려한테 물었다.

"아닙니다. 이렇게 고생들을 하시는데 기다리는 것쯤 대수겠습니까."

"어서 길을 잡으십시오. 우리는 여기서 돌아가야 되겠습니다."

"이런 뜻밖의 좋은 일을 하시니 부처님 가피가 크실 것입니다."

"알아주니 고맙습니다."

"이제 어디로 가실 겁니까?"

"아직은 모릅니다. 또 다른 오랑캐들의 쌀 창고를 찾아나서야지요."

"부디 무사하시길 부처님 전에 빌겠습니다. 이 인연으로 다시 뵐 때까지 건강하십시오."

"고맙습니다. 어서 서둘러 가십시오."

달구지가 멀어져갔다.

"두령님, 참말로 저 쌀이 불사하는 사람들 입으로 들어갈까요?"

"그러잖으면? 네 놈은 어찌 지난번하고 똑같은 말을 또 묻느냐."

"저 사람들을 의심하는 것이 아니라 당최 믿어져야 말입죠."

얼굴에 혼이 깊게 파인 사내가 고개를 갸우뚱거렸다.

"허허허허…… 잔뜩 못된 짓만 하던 속이라 지금 네 놈이 하는 일이 믿어지지 않는단 말이지?"

"그렇습죠. 꼭 귀신한테 홀리고 있는 것만 같은 게……."

"자아, 여기서 어둘거릴 때가 아니다. 어서 굴을 숨겨라."

앞서는 두령을 뒤쫓아 그들은 삽시간에 숲속으로 자취를 감춰버렸다.

편지를 뜯어본 장균은 너무나 놀라서 입을 다물 수가 없었다. 우선 뜻하지 않은 여인한테서 날아든 연서(戀書)였기 때문이다. 격이 잡힌 글씨에 담겨진 내용은 솔직한 것을 넘어서 대담하기까지 했다. 그리고 그 다음 놀라운 사실은 편지의 주인이 호부상서의 딸이라는 점이었다. 호부면 육부(六部) 중의 하나요, 상서면 그 부의 으뜸 벼슬로서 조정을 받드는 여섯 기둥인 셈이었다. 거기다가 처녀는 자신의 내력을 너무나 소상하게 알고 있었다.

 자기를 모르는 상대에게 이런 글을 보내는 것이 지나친 무례인 것을 알고 있지만 사무침을 더 가눌 길이 없을뿐더러 이 방법이 아니고서는 인연의 실마리를 풀어나갈 방법이 막연했기에 저지르는 일이라 했다. 그리고, 불사에 참예하고 계시는 분에게 이런 글을 띄워 마음을 어지럽게 하는 죄를 짓게 될까 두려우나 인연은 당초에 부처님께서 주관하시는 것이며, 이렇게 두 생명이 만남을 짓게 된 것은 바로 부처님의 살피심이니 그 일깨움을 깨닫고 실행하려 함이 어찌 죄가 되겠느냐고 했다. 인연은 맺어지기 위한 것이며 그러므로 그 열매를 따기까지는 무한한 괴로움이 따른다고 부처님께서는 가르치셨는데 그 가르치심을 바로 받들 자세를 갖추었으니 행여 이 글로 불사에 소홀히 함이 없기를 빈다고 적고 있었다. 그리고 끝으로, 인연을 다져두기 위하여 다음 휴일에 불공차 절에 갈 것이니 소녀를 멀리서나마 지켜주시기를 간절히 바란다는 것으로 편지는 끝나고 있었다.

편지를 다 읽고 난 장균의 심정은 무어라 형언할 수가 없이 복잡하게 뒤엉켰다. 두려운 것도 무서운 것도 아니었다.

그 모든 것이, 아니 그보다 더 많은 것들이 범벅이 되어 간추릴 수가 없었다. 몸을 정히 갖는 것도 육체뿐만이 아니라 정신까지를 이르는 것이다. 이런 문제를 가슴에 담고 있음은 곧 정신의 더러움이 된다. 편지부터 불살라버리고 없었던 일로 해야 한다. 이렇게 결론을 내렸는데도 도무지 그 편지가 더럽게 여겨지지 않았다. 불살라버려야 된다고 생각하면서도 막상 실행에 옮길 수가 없었다. 알 수 없는 이율배반이었다. 가닥을 추릴 수 없는 여러 가지 생각들이 엉키긴 했지만 그 전체는 밝은 조명 아래 놓여 있는 것이 또한 묘한 일이었다. 그 생면부지의 사람으로부터 편지를 받지 말았어야 된다고 돌이키기도 했지만 그것도 그다지 절실한 느낌은 아니었다. 몇 번이고 없애버려야 되겠다고 생각하면서 결국 그 편지를 봇짐 속에 꼭꼭 접어서 넣고 말았다. 그건 절에 온 이후 최초로 봇짐 속에 들어간 물건이기도 했다.

장균은 그날 싱그러운 숲에 정신을 팔며 느리게 걷고 있었다.

"저, 소인 좀 보시와요."

낯선 사람이 불쑥 앞으로 나서며 머리를 꾸벅 했다.

"뉘시오?"

장균은 걸음을 멈췄다. 한눈에 어느 집 하인인 것을 알 수 있었다.

"소인 뚝쇠라 하옵니다."

"뚝쇠……?"

처음 보는 얼굴에 처음 듣는 이름이었다. 장균은 뒷짐을 지고 서서 부드럽게 웃었다. 뚝심깨나 쓸 만한 그 몸집에 제대로 어울리는 이름이었던 것이다.

"무슨 일이오?"

장균은 머뭇거리는 사내에게 먼저 물었다. 스님으로 잘못 알고 있는 거라고 장균은 미루어 생각했던 때문이다.

"예에, 저어……, 이 서찰을 전해드릴라굽쇼."

사내는 저고리 속에서 반으로 접어진 봉투를 불쑥 내밀었다.

"내게 서찰이라니……, 사람을 잘못 찾은 게로구면."

장균은 고개를 저었다. 이 세상에서 자신에게 소식을 보낼 만한 사람은 아무도 없었다. 마찬가지로 자신도 사연을 띄울 만한 사람은 단 한 명도 가지고 있지 못했다. 오죽하면 일찍부터 입문을 하려 결정을 했을까. 장균은 순간적으로 몰려드는 우수에 젖으며 쓸쓸하게 웃었다.

"아닙쇼. 틀림없으니 어서 받아넣으시와요.'

사내는 주위를 두리번거리며 다급한 몸짓을 짓고 있었다.

"내겐 서찰 보낼 사람이 없다니까. 대체 누구한테 전하랍디까?"

"정장균이오. 이거 댁 아닙니까?"

"내 이름 석 자가 틀림없는데……."

"거 봅쇼. 이거 읽어나 보시고 용꿈 꾸시와요. 히히……."

사내는 어리둥절해 서 있는 장균의 손에다 봉투를 우격다짐으로 쥐어주고는 껄낄거리며 뒷걸음질쳐 달아나버렸다.

멍하니 서 있던 장균은 얼핏 이상한 예감이 스쳐서 봉투를 얼른 옷 속에 감추었다.

그런데 그 엉뚱한 예감은 여지없이 들어맞아 현실로 나타났던 것이다

이상한 일이었다. 낮이면 까맣게 잊고 있다가 일과가 끝나고 나면 편지가 생각났다. 그래서 아무도 모르게 편지를 꺼내 읽었다. 읽을수록 잘된 문장이었고 자주 대할수록 잘 쓴 글씨였다. 이래서는 안 된다고 스스로를 책하면서도 그 편지를 태우거나 찢어버릴 수가 없었다. 가화라는 얼굴조차 알 수 없는 처녀의 말대로 이것이 인연이라는 것일까. 이렇게 마음을 빼앗겨도 인연은 부처님께서 베푸시는 것이니 정말 죄가 되지 않는 것일까. 장균은 스스로가 생각해도 어리

석기 짝이 없는 이런 회의에 빠졌다간 소스라치며 옷깃을 여미곤 했다.

장균은 잠을 이루지 못하고 뒤척였다. 내일이 휴일인 것이다. 내일 처녀는 절에 나타날 것이다. 그럼 어떻게 할 것인가. 처녀는 스스로의 모습을 보이러 오는 것이다. 보아야 할 것인가 말아야 할 것인가. 내일 다녀간 다음 처녀는 또 편지를 보낼 것이 거의 틀림없다. 처녀가 내일 절에 오는 것은 상대방이 자기를 볼 것이라는 확신을 가지고 있기 때문일 것이다. 또 그에 못지않게 자기의 생김새에도 자신감을 가지고 있는 게 분명했다. 내일 그 처녀를 보지 않는다 해도 처녀에겐 본 것으로 간주되어 일은 번져갈 참이었다. 터진 봇물이었다. 만약 보게 되어 마음이 내키지 않으면 그만이지만 의외로 마음이 허물어지기 시작하면 어떻게 할 것인가.

장균은 끝이 없는 생각에 뒤척이다가 새벽녘에 깜박 잠이 들었다. 그래서 아침에는 전에 없이 깨워서야 일어났다.

아침 예불을 올리면서도 밥을 먹으면서도 어떻게 해야 될 것인지 시달리면서 결정을 내리지 못했다.

아침 공양을 마치고 나자 마음은 더 질정 없이 출렁거려 견딜 수가 없었다. 변소로 갔다가, 홈통에서 물을 받아 마셨다가 별짓을 다 해도 마음은 가라앉지 않았다. 그렇게 돌아다니면서 눈길은 사방을 헛더듬고 있었다. 장균은 아무래도 안 되겠다 싶어 바가지에 물을 떠가지고 방으로 들어갔다. 벼루에 물을 붓고 천천히 먹을 갈았다. 종이는 전지 두 장을 세로로 이어붙였다. 붓은 대필로 골랐다. 숨을 가다듬고 붓을 축였다. 그러나 마음은 동그랗게 뭉쳐지질 않았다. 야속하게도 청각(聽覺)에 구멍이 뚫렸다. 청각이 살아 있는 것이다. 붓을 들면 그 순간에 모든 감각은 죽어야 하는 것이다. 죽어서 하나의 새로운 힘으로 뭉쳐져나와야 한다. 그런데 청각이 살아서 문 쪽으로 꾸물대고 있었다. 장균은 몇 번이고 붓을 벼루 위에다 다듬었다. 그러나 소용이 없었다. 붓을 들었다. 억지로라도 청각을 죽여야 했다.

'佛.'

한 자를 종이에 가득 차게, 끝획을 길게 뽑아내리며 모든 것을 묻어버리고 싶었다.

그러나 붓을 종이 가까이 가져갔을 때 붓끝이 바들바들 떨리고 있었다. 알 수 없는 일이었다. 이렇게 붓끝이 떨려가지고는 한 획도 이룰 수가 없는 노릇이었다. 떨림은 계속 멈추지 않았다. 견디다 못한 장균은 붓을 놓고 밖으로 뛰어나왔다. 마루로 나선 장균은 흐읍! 숨을 들이마신 채 그대로 굳어져버렸다.

좌측 불당 앞에 웬 여자가 서 있었기 때문이다. 화사한 차림의 그 여자가 처녀인 것은 머리 모양으로 금방 알 수 있었다. 그 처녀의 뒤에는 남녀 하인이 하나씩 딸려 있었는데 남자 하인은 지난번 편지를 전했던 바로 그 사람이었다. 지금 얼굴에 함빡 햇빛을 받으며 단청을 올려다보고 있는 처녀가 가화인 것이었다. 그들 일행은 아직 이쪽을 알아채지 못하고 있었다. 이 사실을 상기한 장균은 후닥닥 방으로 쫓겨 들어갔다. 그리고 손가락에 침을 듬뿍 발라 문종이에 구멍을 뚫었다.

햇빛을 받은 처녀의 옆얼굴이 뚜렷하게 들어왔다. 눈을 더 바짝 구멍에다 들이댔다. 처녀가 저쪽으로 돌아섰다. 뒷모습만 드러났다. 장균은 더 눈을 들이댔다. 그런데 다음 순간 처녀가 이쪽으로 돌아섰다. 처녀의 얼굴이 확 다가들었다. 장균의 입에서는 허억 숨막히는 소리가 새나왔다.

처녀는 천천히 천천히 이쪽으로 발길을 옮겨놓고 있었다. 처녀의 얼굴이 차츰차츰 다가오는 것이다. 언제부턴가 장균의 왼쪽 손은 가슴을 꼭 누르고 있었다. 잡힐 듯 가까워졌던 처녀의 얼굴이 점점 멀어지다가 뒷모습만 보였다. 처녀의 모습이 다른 건물에 가려 보이지 않는데도 장균은 무릎을 꺾고 엎드린 채로 구멍에서 눈을 뗄 줄을 모르고 있었다.

수기대사는 5개월이 다 되어 강화로 돌아왔다. 처음 예정보다 3개월이 더 걸린 것이다. 막상 분사로 내려가서 보니 이런 저런 문제점들이 있는 데다가 벌채장을 안 둘러볼 수가 없었다. 한군데를 들르고 나니 그 다음이 궁금했고 그래서 들르게 되면 또 그 다음이 미심쩍고 해서 차례로 도느라고 그렇게 늦어진 것이었다.

강화로 돌아오는 동안 배에 흔들리며 수기대사는 줄곧 마음이 우울했다. 김프에 이르러 심상찮은 소문을 들었던 것이다. 그 소문의 진부는 강화에 가면 확실해지겠지만 확인과는 상관없이 불안은 스멀스멀 요동을 시작했다. 원인은 그 소문이 사실일 거라는 방정맞은 생각을 데치지 못하는 데 있었다. 그런 일이 있기가 십상일 것으로 오래전부터 마음 조여왔던 것이다. 그리고 그것이 사실이라면 그 대응책이 절망적이었다. 앉아서 당한다는 것, 기막힐 일이었다. 선제 공격을 감행하는 것, 어림도 없는 일이었다.

그렇잖아도 분사에서 접한 배 침몰 사고 때문에 마음에는 계속 그늘이 져 있었다. 물론 그런 사고를 염려해서 만전을 기하도록 당부를 해오고 있었지만 막상 그 비보는 너무나 큰 충격이었다. 인명의 피해가 너무 엄청났다. 기왕 타계한 혼들을 위해서는 기도하는 방법밖에 더 어쩔 수 없지만 앞으로 또 얼마나 많은 인명의 손실을 당해야 할까를 생각하면 정신이 아뜩해지는 일이었다. 이런 시기에 불사를 일으키지 않았더라면 희생되지 않아도 될 목숨들이었다.

그런데 오랑캐가 강화까지 공략할 작정이라는 소문이었다. 그건 상감께서 계시는 곳이라기보다 대장경 판각 불사의 본거지라는 이유가 더 큰 모양이었다. 그래서 오랑캐들은 전함을 건조 중이라 했다. 얼마나 큰 전함을 몇 척이나 만드는지는 모르나 그 소문이 결코 허황된 것만이 아니라는 심증이 굳어지기 때문에 수기대사는 괴로움을 견딜 수가 없었다. 아무리 바다에 서투른 오랑캐들이라 할지라도 일단 배를 띄우게 되면 그건 간단한 문제가 아닐 것이었다.

수기대사는 강화에 내리자마자 소문의 확인부터 나섰다.

"어찌 이리 늦었습니까. 대사를 기다리느라 머리가 더 세었습니다."

최우는 반색을 했다. 수기대사는 소문이 사실임을 직감했다. 최우는 전에 다급한 일이 생기면 보이던 그런 태도를 거침없이 드러냈다.

최우의 설명은 소문 그대로였다. 다만 장소와 규모와 동원 인원수와 동원된 사람의 대부분이 고려군 포로라는 정도의 몇 가지 구체적인 사실이 첨부되었을 뿐이다.

"대사께선 이 일을 어찌했으면 좋겠소? 무슨 묘안이 없으신지."

"너무 갑자기 들은 이야기라 소승도 정신을 차리기가 어렵습니다. 좀더 두고 생각해 보지요."

 수기대사는 자리를 털고 일어섰다. 더 이상 앉아 있기가 싫었다. 정보를 입수한 지 한 달이 가까워오는데도 별다른 대책이 없는 모양이었다. 전쟁이란 예방할 것이요 일단 터지면 싸워야 하며 싸움에는 오로지 승리뿐이며 승리를 얻기 위해서는 방어가 아니라 공격만이 최선의 방법인 것을 왜 모를까 싶었다. 더구나 적은 바다에 약하고 배를 건조 중이니 더할 수 없는 허점이 드러나 있는 셈이었다. 수기대사는 자꾸 구역질을 느끼며 절로 돌아왔다.

 사흘이 지나고 수기대사는 엉뚱한 사람의 방문을 받았다. 그리고 참으로 엉뚱한 말을 들었고 덧붙여 참으로 엉뚱한 협조 부탁까지 받았다.

 수기대사는 우선 너무 놀랐고 차츰 이야기를 들어가면서 평정을 찾았고 결국 흡족한 마음이 되었다.

 "서찰을 보내면 받기만 했지 한 번도 답신을 쓴 일이 없다 합니다. 서찰을 받지를 말든지 받았으면 답신을 쓰든지 해야 텐데 이렇듯 꿀 먹은 벙어리니 제 여식인들 견딜 재간이 있었겠습니까."

 사실 장군은 전처럼 일에만 몰두하고 있어서 전혀 그런 낌새를 눈치챌 수 없었다. 수기대사는 너무 오래 자리를 비운 때문에 사흘 동안 필생과 각수들을 하나하나 눈여겨 살

양지와 음지　277

폈던 것이다. 그런데 장균은 어디 한구석 전과 달라진 데가 없었던 것이다.

"제 여식이 학문이 높거나 인물이 빼어나진 못했습니다. 그저 제가 힘닿는 데까지 뒷바라지를 했을 뿐이죠. 그런데 저리 식음을 전폐하다시피 하고 나날을 누워서 보내니 전들 어쩔 방도가 있겠습니까. 불사가 언제 끝날지 아느냐고 달래도 봤습니다만 그 청년의 확답만 들으면 5년이고 10년이고 기다리겠다는 것입니다. 대사님, 이게 인연이라는 겁니까? 인연이란 인력(人力)으로 안 된다더니 바로 이런 경우를 두고 하는 말인 모양입니다. 대사님, 저를 좀 도와주십시오. 스님이었다면 불가항력이겠지만 이건 가능한 일이 아닙니까."

이런 간청을 들으면서도 수기대사는 믿을 수가 없었다. 한쪽에서는 앓아누웠는데 한쪽에서는 그렇게 태연한 것이다. 그러나 다른 사람도 아닌 호부상서가 직접 찾아오고 이렇게 간청을 할 정도이고 보면 사태는 예사로운 게 아님이 분명했다.

"너무 심려치 마십시오. 소승이 본인을 불러 소상히 알아보도록 하겠습니다."

"고맙습니다, 대사님. 당장 화혼식을 올리자는 것이 아니라 본인의 뜻만 정해지면 불사가 끝날 때까지 기다릴 것입니다."

 호부상서는 다시 힘주어 이 말을 했고 그 의미를 알아들은 수기대사는 빙그레 웃었다.

 "대감의 뜻 잘 알겠습니다. 소승이 최선을 다하겠습니다."

 수기대사는 필생의 일은 3년 정도면 끝나게 되리라는 말을 해줄까 하다가 그만두었다.

 호부상서와 헤어진 수기대사는 곧바로 작업장으로 갔다. 아무리 장균을 살펴보았지만 어느 한곳 빈틈이라곤 찾을 수가 없었다. 그 처녀를 싫어하는 것일까. 그렇다면 매번 편지를 받았을 리가 없는데, 앓아누울 지경이 된 처녀의 연서를, 그것도 한두 번이 아니게 받은 총각이 저럴 수가 있을까. 수기대사는 오히려 애가 켜서 견딜 수가 없었다.

 수기대사는 저녁 설법이 끝나자마자 장균을 불렀다. 장균이 절을 하고 자세를 바로 갖추기를 기다려 수기대사는 입을 열었다.

 "너 요즘에도 입문할 생각을 버리지 않고 있느냐?"

 "……."

 장균은 눈길을 떨어뜨려버렸다. 수기대사는 고개를 끄덕이며 빙그레 웃음을 지었다.

 "왜, 마음에 변화라도 일어났느냐?"

 수기대사는 먼저 아는 체를 하고 싶지가 않았다. 그래야 장균의 심중을 정확하게 파악할 수 있을 것이었다.

"다름이 아니오라 소생에게 연서를 보내는 처녀가 있어 괴로워하고 있습니다."

"괴로워해? 그럼 너도 그 처녀가 싫지 않은 모양이구나."

"하오나 아직까지는 불전에 마음과 행동으로 불경한 죄를 짓지는 않았습니다."

수기대사는 그 말뜻을 금방 알아차렸다.

"허허허……, 그래서 한 번도 답신을 보내지 않았고 글씨를 쓰면서는 예전 모습 그대로였구나."

"아니, 대사님……."

장균은 고개를 번쩍 들었다.

"놀랄 것 없다. 내 다 알고 있었느니라. 네가 그렇게 첫마디에 숨김없이 말할 수 있는 것은 확실히 마음의 죄가 없다는 증거야. 그런 마음으로만 연서를 쓰면 행동의 죄가 아닌 것이니라."

"대사님……."

"일을 해가면서 진즉 알았겠지만 필생의 일은 그리 오래 걸리지 않는다. 언제고 지금과 같은 마음이 흔들리거나 헝클어지면 일을 손에서 놓도록 해라. 처녀는 계속 기다리고 있을 테니까."

"대사님……."

"네 재주는 마땅히 퍼뜨리고 그리고 이어내려야 할 재주이니라. 인연은 귀한 것, 귀하게 가꾸어야 한다."

장균의 들먹이는 어깨를 물끄러미 바라보며 수기대사는, 저것이 중도에 넘어지지는 않으리라 생각하고 있었다.

며칠 만에 최우를 다시 만나게 된 수기대사는 한결 감정이 누그러져 있었다. 최우가 자신에게 그런 군사 문제에 대해 의견을 물어왔던 것은 불사와 직결되기 때문이라고 이해하는 입장에 서도록 노력했다.

"소승의 생각으론 단 한 가지 방법밖에 없을 것 같습니다. 강화가 마지막 보루라는 것은 삼척동자도 다 아는 사실이니까 재론할 필요도 없습니다. 오랑캐들이 배를 바다에 띄우기 전에 무찌르는 것입니다. 극비리에 결사대를 조직하고 더 자세한 정보를 토대로 세밀한 계획을 짠 다음 조선장을 먼저 공격하는 것입니다. 물론 희생자가 많이 날 것입니다."

수기대사의 말은 어느 때 없이 강경했다.

"대사의 말씀이 맞습니다. 우리들의 의견도 그 방향으로 기울어지고 있습니다. 결사대를 보내 만들고 있는 배들을 모두 불지르고 말아야겠어요."

최우는 증오 어린 얼굴을 상기시키며 말했다.

"앞으로의 진행 과정은 소승 같은 것들은 모르게 이루어졌으면 합니다."

"대사 말씀 명심하오리다. 언중유골이시군요."
최우가 심각한 표정으로 대꾸했다.

분수령(分水嶺)

 어느 날 밤이 으슥한 시각에 돌연히 근필이 수기대사를 찾아왔다.
 "밤이 늦었는데 어쩐 일인가?"
 수기대사는 반갑게 근필을 맞아들였다. 그러나 수기대사의 눈초리는 근필의 표정을 찬찬히 살피고 있었다. 근필을 대할 때면 수기대사는 자신도 모르게 긴장하곤 했다. 근필의 얼굴은 언제나처럼 깡마른 채로 초췌할 뿐 아무런 표정이 없었다. 그 표정이 없는 얼굴은 잔잔한 물이라기보다는 커다란 산이었다. 그 무표정 속에서도 눈만은 여전히 번뜩이는 빛을 담고 있었다.

"오랜 날 찾아뵙지 못해 죄송하옵니다."

근필은 깍듯이 예를 올렸다. 산발된 머리칼이 어깨를 덮었다.

"일이 바쁜데 찾아오긴……, 그래 요즘 건강은 괜찮고?"
"예에, 지탱할 만하옵니다."
"다행이야. 우선 건강해야지. 무슨 급한 일이라도 있나?"
"송구스럽게도 소인 이제야 겨우 나무 다듬기를 마쳤습니다. 소인의 재주가 모자라 일이 늦어짐을 용서해 주십시오."
"그럴 리 있나. 일에는 순서가 있고 규범이 따르는 법이지. 추호도 괘념치 말게."

수기대사는 이 말을 형식적인 위로로 하는 것이 아니었다. 근필이 말하는 나무 다듬기라는 것이 단순히 나무껍질을 벗기거나 용도에 따라 토막치는 것이 아님을 수기대사는 잘 알고 있었다. 모습이 보이지 않았을 뿐이지 여태껏 집은 지어져오고 있었다. 그러나 지금까지 입이란 입은 모두 온갖 험담들을 늘어놓았다. 그것도 또 무리라고 할 수는 없었다. 4년이 지났는데도 주춧돌 하나 놓이지 않은 형편이었으니 흉거리가 아닐 수 없었다. 그렇다고 그때마다 수기대사로서는 근필을 두둔하거나 변호하는 입장에 설 수도 없었다. 어떤 말로 설명을 해도 그들은 이해를 못할 것이었다. 이해를 할 수 있는 머리들이었다면 아예 그런 흉을 보지도 않았을 것이다. 그리고 어설픈 설명이나 변호는 오히려 근필을 모독하는 짓이 될 뿐이었다. 근필의 태도로 보아 그런 식의 협조는 전혀 원하는 것이 아니기 때문이었다.

"소인에게 막일꾼을 좀 붙여주셨으면 합니다."

"그러지. 몇 명이 필요한가?"

"열 명쯤이면 되겠습니다."

"언제까지?"

"빠를수록 좋겠습니다."

"알았네. 내일 중으로 한 열댓 명 보낼 테니 자네가 봐서 가려쓰게나."

"고맙습니다, 대사님. 그리고 경판 숫자는 처음 예정과 변동이 없는지요."

"그렇지. 대략 팔만 이삼천으로 잡으면 될 것일세."

"그럼 소인 물러가옵니다."

"항시 건강 살피고 필요한 것이 있으면 언제나 연락하게나."

수기대사는 근필의 손을 잡았다. 돌덩어리였다. 초췌한 얼굴과는 너무 대조적으로 크고 단단했다. 수기대사는 그 손을 한참이나 잡고 있었다.

다음날 일꾼들을 얻은 근필은 그동안 손질을 해서 산더미처럼 쌓아둔 나무들을 다시 정리하기 시작했다.

일을 시작하기 전에 근필은 일꾼들에게 단단히 주의를 시켰다.

"여러분은 여기서 일을 하는 동안 절대 내 말을 어기면 안 됩니다. 꼭꼭 시키는 일만 하면 됩니다. 일을 시키지 않을 때는 그냥 쉬면 됩니다. 여기엔 보다시피 여러 가지 나무가 많습니다. 이 나무들을 단 하나라도, 아무리 작은 나무쪽이라도 밖으로 내가거나 자리를 옮겨서는 안 됩니다. 그리고 다른 나무를 밖에서 가져와도 안 됩니다. 다시 말해 내가 시키지 않으면 대팻밥까지도 여러분 맘대로 손대지 말라는 것입니다."

또박또박 힘을 주어 여기까지 말하고 나서도 근필은 마음을 놓을 수가 없었다. 절대 내키지 않는 일이었지만 그 말까지 하기로 작정했다.

"이 판전은 어명을 받들어 짓고 있는 것입니다. 여러분이 예사로 생각하고 나무쪽 하나, 막대기 하나라도 내다 버리거나 분지르게 되면 판전은 어명대로 지어지지가 않습니다. 그럼 여러분은 어명을 어기는 것이 됩니다. 어명을 어기면 어떻게 되겠습니까."

근필은 이 말을 백번 잘했다 싶었다. 이 말을 하기 전에는 듣는 둥 마는 둥하던 일꾼들이 이 말을 하자 태도가 싹 달라졌던 것이다.

근필은 다듬어놓은 나무들을 우선 큰 것부터 두 군데로 나눴다. 판전을 둘로 독립시켜서 지을 계획이었다. 하나로 짓는 것이 일은 훨씬 간편했다. 그러나 팔만 이삼천을 헤아리게 될 경판을 한 건물에 봉안하는 것은 무리였다. 우선 지형이 마땅치 않았고, 그에 따라 통풍과 채광이 원만해질 수 없었다. 건물이 길어지는 경우 산세(山勢)로 보아 가운데와 양쪽 끝부분의 통풍이 균형을 잃게 되어 있었다. 가운데를 기준으로 하면 양쪽 끝부분이 지장을 받게 되었다. 통풍이 제대로 안 되면 경판이 입을 피해는 말할 것도 없었다. 습기가 차게 되고 그것이 오래되면 곰팡이가 피고 좀이 슬 것이었다. 그래서 하나로 지었을 때의 중간 부분을 택해 둘로 분리시켜 앉힐 참이었다. 두 건물 사이는 바람이 막히지 않고 햇빛이 가리지 않도록 충분히 간격을 두는 것이었다. 용도에 따라서 약간씩의 차이는 있겠지만 건축이란 집의 모양을 어떻게 꾸미느냐보다는 먼저 자연적 조건을 어떻게 조화시키느냐에 따라 성패가 좌우되는 것이었다. 그런 눈을 가지게 되기까지 겪어야 했던 고통의 대가는 건축이 잔 손재주가 아니라는 깨달음이었다.

 나무의 구분을 끝낸 근필은 정지(整地) 작업에 들어갔다. 일꾼들은 밥 먹는 시간 외에는 거의 쉬지를 못했다. 소나기같이 쏟아지는 근필의 지시를 받다 보면 잠시도 엉덩이를 붙일 짬이 생기지 않았다. 며칠이 못 가 그들은 노골적인 불만을 터뜨렸다.

"좀 쉬엄쉬엄 합시다."

"우리 몸은 뭐 쇠뭉친 줄 아슈?"

"젊은 양반 너무 과하신데 그래."

그들은 손을 털털 털어버리고는 맞대들었다.

"그럼 당신네들 여기 놀러 왔소? 이러지들 말고 어서 일을 합시다."

근필은 한시가 급했다.

"오기야 일을 하러 왔지만서도, 짐승을 부릴 때도 쉴 짬을 주는 법인데 사람을 부리면서 어디 이런 법이 있소."

"아무리 천한 목숨이라도 쓰고 단맛 따로 알고, 편코 고된 것 가릴 줄 안단 말이외다."

맞는 말이었다. 일이 그들의 힘에 약간 겹다는 것도 알고 있었다. 그러나 어쩔 것인가. 일이란 먹을 것 다 먹고 쉴 것 다 쉬어가며 하는 것이 아니었다. 그래선 안 된다고 생각하면서도 근필은 짜증이 일어났다.

"벌써 다들 잊었소. 이건 어명을 받들어 짓는 집이란 말이오. 정 이렇게 속들을 썩이시겠소?"

근필은 버럭 소리를 질렀다.

"제기랄, 별수있나. 내 모가지 열이 아닌 바에야."

"오나가나 우리 팔자 별들 날 있나."

"세상만사 순리르 해야지. 어거지로 몰아쳐서 되는 일 있는 줄 아나."

그들은 제각기 한마디씩 하면서 어슬렁어슬렁 돌아섰다. 근필은 그들을 멍하니 바라보고 서서 고개를 젓고 있었다. 참으로 난감했다. 앞으로 일이 산더미로 남아 있었다. 그들의 말마따나 일이란 어거지로 시켜서 되는 것이 아니었다. 일손에 신명이 붙어야 하는 것이다. 이런 식으로 매일 티격태격해 가려 일이 될 리 만무했다. 그렇다고 그들에게 자신의 마음을 이해시킬 수도 없었다. 그건 아예 불가능한 일이었다. 가장 손쉬운 방법은 인원을 늘리는 것이었다. 그러나 그것도 방편에 지나지 않을 뿐 해결책은 아니었다. 오히려 게으름만 늘려주고 일은 일대로 망가지기 십상이었다. 일이란 적당한 인원으로 마음이 서로 통해야 최선의 효과를 거둘 수 있었다. 수기대사가 보내준 15명을 그대로 받아들인 데다가 진즉부터 일을 해왔던 네 명의 승려까지 합하면 사람은 더 이상 필요가 없었다.

근필은 그 자리에 주저앉아버렸다. 피로감이 왈칵 몰려들었다. 이런 일은 공사장에서는 으레 벌어지는 일이기도 했다. 그러나 딴 때와는 달리 근필은 몹시 마음이 상했다. 지나치게 신경을 곤두세운 탓일 것이었다. 판목이 들어오고 매일 20장 남짓한 경판이 만들어지고 있다는 사실 때문에 근필의 신경은 극도로 날카로워져 있었다. 처음 밝혔듯이 일이 순조롭게 진행된다 하더라도 지금까지 소모한 만큼의 세월은 걸려야 할 것이다. 그럼 대략 3만여 장의 경판이 쌓이게 된다. 수기대사는 그 대비책은 강구되어 있으니 추호도 부담을 느끼지 말라고 했었다. 말이 3만여 장이지 그것들을 여기저기 나눠서 보관한다는 일이 여간한 고역이 아닐 것이었다. 그런데 이런 식으로 일꾼들의 불평이 노골화되기 시작하면 공사는 지연되게 마련이었다. 마지못해 하는 일이란 손놀림 발걸음 하나하나가 처지게 된다. 그 손발에 신명이 붙게 해줘야 한다. 근필은 긴 머리채를 움켜잡고 고개를 떨구어버렸다.

"대사님, 일꾼을 다섯만 더 붙여주셨으면 합니다."
"그러지. 손이 모자라면 얼마든지 더 쓰도록 하게나."
"그 정도면 될 것입니다. 그리고……."
근필은 머뭇거렸다. 수기대사가 재빨리 눈치를 챘다.
"응, 무슨 일인가. 숨김없이 얘길 하게. 내가 할 일이 뭔가."
"저어……, 대단히 죄송스런 말씀입니다만 일꾼들 급식을 좀 올려주실 수는 없으신가 하고……."
"허허허허……, 그 말이 어찌 그리 어려운가. 왜, 양이 적다고 일꾼들이 불평을 털어놓기라도 한 모양이지?"

"뭐 그런 건 아니그……."

"암, 그래야지. 내가 미처 소홀했구먼. 힘쓰는 사람들은 모쪼록 배가 불러야지. 힘이 어디서 나오는 것인데. 그 사람들, 또 좀 어려운 돗수 밑에서 일을 하는가. 허허허…… 그 노고까지 합쳐서 내일 당장 보내도록 하겠네.'

"……."

근필은 돈이 메었다. 이토록 넓고 깊은 도량을 가지신 스님은 별로 대해보지 못했다. 무엇이든 다 알고 있는 것 같고 누구의 속이든 훤히 들여다보고 있는 것 같은 이런 스님 밑에서 불사 참예를 하고 있다는 것을 근필은 새삼스러운 감정으로 뿌듯하게 느꼈다.

"또 뭐 모자라는 건 없나?"

수기대사의 음성은 그지없이 따뜻했다.

"저어……, 괴로우시더라도 며칠에 한차례씩 납시어 모두에게 부처님의 가르치심을 전해주셨으면 합니다. 의당 대사님을 찾아뵙고 설법을 받들어야 도리이오나 시간을 아끼고자 함이니 용서하여 주십시오."

수기대사의 표정이 굳어졌다. 분명 심상치 않은 일이 벌어진 것이었다. 수기대사는 울컥 화가 치밀었다. 망할 것들 같으니라구, 고분고분 말을 들어먹지 못하고 무슨 짓들을 했단 말인가. 오죽 답답하면 예까지 찾아왔을까. 혼자 그 큰

분수령(分水嶺) 291

일을 감당해 가느라 얼마나 신경이 탈 거라고. 그러나 수기대사는 감정을 꾹꾹 눌렀다. 제 나름대로 해결책을 강구해 가지고 와서도 굳이 전말은 묻어버리려는 근필의 후덕함에 대한 예의가 아니었기 때문이다.

"알겠네. 자주 나가 보도록 하겠네. 그동안 내가 너무 무심했었지."

"자꾸 심려를 끼쳐드려 죄송하옵니다."

"어허, 그 무슨 소리. 자네야말로 이 한정도 없는 세월을 묶여 있으면서 보수를 한푼 받나 그렇다고 호강을 하나. 그저 건강 살피게나, 신수가 좀 상했어……."

수기대사는 근필의 등을 두드렸다.

일꾼들은 세 끼 밥을 실컷 먹고 남겨서 샛밥까지 즐기게 되었다. 그리고 닷새 간격으로 수기대사로부터 설법을 들었다. 그 설법은 아주 알아듣기 쉽게 풀어진 것이었다.

일꾼들의 손발 놀림이 그렇게 가벼울 수가 없었다. 얼굴들은 항상 웃고 있었다. 서로 부축하고 감쌌다.

빈터에는 주춧돌이 놓여지는가 하면 다음날 아름드리 기둥이 섰고 그 다음날이면 더 많은 기둥이 얽히곤 했다.

일꾼들은 날이 갈수록 근필의 앞에 머리를 숙였다. 크고 작은 기둥이며 길고 짧은 그 수없이 많은 나무토막들이 바로 집이라는 것을 깨닫게 된 것이다. 그리고 처음 일을 시작하게 되었을 때 아구리 작은 나무쪽이라도 손대지 말라고 당부했던 말을 상기하게 되었다. 처음 그 말을 들었을 때는 자기들을 무시하는 줄 알고 어지간히들 속이 뒤틀렸던 것이다.

그런데 근필이 시키는 대로 나무를 옮겨다가 세우고 걸치고 하면 딱딱 들어맞는 것이 신기했고, 자꾸 날이 지나다 보니 차츰 집 모양이 되어가는 것이었다.

"성님, 다리 좀 쉬어갑시다."
"늦지도 않은 삭신에 또 쉬어?"
"누가 내 편차고 그럽니까요. 성님이나 나는 두령이니 뭐니 하니까 그래도 견딜 만하지만 아들이야 어디 그럽니까요. 좀 사정을 봐얍죠."
"자네 말도 영 틀린 말은 아니네 그려. 쉬어가세나."
두령이 걸음을 멈춰섰다.
"다들 잠시 쉬도록 해라!"
부두령이 되돌아서서 소리쳤다. 산길을 따라 두 줄로 이어져오던 행렬이 멈춰졌다. 그리고 제각기 짊어졌던 짐들을 내려놓으며 앉을 자리를 찾느라고 분주해졌다.
"성님, 언제까지 이렇게 떠돌아다닐 참이시오?"
"왜, 싫증이 나나?"

분수령(分水嶺) 293

바위에 등을 기댄 두령은 먼 앞만 바라본 채 대꾸했다.

"그런 게 아니라 우리 신세가 너무 막연해서요."

"이 사람아, 이렇게 뒤숭숭한 세상에 신세 막연한 사람이 어디 우리뿐인가. 돈 많고 권세 있는 양반들 신센 어떤지 아나? 막연한 게 아니라 답답허다네. 우리가 매여살던 때 가슴을 늘상 콰악 치받치고 있던 거 말야. 그런 답답증을 끙끙 앓고 있어. 도망을 갈래니 갈 데는 없지, 이제 죽을지 저제 죽을지 오금은 저리지, 거 얼마나 답답하고 미치겠나. 그런 신세에 비하면 우린 상팔자 아닌가."

"그렇게 따지면 성님 말도 맞지만 언제까지 이러고 살아야 될 것인가 생각하면 한심하거든요."

"이 사람 참, 난리가 끝막음을 하든가 불사가 끝나든가 둘 중에 하나라고 몇 번씩이나 말해야 되나 그래."

"성님도 참, 누가 고걸 몰라 그럽니까요. 요놈에 모강댕이 붙어 있을 때 한세상 잘살고 싶다 고런 말입니다요. 어찌 그리 말귀가 어둡습니까."

"허! 욕심도 배꼽 비틀어지게 많구나. 어차피 이 세상에 불거질 때 비틀린 모가지들이 아니냐. 너무 욕심부리지 말아라."

"성님은 그럼 그런 욕심이 없소?"

"잔소리 그만 해라. 그런 욕심 없었으면 지랄났다고 화적질을 했으며 또 뭐하러 개심하고 이리 떠돌아다닐 거냐. 허나 세상일이란 욕심대로 되는 것이 아니잖더냐. 꾹 참고 힘쓰는 데까지 힘써야지. 그래서도 안 되면 어찌할 수 없는 노릇이고. 그 대사님 말씀대로 다들 맨주먹으로 왔다가 맨주먹으로 가는 목숨들이니까. 이승에서 다 못 이룬 일은 저승에 가서라도 이뤄지게 그저 이 일이라도 뼈- 휘게 해보는 게야."

두령은 소나무 잎새 사이로 찢긴 짙푸른 하늘을 망연히 바라보고 있었다. 저 하늘 속에 정말 극락이 있을까. 거기는 사시장철 꽃이 피고, 늙지도 죽지도 않고, 상전도 종놈도 없고…….

줄줄이 이어앉은 사람들 중에는 짐에 기대 잠이 든 축도 있고 두셋씩 이야기를 주고받는 축도 있었다.

"오늘 밤엔 어딜 또 털 건가?"

"거야 두령이 알 일이지, 자네나 내가 어찌 알겠나."

"화적질보담이야 한결 낫지만서도 언제까지 이러고 다닐지 모르겠구먼."

"벌써 이태째지……."

"그동안 우리가 불사에 보낸 쌀만도 굉장하지?"

"이를 말인가. 한차례에 꼭꼭 150가마씩을 보냈지. 그게 벌써 다섯 차례니까 750가마니가 아닌가."

분수령(分水嶺) 295

"그게 다 제대로 불사하는 데로 들어갔을까?"

"아니면? 그 쌀 중간에서 가로채는 놈은 날벼락 맞고 뻐드러져."

"그럴 테지. 부처님이 훤언히 내려다보고 계시니까."

"헌데, 나 자네한테만 하는 말이네만 불쑥불쑥 화적질할 때가 생각키거든."

갑자기 목소리가 낮아졌다.

"거 무슨 두령한테 목 비틀릴 소린가?"

"새벽녘 같은 때 이놈이 떠억 버티고 차일을 칠 때면 그때 생각이 굴뚝 같아진다니까."

"후후후후······, 난 또 무슨 소리라고. 그거야 어디 자네뿐인가. 말들은 안 하지만 다 매한가지야."

"두령이나 부두령은 아무렇지도 않은 모양인가?"

"얼씨구, 그 사람들은 뭐 부처님 가운데 토막인가?"

"그럼 어떻게 살까?"

"아, 우리처럼 참고 살지 어떻게 살아. 안 그래?"

두 사람은 얼굴을 딱 마주보다간 키들키들 웃어대기 시작했다.

"추울바알, 추울바알—."

굵은 목소리가 산골에 메아리를 일으켰다. 사람들은 제각기 짐을 지느라고 부산했다.

그들은 구름재를 넘어 진을 친 다음 이틀에 걸쳐 정찰을 실시했다. 그리고 한편으로는 쌀을 인계할 수 있는 섭외를 마쳤다.

이른 저녁밥을 지어먹고 그들이 쌀 창고가 멀리 보이는 산골짜기에 당도했을 때는 땅거미가 깔려오기 시작했다.

"다들 깨울 때까지 푹 자둬라."

두령이 명령했다.

그들은 일제히 옆구리에 차고 있던 보퉁이를 풀었다. 그건 겨우 몸을 덮을 수 있을 정도의 천이었다. 그 천도 옷이나 마찬가지로 얼룩덜룩했다. 그들의 옷은 가지가지 색깔로 얼룩이 져 있었다. 흰 바탕 옷에다가 아무거나 색깔을 낼 수 있는 물건은 닥치는 대로 문지른 것 같은 인상이었다. 그런데 그 난잡한 색깔들은 전체적으로 밝은 색이 하나도 없었다. 그들은 서로서로 웅크리고 눕더니 그 천들을 뒤집어썼다. 과히 어두운 것도 아닌데 그들의 누운 모습들은 숲과 어우러져 거의 알아볼 수가 없었다.

어둠이 두 덮이고 밤은 깊어가고 있었다.

"이봐, 잠들었나?"

두령이 낮게 속삭였다.

"아뇨, 성님."

부두령이 천천히 일어나 앉았다.

"가볼 시각이 됐잖은가."

"떠나야지요."

부두령이 일어섰다. 한 사람이 따라 일어서며 옷을 추슬렀다.

"조심들 하게."

두령이 두 사람에게 일렀다.

두 사람은 몸을 굽히자마자 재빠르게 어둠을 헤쳐나갔다. 그들은 곧 그림자로 변했고 뒤이어 자취를 감춰버렸다.

"일어나라, 전달. 일어나라, 전달."

두령이 한 사람을 흔들어 깨웠다. 벌떡 일어난 그 사람은 다음 사람을 흔들면서 "일어나라, 전달"을 속삭였다.

이렇게 해서 잠이 깬 2백여 명은 제각기 뒤집어썼던 천을 다시 말아 옆구리에 차기 바빴다.

꽤 긴 시간이 흘렀다.

어둠을 응시하고 있던 두령의 눈이 순간적으로 빛났다.

"누구냐!"

"산돼지."

두령 앞에 다가선 두 사람은 숨을 헐떡이고 있었다.

"고생들 했다. 형편은?"

"네 놈이 지키고 있습니다."

"다 깨 있어?"

"어림있나요? 지금이 어느 시각인데."

"됐다. 서둘러라."

곧 네 사람이 어둠 속으로 사라졌다. 두령은 돌아섰다.

"다들 옷 추켜올리고 짚신 단단히 묶어라."

언제나 같은 말이었다. 출발 준비 신호를 겸하고 있었다.

"앞뒤 사람 잘 지키고, 출발이다!"

두령은 앞장을 섰다.

창고를 저만치 앞에 둔 두령은 손짓으로 신호를 보냈다. 모두들 납작 엎드렸다. 두령은 혼자 몸을 날려 창고로 접근해 갔다.

"누구냐!"

"산돼지!"

두령은 대답했다.

"얼음 풀렸소."

두령은 곧 돌아서서 팔을 흔들었다. 그들은 언제나처럼 기민한 동작으로 창고로 접근했고, 쌀 가마니를 하나씩 차례로 짊어지고 뛰기 시작했다. 쌀 가마니가 30여 명에게 짊어지워졌을 때였다.

"으악!"

"아으!"

비명이 어둠 속에 퍼졌다.

"뭐냐!"

두령이 소리쳤다.

"오랑캐다!"

"아아악!"

"사람 살려어!"

아우성과 비명이 뒤범벅되었다.

"기습이다! 피해라! 도망쳐라!"

두령은 미친 듯이 외치며 칼을 뽑아들었다. 그러면서 두령은 발로 땅을 굴렀다. 순간적으로 왼쪽의 검은 숲이 눈에 들어왔던 것이다.

"오른쪽이 비었다! 오른쪽으로 피해라! 오른쪽!"

두령은 눈에 불을 켠 채 울부짖고 있었다. 그러나 부하들을 오른쪽으로 빼려던 두령은 뻣뻣이 굳어지고 말았다. 그쪽에도 벌써 창을 들이댄 적들이 좁혀 들어오고 있었다. 완전 포위를 당한 것이었다. 계속 비명과 아우성이 헝클어지는 속에 수라장이 되고 있었다.

두령은 칼을 휘두르며 적들을 향해 돌진했다. 그러나 칼을 몇 번 휘둘러보지도 못하고 창에 찔려 쓰러졌다. 무수한 비명을 들으며 의식이 흐려지고 있는 두령은 부하들에게 단도밖에 갖지 못하게 한 것을 후회하고, 단 한 명이라도 살아나기를 바라면서 일어서려고 이빨을 악물었다.

"대사님……."

그러나 드령은 머리를 땅에다 박고 말았다.

비명이 거의 잦아져갈 즈음에 사방에서 횃불이 타올랐다. 수십 개의 횃불 속이 시체들이 즐비하게 드러났고 열댓 명의 적들이 그 사이를 휘젓고 다니며 가구 칼질을 해대고 있었다. 그때마다 가는 비명이 흩어지곤 했다.

필생들의 일은 마지막 고비를 치달아오르고 있었다. 7만 5천 장의 경판본 글씨를 양면 합쳐 15만 장까지 쓰기에 이른 것이다. 2년 반 세월 동안에 이루어진 일이었다. 앞으로 남은 대략 2천여 경판본은 넉넉잡아 다섯 달이면 끝낼 수 있을 것이었다. 그럼 필생들은 해산을 하게 된다. 승려들은 예전의 절로 돌아가고 민간인들은 고향을 찾아갈 것이다. 수기대사는 그만 가슴이 뭉클해졌다. 눈을 지그시 내려감았다.

그들과 더불어 지내온 세월이 어언 6년이 되었다. 6년, 영겁으로 따지자면 흔적조차 찾을 수 없는 일순에 지나지 않았다. 그러나 인연의 얽힘으로 보자면 한량없이 긴 세월이었다. 천지개벽이 일어남이 일순이요 뇌성벽력이 일어남도 일순이며, 있고 없음의 차이도 일순에 일어나는 것. 그 일순들은 곧 영겁으로 맞걸리는 세월인 것이었다. 산굽이를 돌아가는 여인의 치맛자락을 만나는 것도, 망망대해에서 먼 간격으로 지나쳐버린 손 흔듦도 3천 년의 인연이라 했다.

그 일순의 만남이 있기 위해 전생 천 년, 현생 천 년, 후생 천 년이 바쳐지는 것이다. 그리고 인연은 허다하게 괴로움을 잉태할 뿐이라 했다. 좋은 인연은 헤어짐의 괴로움을 낳고, 나쁜 인연은 만남의 괴로움을 낳는다는 것이다. 더구나 무수한 인연들은 나빠져서 헤어짐을 불러오기 때문에 인연을 맺지 말라고 일깨우셨다.

  그런데 필생들과는 고운 인연으로 6년을 더불어 보낸 것이다. 찰나의 만남이, 그것도 얼굴조차 모르게 스쳐 지나가는 만남이 있기까지 3천 년의 세월이 얽히게 된다면 그동안의 6년 세월은 곧 영겁이 아니고 무엇인가. 6년을 한결같이 변덕부리지 않고 촐랑거리지 않고 지켜온 인연이었다. 그런데 이제 그 인연은 헤어짐의 몸짓을 짓고 있는 것이다. 결국 이 인연도 괴로움의 사슬을 벗어나지 못한 것이다. 그러나 그 괴로움은 고운 인연을 간직하는 대가로 치러야 하는 당연한 고행. 있고 없음이 일순이듯 헤어짐도 일순의 차이일 뿐 기필코 오고야 마는 것. 고운 인연을 영겁으로 곱게 지키는 일은 다가든 헤어짐을 바르게 받아들이는 것이었다. 수기대사는 감았던 눈을 떠서 그들 필생을 하염없이 바라보았다.

  나무랄 데 없는 재주들을 타고난 데다가 흠잡을 데 없는 마음씨를 가졌고 거기다가 책잡히지 않을 성실성까지를 지닌 사람들이었다. 더구나 민간인들의 경우는 더 말할 것도 없었다. 지난 6년이란 세월이 얼마나 고달프고 괴로웠던가는 자신이 잘 알고 있었다.

얼음판을 맨발로 걸어온 세월이었다. 엄격한 규율로 통제되고 과중한 노동으로 시달려왔다. 그러면서도 그들은 단 한 번의 불미스러운 일을 저지름이 없이 오늘까지 꿋꿋한 자세를 지켜준 것이다. 그래서 그들은 오히려 승려들에게 모범을 보일 정도였다. 확실히 그들이 지닌 신심은 승려들보다 높고 깊은 것이었다.

수기대사는 그들, 승적 없는 승려가 되어 있는 민간인들의 얼굴을 한 사람 한 사람 더듬어나가고 있었다. 그런 수기대사의 가슴에는 알 수 없는 힘이 뿌듯하게 번지고 있었다. 그건 어떤 자신감이었다. 확신이고 믿음이었다. 비록 나라가 작고 국력이 약해 끊임없는 고난을 겪어오고 있는 땅이지만 저들과 같은 백성이 있는 한 소멸되지 않으리라. 저들이 지닌 예지와 신념과 끈기가 뿌리를 내리고 열매를 맺고 다시 퍼져 뿌리를 내리는 동안에 이 땅은 기필코 번영하리라. 나라를 다스린다는 자들의 현세욕으로 범허진 어리석은 잘못이 아무리 크다고 하더라도 저들의 슬기와 성실과 인내로 이 땅은 결코 박토로 버려지진 않으리라. 나라가 작으면 작은 대로, 생활이 풍족하지 못하면 못한 대로 그때그때 나라를 다스린다는 자들이 진정한 양심으로 임했다 한들 국력이 이다지 쇠잔해질 수 있었을까. 살인과 방화와 약탈과 강간과 궁핍이 소용돌이치는 전란 속에서도 이 땅의 백성들은 대장경 불사를 이룩해 놓은 것이다. 시작이 반이라 했는데 이제 실행이 반이 되었으니 다 이루어진 일이나 마찬가지가 아닌가. 이것도 군왕이 치정을 잘하고 중신들이 군왕을 잘 받들어 이루어진 일인가.

불사를 시작하고 나서부터 놀랄 만큼 잘 거둬들여지고 있는 조세는 과연 그들의 탁월한 행정력 때문인가. 천도 이후 지금까지 그들의 꺾일 줄 모르는 호화로운 생활은 정녕 누구에 의함이며 누구를 위함인가. 백성은 어리석은 무리가 아닌 것이다. 천한 무리도 아닌 것이다. 다만 견딜 줄 알고 참을 줄 아는 착한 무리인 것이다. 그리고 말을 하지 않는 무리일 뿐이다. 그래서 민심이 천심이라고 하지 않던가. 나라를 다스린다는 자들이 민심을 잃으면 천심을 잃고, 천심을 잃으면 역사를 잃는 것이다. 역사를 잃은 정객은 당대만이 아니라 두고두고 자손 만대를 이어내리며 역적이 되는 것이다. 이번 불사가 막히는 데 없이 진행됨을 보고 중신들은 전란이라도 평정하여 천하를 되얻은 듯이 기뻐했지만 그건 어리석기 짝이 없는 만족이 아니었던가. 이미 그들은 민심을 잃어버린 다음이었다. 그런데 그들은 그걸 모르고 있었다. 천도하고 불사 소문이 있기 전까지 조세가 걷히지 않아 그렇게 허덕이다가 불사 소문이 퍼지면서부터 쏟아져 들어오기 시작한 조세를 그들은 입 벌리고 양팔 벌리고 받아들이기만 했지 그 원인을 규명하려 하지 않았다. 과연 불사 일으키기를 이모저모로 잘했다고 입들을 모아 자화자찬에 바빴을 뿐이다.

 수기대사는 쓸쓸한 표정으로 긴 한숨을 다스렸다. 계속 한 사람씩을 더듬어 나갔다. 그러면서 간절하게 부탁하고 있었다. 부디 지금의 마음 버리지 말고 균열을 일으키고 있는 이 땅을 바로잡는 꺾쇠 노릇을 해달라고.

 수기대사의 눈길이 장균에게 머물렀다. 쓸쓸한 얼굴에 엷은 웃음이 퀀졌다. 볼수록 대견하고 장한 생각이 드는 것이었다. 귀밑 솜털이 채 가시지도 않았던 열두 살의 나이에 인연을 맺어 어느덧 열여덟의 의젓한 청년이 되어 있는 것이다. 자신이 믿었던 것처럼 가화의 일을 알게 된 이후로도 장균은 끄떡없이 일을 추려나온 것이다. 한 번만이라도 답신을 보내도록 하라고 권했지만 장균은 끝내 고집을 꺾지 않았다.

 "제방은 하찮은 쥐구멍으로부터 무너지는 법이라 알고 있사옵니다. 그리고 아내가 아닌 여자에게 서찰을 쓰는 것은 글 익힌 장부의 바른 몸가짐이 아닌 줄 알고 있사옵니다."

장균의 이 단호한 말을 듣고 수기대사는 얼마나 기뻤는지 모른다. 든든한 바람벽을 가진 것 같은 흡족함이었다.

 그러나 한편으로는 여간 마음이 아프지 않았다. 옆에 데리고 있는 6년 동안 글씨만을 익히게 했을 뿐 학문은 제대로 깨우쳐주지 못했던 것이다. 무관심했거나 무성의해서가 아니라 그럴 만한 여유를 얻지 못했던 것이다. 그런데 장균은 어느덧 바른 장부의 몸가짐이 어떤 것인지까지 알고 있는 터였다. 학문이 깊다 하나 실행이 어려운 것이며 수도를 오래 했다 하나 깨치기가 어려운 것이었다. 그런데 장균은 어리달 수밖에 없는 젊은 나이에 애정의 감정을 그다지 매정스럽게 다스릴 줄 아는 것이었다. 수기대사는 그저 장균이 기특할 뿐이었다. 그래서 수기대사는 직접 가화 처녀의 집을 찾아가서 장균의 뜻을 전했던 것이다. 그것은 곧 정혼(定婚)이나 다름이 없었다. 그후로 수기대사는 또 한 가지 사실에 놀라게 되었다. 처녀한테서도 일절 서신 연락이 오지 않는 것이다. 수기대사는 그저 탄복할 따름이었다. 그 기다림의 자세가 그렇게 아름다워 보일 수가 없었다.

 수기대사는 천천히 일어섰다. 이렇게 매일 이별을 익히다 보면 그날이 밀어닥쳐도 괴롭지 않을 것이었다. 정작 그때는 괴로움이 박제(剝製)로만 남아 있게 될 것이다.

 수기대사는 절을 나서서 근필에게로 향했다. 근필을 생각할 때마다 수기대사는 마음이 안쓰러웠다. 뛰어난 재주가 칼날처럼 번뜩이는 위에 신경은 바늘 끝처럼 예민하게 움직이고, 또 그 위에 올려진 것은 바윗덩이 무게의 원죄 의식─그 혼의 외로운 절규를 수기대사는 차마 들을 수가 없는 것이다. 근필의 눈을 대할 때마다 그 절규를 듣는 것이다. 판전을 혼자 지어나가는 것은 객기도 만용도 자만도 아니었다.

 그건 스스로의 목숨에 대한 자학이며 한(恨)풀이였다. 수기대사는 근필을 면발치에서 바라볼 때마다 차가운 전율을 느끼곤 했다. 그건 인간의 고뇌가 승려적 수행이나 고행만으로 극복되는 것이 아니라는 새삼스러운 깨달음을 동반하고 있었다. 생명의 업(業)을 인식한 한 인간이 스스로의 생명을 불살라 가며 한 가지 일에 몰두할 때 또 하나 새로운 신앙은 만들어지는 것이라 싶었다. 근필에게 있어 판전은 단순한 하나의 건물이 아니라 그의 생명의 전부이거나 절대한 신앙인 것이 분명해 보였다. 근필에게서 섬뜩섬뜩 끼쳐오는 광기(狂氣)를 느끼며 수기대사는 그렇게밖에 여길 수가 없었다. 그리고 전 시대에 이루어진 여러 사찰이나 석탑에 얽혀 있는 초인적 전설이 결코 허당한 것만이 아니라는 사실을 확인하고 있었다. 8만이 넘는 대장경 판각도 그러하겠지만 그 많은 장경판을 모신 판전이 한 목수의 손에 의해서 이루어졌다는 사실은 후대로 내려갈수록 또 하나 신기한 전설로 바뀔 것이기 때문이다.

근필은 골격이 거의 다 잡힌 두 건물을 하염없이 바라보고 있는 중이었다. 수기대사는 꾸벅꾸벅 절을 하는 일꾼들에게 조용히 하라는 손짓을 보냈다. 그리고 멀찌감치 떨어져서 두 건물의 윤곽을 더듬었다. 완벽해 보이는 기둥들의 모습과 실하게 뻗치고 있는 중방이 언제 보아도 안정감을 주었다. 한눈에 여느 건물과 다른 것을 식별할 수가 있었다.

"대사님, 나와 계셨군요."

근필이 합장을 하고 나서 머리칼을 쓸어올렸다.

"무사했던가?"

"예에……."

수기대사의 눈 언저리에 그늘이 스쳐갔다. 날이 갈수록 근필은 초췌해 가고 있었다. 햇볕에 그을렸기 때문에 검게 탄 얼굴은 파삭 말라 있었다. 날로 뼈가 드러나는 얼굴에 눈만 유난히 커 보였다. 어깨도 처음보다 허술한 느낌을 주었다. 이러다가 쓰러지기라도 하면……, 수기대사는 자신의 방정맞은 생각을 떼치기라도 하듯 헛기침을 했다.

"요즘 먹는 것은 어떤가?"

"예, 많이 먹고 있습니다."

"자네, 날 속이면 안 되네. 입에 당기지 않더라도 끼니를 거르는 일이 없도록 하게나."

"대사님께서 하신 말씀이라 항시 소홀히 하지 않고 있습니다."

"……."

사실일지도 모른다. 아니 사실일 것이다. 하나 아무리 끼니를 잘 맞춰 먹으면 무슨 소용이 있을까. 마음에서 태풍이 잦아질 날이 없고 천둥 번개가 그칠 시각이 없는데 몸에 살이 머무를 수가 없을 것이다. 수천 가닥의 신경이 한 가닥도 빠지지 않고 날줄과 씨줄과 빗겨져 팽팽한 명주 바닥을 이루고 있으니 빗방울이 떨어진들 배어들 수가 있을까, 바늘 끝이 떨어진들 꽂힐 수 있을까. 떨어지는 것마다 튕겨질 뿐인 마음에 몸인들 견딜 수가 없을 것이었다. 하긴 건축도 예(藝)가 분명한 이상 극치의 아름다움에 도달하려 할 때 그 목수의 육신은 이미 없는 거나 다름없는 것이다. 이것은 예에만 국한된 것이 아니기도 했다. 장수가 비곗살이 쪘을 때 싸움은 패하게 마련이고, 관료가 돼지 배를 가졌을 때 나라는 도탄에 빠지고, 선비가 목덜미를 자유로이 돌릴 수 없게 되었을 때 학문은 빛을 잃게 되는 것이 분명한데 하물며 예의 길을 제대로 걷는 자에게 어찌 뼈를 무겁게 할 지경의 살이 머무를 수 있을까 싶었다.

수기대사는 절로 돌아오자마자 꿀을 한 단지 싸서 근필에게로 보냈다.

의식을 할수록 빠르게 지나가는 나날이었다. 필생들의 일이 끝날 날도 며칠 남지 않았다.

 수기대사는 필생들과 헤어져야 하는 마음의 그늘을 지닌 채 다른 한편으로는 해맑은 햇살의 눈부심을 보고 있었다. 장균의 혼례 문제로 호부상서를 몇 차례 만난 것이다.

 "부처님의 보살핌으로 맺어진 인연이 아닙니까. 그러니 의당 부처님 앞에서 혼례식을 올리도록 해야지요."

 호부상서는 첫마디에 이렇게 말했다.

 "대감의 바라시는 바는 따로 있으시겠지만 원래 불교 예식은 번잡스럽지 않습니다. 그런데 소승의 생각으론 좀더 간소하게 치렀으면 어떨까 합니다. 신랑 되는 사람도 바라는 바니까요."

 "여부가 있겠습니까. 태평한 세월도 아닌데 지나치게 요란스러운 것은 여러모로 욕이 될 뿐입니다. 모든 걸 대사께서 관장해 주십시오. 어차피 대사께 집례를 부탁드릴 예정이었습니다."

 "원 과분한 말씀이십니다. 소승이 무슨 덕이 있다고……."

 "저는 이미 허락하신 걸로 믿고 있습니다. 혼례식 날짜는 언제쯤이 좋을지 모르겠습니다."

 "예, 필생들의 일이 앞으로 엿새면 다 끝나게 될 것입니다. 그리고 사흘 뒤가 보름 간격으로 오는 휴일입니다. 소승이 짚어본 날로는 그날이 썩 좋더구먼요. 대감의 생각은 어떠신지……."

"어련히 잘 아셔서 짚으셨겠습니까. 저는 그대로 따르겠습니다."

"고맙습니다. 그럼 그날 필생들의 송별연도 겸하도록 하면 더욱 뜻이 깊어질 것 같습니다. 더 많은 측복도 받을 수 있겠구요. 필생들도 무척 기뻐할 것입니다. 6년을 함께 살아오면서 모두 신랑 될 사람과는 깊은 정이 들어 있으니까요."

"그것 참 잘된 일입니다. 많은 사람들의 진정한 축복이 있을수록 두 사람의 앞길이 평탄할 게 아닙니까.'

"그럼 더 의논드릴 일이 있으면 다시 연락드리지요."

이런 식으로 혼례 절차는 순조롭게 진행되었다.

마침내 필생들의 일이 끝나는 날이 왔다.

"대사님, 이것으로 끝막음인 듯하옵니다."

"그래……!"

수기대사는 마지막 장을 받아들어 물끄러미 내려다보고 앉아 있었다. 그러나 읽고 있는 것이 아니었다. 눈앞이 자꾸 흐릿흐릿해지면서 글씨들이 엇갈리고 있었다. 가슴이 터질 것만 같은 감격과 감회를 무어라 형언할 수가 없었다. 수기대사는 다시 한 번 말이라는 것이 극한의 감정을 표현하는 데 있어서 얼마나 미약한 도구인가를 절감하고 있었다. 만약 그것이 가능했다 해도 굳이 이런 순간에 말이 필요한 것은 아니었다.

이것으로 81,137장의 경판본인 162,274장의 글씨를 완성해 낸 것이다. 한 판 양면을 650자로만 치더라도 52,739,050자를 쓴 것이다. 그러니까 백여 명의 필생들은 3년에 걸쳐 제각기 50만 자 이상을 쓴 셈이었다.

수기대사는 저녁 설법 시간을 이용해서 무슨 말인가를 하려고 했지만 막상 또 그들의 얼굴을 대하고 나니 아무것도 할말이 없었다.

"필생의 일은 오늘로 끝이 났습니다. 이제 승려는 승적이 있는 절로 돌아가게 되었고 지원을 해주셨던 여러분들께서는 고향으로 돌아가시게 되셨습니다. 그동안 여러분들께서 바치신 노고를 소승이 어찌 감히 말로써 헤아릴 수 있겠습니까. 오로지 부처님께서만 헤아리실 수 있는 일일 것입니다. 여러분……, 여러분……, 진정 고맙고 고맙습니다."

고작 이렇게밖에 말을 못하고 말았다. 그리고 수기대사는 목이 메어 한참 동안 허공을 바라보고 서 있었다.

"여러분께 반가운 소식을 한 가지 전하겠습니다. 저기 서 있는 장균이가 이번에 장가를 들게 되었습니다. 혼례 날짜는 이틀만 있으면 다가올 휴일입니다."

갑자기 장내가 출렁거렸다. 장균은 고개를 푹 수그리고

있었다. 그런데 목덜미까지 벌겋게 상기되어 있었다.

"규수는 호부상서 댁 따님입니다. 그날 여러분들의 송별연을 함께 베풀고자 하니 그때까지 기다리셨다가 이번 불사를 인연으로 맺어질 두 분의 혼례를 축복해 주시면 고맙겠습니다."

수기대사의 말이 끝나자 장내는 다시 소란해졌다.

"호부상서 댁?"

"이 사람아, 어떻게 된 일인가?"

"아니, 한 방을 쓰면서도 감쪽같이 속여왔잖은가?"

"따로따로 묻지 말고 저기 나가서 한꺼번에 자초지종을 털어놓도록 시켜."

"그래, 그래."

"어떻게 맺어진 인연인지 속시원히 들어보자. 그래야 또 속시원히 축복도 할 게 아닌가."

"그래, 맞는 말이다."

누군가가 손뼉을 쳤다. 그러자 장내에는 박수 소리가 진동했다. 장균은 몸둘 곳을 몰라 허둥거렸다. 그러나 어디로도 빠져나갈 데는 없었다. 박수 소리가 뚝 그치고 나자 장균은 그만 숨이 막힐 지경이었다. 장균은 빨리 고개를 들었다. 그리고 단상 쪽으로 눈길을 돌렸다. 그런데 이게 어찌된 일인가. 수기대사는 빙그레 웃고 서 있는 것이 아닌가. 눈길이

분수령(分水嶺) 313

마주치자 수기대사는 고개를 끄덕이더니 단상을 비켜섰다. 어쩔 도리가 없었다. 장균은 사람들에게 밀려 확확 달아오르는 가슴을 주체하지 못하며 단상으로 걸어갔다.

"자세자세 말해라."

"그럼, 건둥건둥하면 혼례식 끝나고 발바닥이 터지도록 팰 테니까."

"여부가 있나."

"하하하하……"

"허허허허……"

단상에 올라선 채 장균은 또 수기대사를 쳐다보았다. 그런데 야속하게도 수기대사는 여전히 빙그레 웃고만 있었다. 장균은 마른침을 꿀떡 삼켰다.

"그러니까 3년 전 판각이 시작되고 며칠이 지나 대신들 자제분들이……."

장균은 이야기를 시작했고 사람들은 모두 눈이 휘둥그레져 있었다.

모임이 파하자 수기대사는 장균을 처소로 불렀다.

"그래, 세상에 다 알리고 나니 기분이 어떠냐?"

"……"

장균은 고개만 푹 수그리고 있었다.

"아주 홀가분할 게다."

수기대사는 쓰다듬듯 하는 눈길로 장균을 바라보았다.

 "장가를 들더라도 재천도(再遷都)를 하기 전까진 여기서 살아야 할 테니 나하고도 예사 인연은 아니로구나."

 "……."

 "미처 생각할 겨를이 없었겠지. 글씨는 그만하면 됐다만 어떻게, 학문을 더 익혀보지 않으련?"

 장균은 고개를 번쩍 들었다. 그 눈이 번뜩였고 입은 무슨 말인가를 할 듯 말 듯했다.

 "그래, 내가 가르쳐줄 테니까 배워볼 뜻이 있느냐?"

 "예에, 대사님……!"

 "그렇게 하도록 하자. 모름지기 장부의 뜻이란 앎을 바탕으로 해야 건실해지고, 앎을 세울 수 있을 때 비로소 뜻을 성취할 수가 있으며, 그 앎을 저버리지 않을 때 뜻을 바르게 펴나가는 법이니라."

 "……."

 "앞으로 더러 얘기하겠지만 너는 너의 삶을 바르게 살기 위해서 한 여자만을 아내로 맞아들였음을 잊지 않도록 해라. 장인도 부모인 것은 명백한 사실인즉, 효는 다하되 그분이 지닌 여러 가지 능력이 추호라도 네 능력이 될 수 있다고 착각은 하지 말라는 것이다."

 "예, 대사님."

"내 눈으로 보아 규수는 나무랄 데가 없이 훌륭해."
"……."
"그래, 건너가서 푹 쉬도록 해라."
"편안히 주무십시오, 대사님."
 방문을 나선 장균의 볼에 눈물이 주르륵 흘러내렸다.
 5백여 필생과 각수가 둘러서고 신부의 가족들이 지켜보는 가운데 혼례식은 진행되었다. 수기대사는 손수 목탁을 치며 축원 독경을 했다.
 식이 끝나자 신부는 가족들과 함께 돌아가고 장균은 송별연에 참석했다. 모든 사람들이 축복의 말을 밝은 웃음에 싸서 보냈다.
"색시가 바로 선녀던데."
"이 사람 글씨만 빼어난 줄 알았더니 여자 고르는 솜씨도 빼어났더라니까."
"아들로 열만 낳게나."
"이 사람아, 그만 웃어. 웃음이 헤프면 딸이야."
 이렇듯 흥허물없는 말들을 주고받으며 마냥 유쾌한 기분이었다.
 내일 아침 다시 만나기로 하고 장균은 송별연이 끝나기 조금 앞서 하인을 따라 절을 떠났다.
 다음날 아침 일찍 장균은 절로 나왔다. 이미 필생들은 떠날 채비를 갖추고 있었다. 각수들은 법당 앞에서 그들과 이별의 인사를 나누고 곧바로 작업장으로 향했다.

장균은 수기대사와 함께 그들을 따라 부두까지 나갔다. 부두에는 그들을 뭍으로 싣고 갈 배가 두 척 돛을 올리고 있었다.

"부디 다들 편안히 가십시오. 항시 여러분들과 권속들에게 부처님의 가피가 내려지기를 축원합니다."

수기대사의 눈에는 눈물이 그렁그렁 고여 있었다. 수기대사는 민간인들의 손을 일일이 잡았다.

그들 백여 명 필생들은 두 배에 분승해서 손에 손을 흔들며 수평선 너머로 한 개 점이 되어 사라져갔다.

대장경

불법을 일정한 규준 아래 집성(集成)해 놓은 불교성서(佛敎聖書)를 대장경(大藏經)이라 한다. 장(藏)이란 말은 광주리를 뜻하는 범어(Pitaka)에서 유래된 것이다. 따라서 대장경이란 말은 불교성전이 담뿍 담겨져 있는 큰 광주리라는 뜻이다.

바람 한 점 없는 속에 뙤약볕이 내리쬐고 있었다. 나무숲도 더위에 잠겨 땀을 흘리고 있는 것 같았다. 움직이는 것이라곤 아무것도 없는데 매미 울음 소리만 줄기차게 뻗어나가고 있었다.

그 불볕을 헤치며 한 총각이 터덕터덕 걷고 있었다. 그는 걷는다기보다 발을 질질 끌고 있었는데 발이 옮겨질 때마다 마른 먼지가 일어났다. 그의 짚신은 해질 대로 해어져 너덜거렸고 때가 낀 삼베옷은 땀이 차서 후줄그레하게 처져 있었다. 그리고 볼품없는 봇짐은 엉덩이까지 축 늘어져 발을 옮길 때마다 흔들거렸다.

일주문 앞까지 다다른 총각은 걸음을 멈추고 휴우 한숨을 내쉬었다. 그리고 힘겹게 고개를 들어 경내를 바라보았다. 그 눈동자가 피곤에 지쳐서인지 풀릴 대로 풀려 있었다. 총각은 약간 휘청거리는 듯하더니 그대로 풀썩 주저앉아버렸다. 총각은 일주문으로 오르는 계단을 물끄러미 바라보고 있었다. 그 네 개의 계단을 마저 오를 힘이 없는 모양이었다. 총각은 소매로 이마의 땀을 쓱 문질렀다. 귀 언저리에 소금이 말라붙어 있었다.

"아부지……"

총각이 한숨에 섞어 아버지를 불렀다. 그 목소리는 지쳐서 그런지 무척 절망감을 주었다. 그의 눈에는 어릿어릿 물기가 밴 것 같았다.

한참 만에 총각은 힘겹게 일어났다. 그리고 무릎에 손을 짚으며 계단을 올라갔다.

절에도 사람의 그림자는 보이지 않았다. 뜨거운 햇볕 속에 건물들만 무겁게 엎드려 있었다. 더디게 발길을 옮기며 총각은 사방을 두리번거렸다. 어디로 가야 좋을지를 모르고 있었다.

　무턱대고 걷던 총각은 걸음을 멈췄다. 그리고 얼굴이 밝아졌다. 물이었다. 정신없이 뛰어갔다. 바위를 깎아 만든 커다란 물통에는 맑은 물이 넘쳐나고 있었다. 총각은 얼굴을 박고 물을 벌컥벌컥 마시기 시작했다. 잠시 후에 고개를 든 총각은 비칠비칠 그 자리에 주저앉았다. 물에 젖은 바위의 감촉이 시원하게 살갗을 파고들었다. 총각은 일어나려고 했다. 그러나 일어날 수가 없었다. 다 왔는데……, 일어나야지……, 그러면서 총각은 바위 물통에 등을 기댔다. 싸한 시원함이 등줄기를 타고 전신에 퍼졌다.

　"이거 보오, 여보시오."

　물통을 든 행자가 총각의 어깨를 흔들었다.

　"으응, 응……여!"

　총각이 입맛을 다시며 행자의 팔을 뿌리치다가 소스라쳐 잠을 깼다.

　"이런 데서 잠을 자면 어떻게 해!"

　"……."

　총각은 두어 걸음 물러서며 머리를 긁적였다.

　"무슨 벼락을 맞으려고 그런 불결한 몸가짐으로 감히 여기서 잠을 자는 거야!"

"……."

총각보다 키도 작고 나이도 어려 보이는 행자는 기세가 당당했다.

"이 물이 어떤 물인지나 알아? 판각하시는 각수님네들 하루 세 끼 공양을 짓는 물이라구."

행자의 꾸지람은 잦아질 줄을 몰랐다. 그런데 총각의 겸연쩍어하던 표정이 걷히고 금방 얼굴이 밝아졌다.

"스님, 이 절에 각수들이 일하고 있는 게 틀림없죠?"

총각은 깐듯이 존대를 했다.

"그, 그런데……."

행자가 난처한 표정으로 말을 얼버무렸다.

"아아, 제대로 찾아왔구나."

총각의 목소리는 떨렸다.

"스님, 나를……."

"나는 아직 스님이 아니오."

행자가 뾰로통한 얼굴로 쏘아붙였다.

"머리 깎고 절에 있으면 스님 아닙니까. 하여튼 날 좀 각수들이 일하는 데로 데려다주시오."

"아니, 미쳤소? 거기가 감히 어디라고 데려다 달라는 거요?"

행자가 코웃음을 치며 바가지로 물을 떴다.

"여기서 또 굉장히 먼가 부죠?"

총각이 행자 옆으로 바짝 다가섰다.

"참 답답하긴……, 멀다는 말이 아니라 아무도 그 일하는 곳엔 들어갈 수가 없어요. 나도 얼씬도 못해요."

"이거 큰일났구나. 이 일을 어째야 좋은가 그래."

총각은 조바심을 쳤다.

"대체 당신은 누구요?"

"예, 전라도에서 올라온 칠삼이라 합니다."

"전라도에서 예까지 뭐하러 왔소? 인제 각수 지원하려오."

"그게 아니구요. 우리 아부지를 만나러 왔지요. 아부지요."

"그럼 댁 부친이 각수님네란 말이오?"

행자가 놀란 표정으로 물었다.

"그렇다니까요."

"왜 그럼 진작 그 말을 안 했어요. 그런데 무슨 일로 그 먼 길을 이렇게 오셨소?"

"집안에 상(喪)을 당해서……."

"누가 돌아가셨길래요?"

"어서 아부지 좀 만나게 해주시오."

눈물이 고인 눈으로 칠삼이는 애원했다. 행자는 서둘러 물통에 물을 채웠다.

"갑시다, 어서."

행자는 앞장섰다. 총각의 아버지 이름을 물어보려다가 그만두었다. 들어보았자 누군지 알 수도 없는 일이었다.

"마루에 앉아서 잠시만 기다려요. 내 곧 대사님께 여쭐 테니까."

행자는 굴통을 출렁거리며 바삐 사라졌다.

칠삼이는 햇볕이 가득한 뜨락을 멍하니 내려다보고 있었다. 멀고도 먼 길이었다. 굶기를 먹듯이 해가며 찾아온 길이었다. 아부지……, 칠삼이는 고개를 갸웃거렸다. 그 모습이 어릿어릿할 뿐 선명하게 떠오르질 않는다.

"어험, 험……."

칠삼이는 후닥닥 일어났다. 나이가 많은 스님 한 분이 햇볕 속에 서 있었다.

"네가 바로 전라도에서 온 칠삼이냐?"

"네에……."

칠삼이는 재빨리 마당으로 내려서며 합장을 했다.

"그래, 네 부친 존함이 무어냐?"

"김자 수자 용잡니다."

"호, 바로 수용 각수의 자제로구먼. 먼 길에 얼마나 고생이 많았느냐."

"……."

대장경 323

"네 아버님은 안녕하시다. 너 무척 고단해 뵈는구나. 어서 손발 씻고 밥부터 먹도록 해라. 아버님을 곧 만나게 될 거다."

수기대사는 곧 밥상을 차리도록 일렀다.

"천천히 꼭꼭 씹어서 먹어라."

수기대사는 두 그릇째를 먹고 있는 칠삼이를 바라보며 일렀다. 그러나 칠삼이는 밥을 퍼넣기에 정신이 없었다.

"한 그릇 더하겠느냐?"

"아닙니다, 스님. 배가 다 찼습니다."

칠삼이는 흡족한 얼굴로 말했다. 수기대사는 상을 치우러 온 행자를 불러세웠다.

"옷에 너무 땀이 찼구나. 가서 목욕을 하고 이 옷으로 갈아입어라."

수기대사는 칠삼이에게 이르고,

"넌 목욕터로 잘 모셔다 드리고 벗은 옷은 빨아 널도록 해라."

행자에게 뒤처리를 맡겼다.

수기대사는 참으로 난처했다. 부고(訃告)를 가지고 천릿길을 걸어온 아들과 몇 년 만에 아들을 대하게 될 아버지에게 쥐어질 부고와……, 아직 누구의 부고인지는 알 수 없지만 수기대사의 심정은 착잡하기만 했다.

"목욕을 하니까 기분이 어떠냐?"

"아주 시원하고 기분이 좋습니다."

"한결 피곤이 가셨을 게다. 이리로 앉거라."

수기대사는 다시 칠삼이를 훑어보았다. 아버지의 모습을 많이 닮은 얼굴이었다. 눈에 총기가 서린 잘생긴 인물이었다.

"그래 누구 상을 입었기에 불원천리 찾아왔단 말이냐?"

"……"

칠삼이는 고개를 떨구어버렸다.

"괜찮다. 어서 말을 해라."

"이따 아부지 뵙고……."

"넌 잘 도를 거다만 여긴 규율이 아주 엄하다. 일을 하다 말고는 아므나 만날 수가 없어. 아버님은 조금 더 기다려야 한다. 그리고 나는 판각 일을 총책을 맡고 있는 사람이다. 나한테 얘기해도 상관없어. 어서 말해 봐라."

"저어……, 엄니가 돌아가셨어요."

"어머님이?"

수기대사는 반문을 하면서도 놀라지는 않았다. 예상을 했던 일이었다.

"무슨 일로 돌아가시게 됐느냐?"

"아파서요."

"무슨 병환이셨길래?"

대장경 325

"잘 몰라요."

"모르다니?"

"동네 사람들은 이 말 저 말 많이 했지만 다 믿을 수가 없어요. 의원한테는 한 번도 못 보였으니까요."

"저런……!"

수기대사는 연거푸 혀를 찼다.

"얼마 동안이나 앓아누우셨더냐?"

"1년이 다 됐었어요."

"저런 일이 있나. 그래 장례는 어떻게 치렀느냐?"

"동네 사람들이 거들어줬습니다."

수기대사는 더 물을 말이 없었다. 한참을 멍하니 앉아 있었다.

"금년 몇 살 났느냐?"

"열일곱입니다."

"그럼 몇 살 때 아버님과 헤어졌단 말이냐?"

"아홉 살 땝니다."

"어허 그렇구나. 벌써 8년째가 아니냐. 너 아버님을 알아볼 수 있겠느냐?"

"모습이 생생하게 떠오르진 않습니다."

"그럴 테지, 그럴 테지."

수기대사는 폭넓게 끄덕였다. 더 무슨 말을 물어보려 했지만 가슴만 답답할 뿐 아무 생각도 떠오르지 않았다.
 "고단할 텐데 거기 좀 누워 있거라. 가서 일이 끝나는 대로 아버님을 모셔오마."
 수기대사는 일어섰다. 얼마를 걷다가 다른 가족 관계를 알아보지 못했다는 생각이 떠올랐지만 되돌아서지는 않았다.
 작업장까지 걸어가는 동안 이 일을 어떻게 전할까 곰곰이 생각해 보았지만 전혀 신통한 방법이 없었다. 어떤 수를 써도 충격을 줄일 수는 없을 것 같았다. 시간을 끌지 말고 될 수 있는 대로 빨리 알려주고 진심으로 위로를 할 수밖에 없었다. 그리고 그 다음의 문제는 모두 본인의 결정대로 따르기로 했다.
 수용은 다른 각수들과 마찬가지로 판각에 혼을 빼고 있었다. 일이 끝날 때까지 기다릴까. 수기대사는 다시 주춤했다. 그러나 역시 매는 먼저 맞는 게 낫다는 생각이 들었다. 천천히 수용에게로 걸어갔다.
 "여보게나 수용이……."
 수기대사는 나직하게 불렀다.
 "……."
 "여보게 수용이."
 "예? 아니, 대사님……."
 한곳에 집중되었던 수용의 시선은 얼핏 초점을 제대로 잡지 못하는 것 같았다.

"일이 힘들지? 잠시 쉬어서 하지 않겠나?"

"소인한테 무슨 하실 말씀이라도 있으신지요?"

수용은 눈치 빠르게 일어서며 물었다. 사실 여태껏 수기대사가 작업 도중에 이러는 일은 거의 없었다.

"잠시 나하고 나가세나."

수기대사는 돌아섰다. 수용은 곧 뒤를 따랐는데 그 얼굴이 금방 불안한 빛으로 덮이며 일그러졌다.

"자네, 내 말에 너무 놀라지 말게나. 그럴 수 있겠나?"

수기대사는 무릎 위에 올려진 수용의 손을 꼭 잡으며 말했다. 수용의 눈을 들여다보고 있는 수기대사의 눈은 말보다 몇 갑절 진한 호소를 하고 있었다.

"무, 무슨 말씀이신지요."

수용은 한층 짙어진 불안한 빛을 감추지 못하면서도 한편으론 어색한 몸짓을 지었다.

"참으로 기막힌 일이네만……, 부인이 세상을 버리셨다는구먼."

"네? 집사람이……."

수용은 벌떡 일어섰다. 수기대사도 따라 일어섰다. 허공을 멍하니 바라보고 있는 수용의 입술이 푸들푸들 떨리고 있었다.

어디선지 매미 울음 소리가 간드러지고 있었다. 솔개 한 마리가 유유히 창공을 선회하고 있었다.

"대사님 이 소식이 어떻게……."

수용은 목이 메어 말을 못했다.

"아들이 예까지 왔네."

"칠삼이가요?"

수용은 또 한 번 놀랐고 눈에 가득 고였던 눈물은 기어이 쏟아져내리고 말았다.

"칠삼이는 지금 어딨습니까?"

이제 수용은 완연히 울고 있었다.

"가세, 어서 만나봐야지."

수기대사는 앞장섰다.

칠삼이는 마루에 걸터앉아 꾸벅꾸벅 졸고 있었다.

"먼 길에 많이 고단했던 모양이네."

수기대사가 말했고, 한 발짝 한 발짝 다가서고 있는 수용의 온 얼굴은 걷잡을 수 없이 실룩거리고 있었다.

"칠삼아, 잠 깨어라. 아버님 오셨다."

소스라치며 눈을 든 칠삼이는 멍한 눈길로 두리번거렸다. 잠이 덜 깬 것이 아니라 뭔가를 찾는 눈치였다.

"이놈아, 칠삼아! 내다, 애비다."

수용이 아들을 향하여 내달았다. 순간적으로 칠삼이의 얼굴은 놀라운 표정으로 변했다.

"이눔아, 칠삼아!"

수용이 아들을 끌어안았다. 칠삼이는 여전히 휘둥그레한 눈으로 뻣뻣하게 서 있었다.

"칠삼아, 아버님이 잠시 삭발을 하신 것이다. 놀랄 것 없다."

수기대사가 칠삼이의 등을 다독거렸다.

"네에?"

칠삼이가 소리쳤고,

"아부지이……."

다음 순간 수용을 부둥켜안으며 칠삼이도 울음을 터뜨렸다.

"나무…… 관세음보살……."

신음처럼 뇌며 수기대사는 한사코 고개를 먼 하늘 쪽으로 치켜올리고 있었다.

두 부자(父子)의 방을 함께 마련했다. 자정이 지나도록 그 방의 불은 꺼지지 않았다. 불빛을 지키고 앉아 있던 수기대사는 더 이상 모기에게 시달릴 수가 없어 자리를 털고 일어났다.

"쯧쯧쯧쯧……."

다음날 아침 예불을 마치고 나자 수용은 수기대사를 찾아왔다.

"얼마나 상심이 큰가. 무어라 위로의 말이 없구먼."

"아닙니다, 대사님. 인명(人命)은 인력으로 어쩔 수 없는 게 아니옵니까!"

"허나 자네가 곁에 있었더라면 더 오래 수를 누리셨을 게 아닌가."

"심려 마십시오, 대사님. 수는 타고나는 것으로 아옵니다."

수기대사는 말을 빼앗기고 말았다. 한 사내에게 있어서 천하와 다를 게 없는 지어미를 잃고 이렇듯 말을 하고 있는 저 속이 얼마나 쓰리고 아릴까. 수기대사는 그저 기가 막힐 뿐이었다.

"칠삼이는 여독이 풀리는 대로 떠나도록 해야겠지?"

"아닙니다, 대사님. 이렇게 찾아뵌 것은 다름이 아니라 자식놈이 예서 일하고 밥 먹을 수 있는 자리를 어디 봐주십사는 겁니다."

"아니 그럼, 떠나지 않겠다는 건가?"

수기대사는 놀라 등을 곧추세웠다.

"예에, 소인은 지금 곧 일터로 갈 것이옵니다. 자식놈 일자리를 살펴주십시오."

"허어……."

수기대사는 또 말을 빼앗겼다. 도무지 믿을 수가 없는 사실이었다. 수도를 평생 했다는 승려들을 무색하게 할 이런 힘은 어디서 나오는 것일까. 수기대사는 또 한 번 불가사의

대장경 331

한 회오리에 말리고 있었다.

"다른 자식들은 없는가?"

"여식이 둘 있사온데 칠삼이가 떠나오는 길에 처가에 들러 맡겼다고 합니다."

"그러니 더욱 내려가야 할 게 아닌가."

"처가에서 이르기를, 애들은 걱정 말고 사자(死者) 극락왕생을 빌며 불사에 전념하라 했다 합니다."

"허어, 이거 참……."

수기대사는 앉음새만 그저 연거푸 고쳤다.

"저어……, 자식놈 원이온데 제 에미 위패를 좀 모셨……."

"모시고말고. 위패뿐이겠나. 내 정성 다 바쳐 백일 불공을 모시겠네."

"고맙습니다, 대사님."

"고마운 사람은 오히려 날세. 칠삼이는 며칠 더 쉬도록 해두게. 일손이 모자라는 형편이니 일은 언제든지 할 수가 있네."

이 이야기는 곧 경내에 번져나갔다. 각수들, 특히 민간인들에게는 상당한 충격이 되었다. 그리고 모두에게 각오를 새롭게 하는 좋은 계기가 되었다.

칠삼이에게는 완성된 경판에 옻칠하는 일을 맡겼다. 그건 방충(防蟲)·방부제(防腐劑) 역할을 하기 때문에 한 장 한 장에 칠하는 것이었다.

"아버지가 새긴 경판에 아들이 칠을 하고, 참 부러우이."
"그러어엄, 좀 보기 좋은 풍경인가?"
"칠삼이가 참 부지런하더구면."
"심성은 조 어떻구?"
"놈이 아주 실한 대들보라니까."
"자넨 아들 농사 한번 잘 지었네."

사람들은 이렇게 입을 모았다. 그럼 수용은 그저 빙그레 웃었다. 그 순간만은 그의 눈자위에 어려 있던 수심기가 싹 걷히는 것이었다.

각수들의 일은 예정대로 진행되고 있었다. 보름이면 한 장씩 완성을 시켰다. 이 일은 준비 기간을 뺀 5년 동안 하루같이 계속해 온 것이다.

수기대사는 작년부터 목수를 불러 선반을 짜게 했다. 모양은 보지 않고 튼튼하게만 만든 그 선반들은 책꽂이와 같은 생김이였다. 양팔 넓이로 다섯 칸씩 나뉘어 있는 그 선반이 책꽂이와 다른 점은 지나치게 투박하다는 것이었다. 그건 다름아닌 경판 꽂이였다. 완성될 때까지 임시로 경판을 모시는 데 쓰이는 것이다.

5년을 계속한 판각 작업으로 경판은 무려 3간 장을 헤아리게 되었다. 처음에는 헝겊과 종이를 깔고 순서대로 세워서 차근차근 모셨던 것이다. 그런데 그 숫자가 불어나기 시작하면서 모든 불당이란 불당은 사람 하나 간신히 드나들 수 있는 공백을 남겨놓고 경판으로 뒤덮이게 되었다.

그래서 부랴부랴 두 겹으로 쌓는 소란을 피워 자리를 만들어냈다. 그러나 그것도 얼마를 못 가 또 모실 자리가 없어지고 말았다. 다시 3층으로 쌓아올리는 작업에 착수했다. 역시 모실 자리가 없어지게 되었는데도 판전은 지어지지 않고 있었다. 이제 또 한 겹을 쌓아올릴 수는 없었다. 3층이었을 때도 벽 반대쪽에는 판자를 대서 내리누르는 힘을 지탱할 수 있도록 조처를 강구했던 것이다. 4층이 되는 경우는 무너져앉을 위험이 더 커지게 된다. 경판이 무너져 서로 부딪치게 되면 양각(陽刻)이기 때문에 가늘거나 약한 획들은 손상될 우려가 너무 많았다. 그래서 판전이 준공될 때를 대충 어림잡아 5층의 경판 꽂이 제작을 착수한 것이다.

이런 일을 하면서도 신경을 게을리 하지 않았다. 경내의 누구에게나 함구령이 내려졌지만 특히 공사장으로 심부름을 자주 다니는 행자들의 단속을 철저하게 했다. 이런 일이 알려져서 좋을 것이 하나도 없었다. 몇 차례에 걸친 그런 소란이 세세히 알려진다 하더라도 눈썹 하나 까딱하지 않을 근필이었지만 전혀 심리적 부담을 주지 않을 수는 없는 일이었다. 자극이 된다면 모르지만 부담이 되어 공사에 도움을 줄 수는 없을 것이었다.

근필은 이제 외부 공사는 완전히 마치고 내부 공사에 열을 올리고 있었다. 판전은 특히 다른 건물과 달라서 외부보다 내부 공사가 훨씬 복잡했다. 경판을 모실 판가(板架)를 짜는 제일 중요한 작업을 해야 하기 때문이었다.

남향으로 자리 잡은 두 건물의 면적은 각기 2백 평에 달했다. 사방이 벽으로 들러쳐지고 드높은 천장 때문인지 그 텅 빈 내부는 흡사 벌판처럼 넓어 보였다. 막막할 지경의 그 넓은 공간을 근필은 나날이 메워나가고 있었던 것이다.

한 건물에 4만 장이 넘는 경판을 진열하되. 앞으로 있을 인경(印經) 작업에 대비하여 그 능률을 높일 수 있게 편리를 도모하고, 고루 통풍이 잘되어 경판이 손상되지 않도록 하며, 전체적으로 균형이 맞아 조화를 이룰 수 있도록 판가를 배치하는 작업이 오로지 근필에 의해서 이루어지고 있었다.

하나의 판가는 5층으로 칸이 나뉘어 있었다. 그 한 칸의 높이는 경판을 가로로 세워서 두 겹으로 포개넣을 수 있도록 짜여져 있었다. 그러니까 전체로 보면 다섯 개의 칸막이에 경판은 10층으로 들어앉게 되는 셈이었다. 그리고 판가는 겹으로 짜여져 있었기 때문에 경판을 양쪽으로 진열할 수 있었다. 따라서 판가와 판가의 사이는 두 사람이 서로 등을 보이고 선 상태에서 경판을 자유롭게 빼고 넣을 수 있을 만큼 넓었다. 이것이 바로 공간의 효과적 활용과 아울러 인경 작업 때의 편리를 도모하기 위한 조처였던 것이다. 이뿐만 아니라 판가의 밑에서부터 셋째 칸막이 앞에는 그와 같은 높이를 유지하는 받침대가 설치되어 있었다. 이는 물론 판가의 양쪽으로 설치되어 있었는데 네 번째와 다섯 번째 칸에 들어 있는 경판을 손쉽게 넣고 빼기 위한 배려였다. 한 개의 판가는 네 개의 주기둥으로 이루어져 있었고 그 기둥마다에는 주춧돌이 받쳐져 있었다. 그리고 각 판가와 주기둥 윗부분들은 다시 기둥으로 연결되어 있었다. 그래서 일렬로 줄을 선 수십 개의 판가들은 각기 독립되었으면서도 하나로 뭉쳐지는 인력 관계를 유지하고 있었다.

판가가 설치되기 시작하면서 수기대사는 거의 매일 나가다시피 했다. 공사의 진전도 흥미로웠지만 더 중요한 것은 근필의 건강 때문이었다. 옆의 사람들이 전하는 바로는 잠을 거의 자지 않는다는 것이었다. 그 말이 사실인 것은 두 가지 현상으로 두드러졌다. 항시 윤기가 감돌던 눈에 언제부턴가 핏발이 서리기 시작한 것이다. 그리고 거의 못을 쓰지 않고 끌로 구멍을 파서 조립하거나 연결하는 판가들이 두 번 손질이 필요 없이 딱딱 들어맞는 점이었다.

판가가 빈틈없이 들어맞아가며 꾸며질수록 근필의 눈에

는 핏발이 성해가고, 판가의 숫자가 늘어가면 늘어갈수록 근필의 뒷모습은 후줄그레하게 처져가는 느낌이었다.

"여보게 근필이, 자네 어쩌려고 이러나. 제발 내 애원을 좀 들어주게나. 천천히 쉬어가면서 해. 경판이 다 되려면 아직도 멀었네."

수기대사는 근필의 팔을 붙들고 애가 탔다.

"대사님, 아무 염려 마십시오. 소인의 몸은 소인이 잘 압니다."

근필은 그저 쑥스럽게 웃으며 언제나 같은 대답이었다.

"대사님이 암만 말해 봤자 소용이 없습니다요. 저 목수 양반은 신이 들렸거든요."

어느 일꾼이 빈정거리는 투로 한 말이었다.

"신이 들리다니 그게 무슨 말이냐?"

"예에, 신이 들렸습죠. 무당만 신들리는 줄 아십니까요? 아닙니다요. 신이 들려야 무당이 됩죠. 저 목수 양반 신들리지 않고 어찌 저럴 수가 있습니까요. 보십쇼, 저러다가 이제 곧……."

"시끄럽다! 입에서 나오면 다 말인 줄 아느냐."

수기대사는 눈을 부라리며 호통을 쳤다. 그러나 속으로는 그럴지도 모른다고 생각하고 있었다. 일꾼이 말하는 식의 신이 들린 것은 아니지만 분명 근필은 신과 교통을 맺고 있다는 생각이 들었다. 그렇지 않고서야 허구한 날들을 그렇게 무리를 해가며 어찌 지탱할 수가 있으며, 통풍문(通風門) 같은 것을 짜내는 신묘한 생각은 어디서 얻어질 수 있으랴 싶었다. 통풍문은 바람이 자유자재로 드나들 수 있게 되어 있으면서도 안쪽은 보이지 않았다. 그것은 날짐승들이 들어가지 못하게 하려는 것이었다. 참새 같은 것들이 안으로 날아들어 서식하기 시작하면 경판들이 어떻게 될 것인지는 더 말할 필요도 없었다.

수기대사의 조바심이 계속되는 속에 근필은 사막의 땡볕을 견뎌내는 선인장처럼 끈질기게 버티며 판가를 거의 다 놓아가고 있었다.

경판은 3만 5천 장에 육박하고 있었다. 머지않아 간이 꽂이를 놓을 자리마저 없어지게 될 것이었다. 별수없이 대웅전까지 쓸 수밖에 없다고 생각하며 수기대사는 경판 정리를 감독하고 있었다.

"대애사아니임—."

어렴풋한 소리에 수기대사는 귀를 세웠다.

"조심조심 다루어라."

수기대사는 다시 이르고 밖으로 나섰다.

"대애사아니임—."

일주문 쪽에서 한 승려가 소리소리 지르며 달려오고 있

었다.

"……."

수기대사는 다급하게 신을 꿰신었다. 승려 된 자가 어지간히 급한 일 아니고서는 경내를 뜀박질하며 소리를 지를 리가 없었다.

"여기다, 여기."

수기대사는 장삼깃이 펄럭일 정도로 빨리 걸으며 팔을 들어 흔들었다.

"대, 대사님, 크, 큰일났습니다."

승려는 숨을 걷잡지 못했다.

"무슨 일이냐, 어서 말을 해라."

"그, 근필이 목수가……."

"근필이가? 어찌됐느냐!"

수기대사는 새까만 현기증에 휘말렸다. 머리를 감싸잡았다.

"쓰러졌습니다."

"그래서 어찌됐느냐니까!"

"인사불성입니다."

"뭐, 뭐라고?"

"서두르셔야 하겠습니다."

"알았다. 넌 곧 의원을 데리고 오너라. 난 먼저 가겠다."

대장경 339

수기대사는 내닫기 시작했다.

사람들에게 둘러싸여 반듯이 누워 있는 근필은 흡사 숨이 끊어진 사람이었다. 으례 모든 주검이 그렇듯이 근필의 몸도 탁 풀려버린 채로 땅으로 빨려드는 느낌이었다.

"이 사람아, 이게 웬일인가."

수기대사는 목이 메며 근필의 손목을 잡았다. 맥은 겨우겨우 흔적만 보이고 있었다.

"왜들 이러고 서 있기만 하느냐. 어서 길목으로 쫓아가 의원이 오면 업고라도 달려오잖고. 어서들 쫓아가라니까."

수기대사는 안타깝게 소리쳤다. 둘러섰던 일꾼들은 혼비백산 뛰기 시작했다.

"관세음보살, 관세음보살……."

수기대사는 쉴새없이 관세음보살을 뇌며 장삼을 벗어 근필의 몸을 감싸덮었다. 그리고 다시 맥을 짚었다.

"관세음보살, 관세음보살……."

수기대사의 절절한 음성이 무수하게 근필의 주변을 에워싸고 있었다.

"대사님, 의원 오십니다요."

수기대사는 벌떡 일어섰다.

"아, 이젠 그만 내리라니까."

늙은 의원은 업혀 들어오며 일꾼의 등을 두들기고 있었다.

"어서 좀 봐주십시오. 큰일났습니다."

수기대사는 의원의 팔을 붙들었다.

의원은 근필의 눈꺼풀을 뒤집어보았다. 그리고 손가락 끝을 코밑에 대었다. 객은 마지막으로 짚었다.

"제대로 늙지도 않은 사람 맥이 왜 이러나 그래. 쯧쯧쯧……."

"상태가 어떻습니까."

"어려운 고비는 겨우 넘겼습니다."

수기대사는 휴우 한숨을 내쉬며 허리를 폈다. 처음 소식을 들었을 때처럼 또 까만 현기증이 회오리를 일으켰다.

"몸이 좀 약하지요?"

"좀이 아닙니다. 잘못하다간 일 저지를 몸이에요."

의원은 고개를 설레설레 저었다.

"이대로 둘 수는 없고 어째야 되겠습니까?"

"아주 편안하게, 출렁거리지 않도록 해서 뜨뜻한 방으로 옮겨야지요."

그래서 부랴부랴 들것을 만들어 근필을 절로 옮겼다.

근필은 절로 옮겨지고 나서도 서너 시간이 지나 혼수 상태에서 깨어났다.

"대사님, 이제 내부 단청을 시작해도 됩니다. 아직 두어 군데 손댈 데가 있지만 단청과는 상관없으니까 괜찮습니다."

수기대사를 알아보고 난 다음에 근필이 처음으로 한 말이었다.

"알았네, 이 사람아. 그런 거 다 잊어버리고 푹 좀 쉬게나."

수기대사가 이불 귀를 다독거리며 안타까운 표정으로 말했다.

"내가 가는 대로 탕제를 지어보낼 테니 때맞춰 꼭꼭 자시고 몸조리 잘해야 하네."

의원이 근필에게 이르고 일어섰다.

수기대사는 마당까지 배웅을 했다.

"얼마나 걸려야 회복이 되겠습니까?"

"하루 이틀에 될 일이 아닙니다. 몸이 파삭 마른 가랑잎인 걸요. 그저 몇 달이고 회복이 될 때까지 약을 쓰며 요양을 해야 되겠습니다. 하루 이틀에 상한 몸이 아니니까요."

"그럴 것입니다. 말씀대로 따를 터이니 의원께서도 성심성의껏 돌봐주십시오."

수기대사는 간곡하게 부탁을 했다.

방에 들어와보니 그사이 근필은 혼곤한 잠에 빠져 있었다. 수기대사는 그 수척한 얼굴을 물끄러미 바라보고 앉아 있었다.

불덩어리—수기대사의 눈에는 근필이 하나의 커다란 불덩어리로 보이고 있었다. 제 몸뚱어리를 사르다 사르다 끝내는 재로 화하고 마는 불덩어리의 자학적 정열. 마지막 재로 화하려는 순간에 간신히 건져올린 조그만 불씨. 그것이 근필의 생명이었다. 그 불씨를 다시 일으켜 예전과 같은 크기와 불덩어리로 만들어놓아야 한다는 의무감을 수기대사는 절실하게 느끼고 있었다.

수기대사는 근필의 이마와 콧등에 맺힌 식은땀을 찍어냈다.

"대사님, 소인이 죽도록 버려두십시오."

어느새 근필은 잠이 깨어 있었다.

"이 사람아 푹 좀, 다 잊어버리고 푹 좀 자게나. 몸을 생각해야지."

수기대사는 또 안타까운 표정이 되어 애걸하다시피 했다.

"대사님, 내일부터라도 단청을 시작해야 합니다."

"글쎄 염려 말라니까."

"습기 없는 이 가을 바람에 말라야 변색이 없고 트지 않습니다."

"어허, 단청 맡은 사람들이 어련히 알아서 할라고. 내가 또 야무지게 단속할걸세."

"일을 꾸물대다가 바람이 차지기 시작하면 색깔이 얼부풀어오릅니다."

"알겠네, 알겠네. 내일부터 자네 몫을 내가 무슨 수를 써서라도 해낼 테니까 제발 다 잊어버리게나."

수기대사는 그저 몇 번이고 고개를 끄덕이며 애달픈 웃음을 담고 있었다.

행자 하나를 옆에 붙여 수발을 들도록 했다. 마음 같아서는 옆에서 밤을 지키고 싶었지만 짐스러워할까 봐 그럴 수는 없었다.

근필의 지시대로 다음날부터 내부 단청이 시작되었다. 그 사람들은 지난번 외부 단청을 할 때 근필에게 호되게 닦달을 당한 축들이었다. 처음에 그들은 근필과 충돌을 일으켰지만 결국은 혀를 내두르고 말았다. 무슨 놈의 목수가 단청까지 그렇게 세세히 알고 있는지 모르겠다는 것이 그들의 중론이었다. 그때도 수기대사는 근필이 과연 명목은 명목이라고 고개를 끄덕였던 것이다.

판전은 다른 불당들과는 달라 내부 단청이라는 것이 거의 없다시피 했다. 중방과 그 곁가지 기둥들에 옷을 입히는 것이 고작이었다.

근필은 사흘째 되는 날 자리를 차고 일어났던 것이다. 행자의 전갈을 받고 달려가보니 근필은 벌써 옷을 차려입고 앉아 있었다.

"자네 미쳤는가?"

방문을 열고 들어서며 수기대사는 대뜸 소리쳤다. 그 얼굴에서는 노여움이 뚝뚝 떨어지고 있었다.

"대사님, 전 아무렇지도 않습니다."

"글쎄 안 된다니까!"

"아직 덜 끝난 일이 있습니다."

"글쎄 자네 몸은 자네만의 것이 아니란 말일세. 당장 옷 벗고 눕게."

근필은 옷을 벗고 이불 속으로 들어갔고, 수기대사는 노여움을 풀지 않은 채 방을 나섰다.

단청 일은 순조롭게 진행되었다.

닷새째 되는 이른 아침이었다.

"대사님, 대사님, 큰일 났습니다."

방문 앞에서 곧 숨넘어가는 소리가 들렸다.

수기대사는 불길한 예감에 방문을 벌컥 열었다.

"뭐냐!"

"모, 모, 목……."

"어찌됐느냐, 어서 말해라."

수기대사는 마루로 뛰쳐나오고 있었다.

"없어졌습니다."

"언제!"

"잠을 깨보니 없었습니다."

"세수라도 하러 간 것이 아니냐."

수기대사는 신을 신고 있었다.

"세수터, 변소 다 찾아봤습니다."

"······!"

수기대사는 안개 속을 달음박질치다시피 하고 있었다.

"다들 어디 있느냐, 다들 어디 있느냐!"

수기대사는 판전 공사장 초입에서부터 외치기 시작했다.

"다들 자느냐, 뭣들 하느냐."

수기대사가 판전 중간쯤에 이르렀을 때 일꾼들이 몰려들었다.

"대목수 보지 못했느냐!"

모두 어리둥절한 표정이 되었다.

"대목수 보지 못했느냐니까."

모두 어리둥절한 표정인 채로 고개를 저었다.

"빨리 찾아내라. 판전을 샅샅이 뒤져라!"

근필은 산 쪽으로 면한 판전 바닥에 엎어져 있었다.

발치께에는 타다 남은 관솔 뭉치가 넘어져 있었고 머리맡에는 망치와 끌이 버려져 있었다.

수기대사는 근필을 끌어안았다. 그리고 다급하게 가슴을 헤쳐서 손을 밀어넣었다.

"어서 의원을 불러라, 어서!"

수기대사는 울부짖고 있었다. 근필의 얼굴에는 울음과 기뺨이 범벅이 되고 있었다.

수기대사는 근필을 꼬옥 끌어안았다. 근필의 몸에서 전해져오는 냉기가 너무 심했던 것이다.

얼마를 그렇게 하고 있었는지 모른다. 근필의 두 눈꺼풀에 경련이 일어나고 파삭 탄 입술이 들먹였다.

"근필이, 정신차리게. 나야, 나, 수기야. 정신차려."

수기대사는 가만가만 근필을 흔들며 울먹이듯 말했다. 근필의 눈꺼풀이 반쯤 열렸다가 닫히더니 다시 더디게 걷혀올라갔다.

"대, 사, 님임……."

근필의 목소리는 들릴 듯 말 듯 너무 가늘었다.

"그래, 나야. 날 알아보겠나, 근필이."

근필의 얼굴에는 맑은 미소가 번져나갔다.

"대사님, 정말, 정말 죄송합니다. 이제, 이제 겨우……, 일을 다 마쳤습니다."

"이게 무슨 짓인가, 이게. 며칠만 더 참았으면 될 게 아닌가."

"온 경내에 경판이……, 산더미로 쌓이게 된 것……, 다 아, 소인의 힘이 모자란 탓이었습니다."

"아닐세, 진정 그렇지가 않아."

"경판이 다 이룩되는 걸……, 그걸 보고 죽었으면……,

대장경 347

좋았을 텐데……."

"근필이, 이 무슨 죄 될 경망한 소린가. 아무 염려 말게. 곧 의원이 올 거야."

"……."

근필은 멍한 눈길로 희게 웃었다.

"대사님, 한 가지…… 부, 부탁이 있습니다. 제 아들놈이 네 살…… 네 살 때 집을 떠나…… 이제 10년이, 10년이…… 그놈이 올해 열, 열네 살이 됐습니다. 그놈은 이제…… 뼈가 굳어, 굳어서 목수는 틀렸습니다. 틀렸습니다. 천한 놈 머리를 깎아…… 거두어주십시오. 소인 마지막…… 마지막 부탁입니다."

근필의 눈에는 눈물이 그렁그렁 고였다.

"이 사람아, 왜 이런 말을 글쎄……."

수기대사의 목이 잠겼다.

"경판이 옮겨지는 걸……, 옮겨보고 죽었으면……."

근필이 얼굴을 일그러뜨렸다. 숨이 가쁜 모양이었다.

"이 사람아, 그만 하게나."

수기대사는 애가 탔고 근필은 다시 희게 웃었다.

"불사는 언제나……, 더 걸릴까요."

"육칠 년 더하면 끝나지 않겠나. 이제 그만 얘기하게."

그때 의원이 들어섰다. 의원은 오래도록 맥을 짚었다.

근필은 눈을 감고 있었다. 그런데 숨쉬기를 무척 고달파하는 것 같았다.

의원이 고개를 들었다. 수기대사와 눈이 마주쳤다. 의원은 고개를 저었다. 순간 수기대사의 안색이 창백해졌다.

수기대사는 승려를 눈짓으로 불렀다. 그리고 귓속말로 명령했다.

"행자들만 남겨놓고 절에 있는 모든 사람은 하나도 빠짐없이 경판을 한 장씩 모시고 이리로 급히 오도록 해라. 천불상전 것을 옮기면 된다. 어서 가거라."

승려가 황급히 뛰어나갔다.

근필의 숨결은 한결 거칠어졌고 눈을 감은 채 얼굴이 일그러져 있었다.

"근필이, 조금만 참게. 경판이 곧 이리로 옮겨져 봉안될 거야."

수기대사가 초조하게 말했다. 근필은 간신히 눈을 떴고 그리고 억지로 웃어 보였다.

근필의 팔다리에 경련이 일어나기 시작했다. 수기대사는 소리소리 지르고 싶도록 가슴에 불이 붙고 있었다.

"대사님, 경판이 당도했습니다!"

승려가 뛰어들며 외쳤다.

"빨리 서둘러라, 빨리."

수기대사의 목이 메었다.

"근필이, 경판이, 경판이 봉안되네."

근필이 더디게 눈을 떴다. 그때 경판을 받쳐든 승려들이 줄줄이 들어서고 있었다. 수기대사는 근필의 상체를 일으켰다. 근필은 줄지어 들어서고 있는 경판의 행렬을 바라보며 엷은 웃음을 지었다.

"대, 대사님……."

근필의 손이 무언가를 찾고 있었다. 수기대사가 얼른 그 손을 잡았다.

"한이…… 한이 없습니다. 대, 사, 님…… 아들놈을……."

근필의 몸이 한순간 부르르 떨리더니 푹 부려졌다.

"근필이! 근필이!"

수기대사의 울부짖음이 드넓은 판전을 울렸다. 그 소리에 놀라 경판의 행렬이 뚝 멎었다.

엷은 미소가 어린 근필의 얼굴은 흡사 잠이 든 것 같았다.

"내일부터 천일 불공을 준비하라."

수기대사의 볼멘소리가 공허하게 퍼져나갔다.

〈1976년〉

| 작가 연보 |

1943년　전남 승주군 선암사에서 아버지 조종현과 어머니 박성순 사이의 4남 4녀 중 넷째(아들로는 차남)로 태어남. 아버지는 일제시대 종교의 황국화 정책에 의해 만들어진 시범적인 대처승이었음.

1948년　'여순반란사건'을 순천에서 겪음.

1949년　순천 남국민학교 입학.

1950년　충남 논산에서 6·25를 맞음.

1953년　작은아버지들이 살고 있던 벌교로 이사. 최초의 자작 문집을 간들었고, 글짓기에서 전교 1등상을 받듬.

1956년　광주 서중학교 입학.

1958년　아버지가 서울 보성고등학교로 전근.

1959년　서울로 이사. 광주 서중학교 제34회 졸업. 보성고등학교 입학.

1962년　보성고등학교 제52회 졸업. 동국대학교 국문학과 입학.

1966년　대학 졸업과 동시에 육군 사병 입대.

1967년　시인 김초혜와 결혼.

1969년　육군 병장 제대.

1970년　《현대문학》 6월호에 「누명」이 첫회 추천됨. 12월호에 「선생님 기행」으로 추천 완료. 동구여상에서 교직 근무 시작.

1971년　중편 「20년을 비가 내리는 땅」《현대문학》, 단편 「빙판」《신동아》, 「어떤 전설」《현대문학》 발표. 「선생님 기행」이 일본어로 번역됨.

1972년　중편 「청산맥」《현대문학》, 단편 「이런 식이더이다」《월간문학》 발표. 부부 작품집 『어떤 전설』(범우사) 출간. 중경고등학

작가 연보 351

교로 전근. 아들 도현을 낳음.
1973년 중편 「비탈진 음지」《현대문학》, 단편 「거부 반응」《현대문학》, 「타이거 메이저」《일본 한양》, 「상실기」를 「상실의 풍경」으로 개제《월간문학》에 발표. 10월 유신으로 교직을 떠나게 됨.《월간문학》편집일을 시작. 「청산댁」이 일본에서 간행된 『한국전후대표작선집』에 번역 수록.
1974년 중편 「황토」 작품집 『황토』에 수록. 단편 「술 거절하는 사회」《월간문학》, 「빙하기」《현대문학》, 「동맥」《월간문학》 발표. 작품집 『황토』(현대문학사) 출간.
1975년 단편 「인형극」《현대문학》, 「이방 지대」《문학사상》, 「전염병」을 「살풀이굿」으로 개제《신동아》에 발표. 「발아설」을 「삶의 흠집」으로 개제《월간문학》에 발표. 「황토」가 영화화됨. 월간문학사 그만둠.
1976년 단편 「허깨비춤」《현대문학》, 「방황하는 얼굴」《한국문학》, 「검은 뿌리」《소설문예》, 「비틀거리는 혼」《월간문학》 발표. 장편 『대장경』을 민족문학 대계의 일환으로 집필 완성. 월간문예지《소설문예》인수, 10월호부터 발간.
1977년 중편 「진화론」《현대문학》, 「비둘기」《소설문예》, 단편 「한, 그 그늘의 자리」《문학사상》, 「신문을 사절함」《소설문예》, 「어떤 솔거의 죽음」《창작과비평》, 「변신의 굴레」《신동아》, 「우리들의 흔적」《소설문예》 발표. 작품집 『20년을 비가 내리는 땅』(범우사) 출간. 10월호를 끝으로《소설문예》의 경영권을 넘김.
1978년 중편 「미운 오리 새끼」《소설문예》, 단편 「마술의 손」《현대문학》, 「외면하는 벽」《주간조선》, 「살 만한 세상」《월간중앙》 발표. 작품집 『한, 그 그늘의 자리』(태창문화사) 출간. 도서출판 민예사 설립.

1979년 단편 「두 개의 얼굴」《문예중앙》, 「사약」《주간조선》, 「장님 외줄타기」《정경문화》 발표. 중편 「청산댁」이 KBS 〈TV문학관〉에 극화 방영.

1980년 단편 「모래탑」《현대문학》, 「자연 공부」《주간조선》 발표. 도서출판 민예사의 경영권을 넘기고 주간의 일을 봄. 장편 『대장경』(민예사) 출간. 문고본 『허망한 세상 이야기』(삼중당) 출간.

1981년 중편 「유형의 땅」《현대문학》, 「길이 다른 강」《월간조선》, 「사랑의 벼랑」《여성동아》, 단편 「껍질의 삶」《한국문학》 발표. 중편 「청산댁」이 프랑스어로 번역 출간.

1982년 중편 「인간 연습」《한국문학》, 「인간의 문」《현대문학》, 「인간의 계단」《소설문학》, 「인간의 탑」《현대문학》, 단편 「회색의 땅」《문학사상》, 「그림자 접목」《소설문학》 발표. 작품집 『유형의 땅』(문예출판사) 출간. 중편 「인간의 문」으로 대한민국문학상 수상. 중편 「유형의 땅」으로 현대문학상 수상. 중편 「유형의 땅」이 MBC TV 6·25 특집극으로 방영.

1983년 중편 「박토의 혼」《한국문학》, 단편 「움직이는 고향」《소설문학》 발표. 대하소설 『태백산맥』을 원고지 1만 5천 매 예정으로 《현대문학》 9월호부터 연재 시작. 연작 장편 『불놀이』(문예출판사) 출간. 『불놀이』가 MBC TV 6·25 특집극으로 방영.

1984년 중편 「운명의 빛」을 「길」로 개제《한국문학》에 발표. 단편 「메아리 메아리」《소설문학》 발표. 장편 『불놀이』 영어로 번역. 중편 「박토의 혼」 독일어로 번역. 작품 「메아리 메아리」로 소설문학작품상 수상. 도서출판 민예사에서 《한국문학》을 인수하고, 주간을 맡아 12월호부터 발간.

1985년　중편「시간의 그늘」《한국문학》발표. 대하소설『태백산맥』연재 집필을 위해 매달 안양의 라자로마을에 10여 일씩 칩거.

1986년　『태백산맥』제1부 4천 8백 매 완결(《현대문학》9월호). 제1부를 3권의 단행본으로 출간(한길사).

1987년　『태백산맥』제2부를 《한국문학》1월호부터 연재 시작하여 12월호까지 3천 2백 매 완결. 제2부를 2권의 단행본으로 출간.

1988년　『태백산맥』제3부를 《한국문학》3월호부터 연재 시작하여 12월호까지 3천 2백 매 완결. 제3부를 2권의 단행본으로 출간. 작품집『어머니의 넋』(한국문학사) 출간. 신문사 문학 담당 기자와 문학평론가 39인이 뽑은 '80년대 최고의 작품' 1위『태백산맥』(《문예중앙》, 1988년 여름호). 성옥문화상 수상.

1989년　『태백산맥』제4부를 《한국문학》1월호부터 연재 시작하여 11월호까지 4천 5백 매 완결. 제4부를 3권의 단행본으로 출간(전 10권 완간).『태백산맥』완결을 고대하며 투병하시던 아버지의 별세를 소설을 쓰다가 전화로 연락받음. 소설의 완결까지 연재 1회분 반을 남겨놓은 상태에서 아버지의 장례를 치름. 문학평론가 48인이 뽑은 '80년대 최대의 문제작' 1위『태백산맥』(『80년대 대표소설선』, 1989년, 현암사). 80년대의 '금단'을 깬 대표 소설『태백산맥』(《한겨레신문》, 1989. 12. 28).

1990년　새 대하소설『아리랑』의 집필을 위해 중국 만주, 동남아 일대, 미국 하와이, 일본, 러시아 연해주 등지를 취재 여행. 12월 11일부터 《한국일보》에 2만 매로 예정된『아리랑』연재를 시작. 출판인 34인이 뽑은 '이 한 권의 책' 1위『태백산맥』(《경향신문》, 1990. 8. 11). 현역 작가와 평론가 50인이 뽑은 '한국의 최고 소설'『태백산맥』(《시사저널》, 1990. 11. 22). 동국문학상 수상.

1991년　『아리랑』 연재 계속. 작품 『태백산맥』으로 단재문학상 수상. 『태백산맥』으로 유주현문학상 수여가 결정되었지만 수상을 거부함. 이를 계기로 그 상이 폐지되었음. 『태백산맥』 연구서 『문학과 역사와 인간』(한길사) 출간. 전국 대학생 1,650명이 뽑은 '가장 감명 깊은 책' 1위 『태백산맥』, '대학생 필독 도서' 1위 『태백산맥』(《중앙일보》, 1991. 11. 26).

1992년　『아리랑』 연재 계속. 대검찰청에서 『태백산맥』이 국가보안법상의 이적 표현물과 적에 대한 고무 찬양에 저촉되는지를 내사한 결과 작가에 대한 의법 조치나 책의 판금을 문제 삼지 않기로 했다고 발표. '학생이나 노동자들이 읽으면 불온 서적 소지·탐독으로 의법 조치할 것이며, 일반 독자들이 교양으로 읽는 경우에는 무관하다'는 내용의 대검 발표는 모든 언론들의 비판과 조롱거리가 됨. 대검의 그런 공식적 태도는 『태백산맥』 1부가 단행본으로 발간되면서부터 작가에게 몇 년 동안에 걸쳐 줄기차게 가해져 온 모든 수사 기관들의 음성적 압력과 억압 그리고 협박이 대표적으로 표출된 것에 지나지 않음. 일본의 출판사 집영사와 『태백산맥』 전 10권 완역 출판 계약 체결, 일본에서 대하소설을 완역 계약한 것은 최초. 한국의 지성 49인이 뽑은 '미래를 위한 오늘의 고전 60선'에 『태백산맥』 선정(《출판저널》, 1992. 2. 20). 서울리서치 조사 독자 500명이 뽑은 '가장 기억에 남는 작품' 1위 『태백산맥』 (《조선일보》, 1992. 8. 25).

1993년　『아리랑』 연재 계속. 외아들 도현이 육군 사병 입대. 중편 「유형의 땅」이 영어로 번역되어 현대한국소설집(제목 『유형의 땅』, 샤프 출판사) 출간.

1994년　6월 『아리랑』 제1부 「아, 한반도」를 3권의 단행본으로 출간 (도서출판 해냄). 8월 제2부 「민족혼」을 3권의 단행본으로 출간. 10월 제3부 「어둠의 산하」 중 일부가 제7권으로 출간. 12월 제8권 출간. 신문 연재로는 원고량을 다 소화할 수가 없어서 《한국일보》 연재를 중단하고 후반부 집필에 전념. 4월에 8개의 반공 우익 단체들이 작품 『태백산맥』과 작가를, 역사를 왜곡하여 국가보안법을 위반한 불온 서적 및 사상 불온자로 몰아 검찰에 고발함. 거기에다 이승만의 양자에 의해 이승만의 명예훼손죄 고발도 첨가됨. 6월에 치안본부 대공수사실(속칭 남영동)에서 수사를 받았고, 그 후 몇 개월에 걸쳐 출두 요구와 거부를 반복하는 동안에 『아리랑』 집필에 치명적인 피해를 받음. 『태백산맥』 영화화(태흥영화사), 영화 개봉을 앞두고 작가를 고발했던 반공 우익 단체들이 영화를 상영하면 극장과 영화사를 폭파하고 불 지르겠다고 공공연한 공갈 협박을 자행하여 대대적인 사회의 물의를 일으킴. 전국 애장가 720명이 뽑은 '가장 아끼는 책' 1위 『태백산맥』(《한겨레신문》, 1994. 10. 5).

1995년　2월 『아리랑』 제3부 「어둠의 산하」 중 일부인 제9권 출간. 5월 제4부 「동트는 광야」 중 일부인 제10권 출간. 7월 25일 총 2만 매의 『아리랑』 집필 완료, 4년 8개월 만의 결실. 7월 제11권 출간. 8월 해방 50주년을 맞이하며 제12권 출간(전 12권). 『태백산맥』을 출판사를 옮겨서 출간(도서출판 해냄). 「조정래 특집」(《작가세계》 가을호). 서울대학교 신입생 218명이 뽑은 '가장 감명 깊게 읽은 책' 1위 『태백산맥』, '가장 읽고 싶은 책' 1위 『태백산맥』(《한겨레신문》, 1995. 3. 15). '우리 사회에 가장 영향력이 큰

찬'《시사저널》조사 2위『태백산맥』, 3위『아리랑』(《시사저널》, 1995. 10. 26). 20대 남녀 독자 294명이 뽑은 '가장 읽고 싶은 책' 1위『아리랑』(《도서신문》, 1995. 12. 30).《한겨레21》의 독자들이 뽑은 '1995년의 좋은 인물'에 선정(《한겨레21》, 1995. 12. 28). 사회 각 분야 전문가 47인이 뽑은 '올해의 좋은 책' 1위『아리랑』(《출판문화》, 1995, 송년 특집호). 1천만 명 서명을 목표로 하는 '태백산맥·아리랑 작가 조정래 노벨문학상 추천 서명인 발대식이 1995년 11월 28일 종로 탑골공원에서 시민 단체 자발로 이루어짐(《중앙일보》, 1995. 11. 30).

1996년 단일 주제 비평서인『태백산맥』연구서『태백산맥 다시 읽기』권영민 집필로 출간(도서출판 해냄).『아리랑』연구서『아리랑 연구』조남현 외 11인의 집필로 출간(도서출판 해냄). 세 번째 대하소설을 위해 독일, 프랑스, 미국 등 취재 여행. 중편「유형의 땅」이탈리아어로 번역. 프랑스 아르마땅 출판사와『아리랑』전 12권 완역 출판 계약 체결. 일본에서『태백산맥』완역과 마찬가지로 프랑스에서 한국의 대하소설을 완역 계약한 것은 최초의 일. 미혼 직장 여성 502명이 뽑은 '친구에게 가장 권하고 싶은 책' 1위『태백산맥』, 3위『아리랑』, '가장 감명 깊게 읽은 책' 1위『태백산맥』, 4위『아리랑』(《동아일보》《조선일보》, 1996. 1. 18). 전국 20세 이상 독자 1천 200명이 뽑은 '가장 기억에 남는 소설' 1위『태백산맥』(《동아일보》, 1996. 4. 29). '우리 사회에 가장 영향력이 큰 책'《시사저널》조사 1위『태백산맥』, 5위『아리랑』(《시사저널》, 1996. 10. 24).

1997년 새 대하소설을 위해 베트남, 사우디아라비아 등 취재 여행.『태백산맥』100쇄 출간 기념연'을 3월 6일 프라자호텔에서 개최(도서출판 해냄 주최), 증정본 겸 기념본으로 『태백산맥』 양장본 100질을 제작. 대하소설로 100쇄 발간은 최초의 일이며, 450만 부 돌파는 한국 소설사 100년 동안의 최고 부수라고 각 언론이 보도. 3월부터 동국대학교 첫 번째 만해석좌교수가 됨. 장편 『불놀이』 영역판(전경자 교수 번역)이 미국 코넬대학교 출판부에서 출간. 프랑스 유네스코에서 『불놀이』 번역 시작. 각 대학 수석 합격자 40명이 뽑은 '후배들에게 가장 권하고 싶은 소설' 1위 『태백산맥』, 5위 『아리랑』(《중앙일보》, 1997. 2. 25). 전국 국문과 대학생 150명이 뽑은 '가장 좋은 소설' 1위 『태백산맥』, 4위 『아리랑』(《조선일보》, 1997. 5. 15). 서울대학생 1천 명이 뽑은 '가장 감명 깊게 읽은 소설' 1위 『태백산맥』, 4위 『아리랑』(《조선일보》, 1997. 7. 23). 1997년 서울 6개 대학 도서관의 문학 작품 대출 1위 『태백산맥』(《동아일보》, 1997. 12. 28). 전남 보성군청에서 추진하던 '태백산맥 문학공원' 사업이 자유총연맹과 안기부의 개입·방해로 전면 좌초(《시사저널》, 1997. 9. 18).

1998년 『아리랑』 프랑스어판 제1부 3권이 4월 말에 출간(아르마땅 출판사). 문예진흥원 번역 지원으로 작품집 『유형의 땅』 프랑스어로 번역 시작. 세 번째 대하소설 『한강』을 《한겨레신문》 창간 10주년을 기념하여 5월 15일부터 연재 시작. 『태백산맥』 사건은 이 때까지도 미해결인 채 국가보안법 위반 혐의자로 검찰에 걸려 있었음. 20·30대 사무직 남·여 600명이 뽑은 '지금까지 살아오면서 가장 기억에 남는 책'(전 세계의 작품을 대상) 한국출판연구소 조사 남자 국내 1위 『태백산맥』, 여자 국내 1위 『태백산맥』(《동아일보》, 1998. 4. 21). 서울대학 도서관 대출 1위 『아리랑』(《조선일보》, 1998. 7. 23). 제1회 노신(魯迅)문학상 수상.

1999년 《한국일보》 조사, 문인 100명이 뽑은 지난 100년 동안의 소설 중에서 '21세기에 남을 10대 작품'에 『태백산맥』 선정(《한국일보》, 1999. 1. 5). 《출판저널》 특별 기획, 각 분야 지식인 100인이 선정한 '21세기에도 빛날 20세기 책들(국내 모든 저작물 대상)' 3종에 『태백산맥』 선정됨(《출판저널》 1999년 신년 특집 증면호). 《한겨레21》 창간 5돌 특집, 전국 인문·사회 계열 교수 129명이 뽑은 '20세기 한국의 지성 150인'에 선정됨(《한겨레21》, 1999. 3. 25). MBC TV 〈성공시대〉 70분 특집방영 '소설가 조정래'. 『조정래문학전집』 전 9권(도서출판 해냄) 출간. 『태백산맥』 일어판 1·2권(집영사) 출간. 장편 『불놀이』 프랑스 유네스코에서 프랑스어판(아르마땅 출판사) 출간. 소설집 『유형의 땅』이 문예진흥원 선정으로 프랑스어판(아르마땅 출판사) 출간. 출판인 50인이 뽑은 20세기 최고 작가 2위(《세계일보》, 1999. 12. 18). 《중앙일보》 선정 '20세기 명저 국내 20선(국내 모든 분야 망라)'에 『태백산맥』 선정됨(《중앙일보》, 1999. 12. 23). 《중앙일보》 선정 '20세기 한국의 베스트셀러'에 『태백산맥』 『아리랑』이 동시에 선정. 30권 중에서 한 작가의 두 작품이 동시에 선정된 것은 유일함(《중앙일보》, 1999. 12. 23).

2000년 『태백산맥』 일어판 10권 완간(집영사). 9월 29일, 『아리랑』의 발원지인 전북 김제시에서 시민의 이름으로 '조정래 대하소설 아리랑 문학비'를 벽골제 광장에 세우고, 제1호 명예시민증 수여. 그날 10시 29분에 첫 손자 재면(在勉)이가 태어나 희한한 겹경사를 이룸.

2001년 「어떤 솔거의 죽음」이 그림을 곁들인 청소년 도서로 출간(다

림출판사). 광주시 문화예술상 수상. 자랑스러운 보성(普成)인 상 수상. 11월 『한강』 제1부 「격랑시대」를 3권의 단행본으로 출간(도서출판 해냄). 12월 제2부 「유형시대」를 3권의 단행본으로 출간.

2002년 1월 3일 총 1만 5천 매의 『한강』 집필 완료. 3년 8개월 만의 결실. 1월 『한강』 제3부 「불신시대」의 일부를 2권의 단행본으로 출간. 2월 「불신시대」의 나머지를 2권의 단행본으로 출간. 『한강』 전 10권 완간. 1월 17일 작품 집필 때문에 6개월 동안 미루어왔던 탈장 수술 받음. 12월 등단 33년 만에 첫 번째 산문집 『누구나 홀로 선 나무』 출간(문학동네).

2003년 중편 「안개의 열쇠」《실천문학》, 단편 「수수께끼의 길」《문학사상》 발표. 2월 'Yes24 회원 선정 2002년의 책'에서 『한강』이 남자 1위, 여자 2위. 3월 만해대상 수상. 4월 제1회 동리문학상 수상. 5월 프랑스 아르마땅 출판사에서 『아리랑』 전 12권 완역 출간. 유럽 지역에서 한국의 대하소설이 완간된 것은 최초의 일. 5월 16일 전북 김제시에서 건립한 '조정래 아리랑 문학관' 개관식 개최. 생존 작가의 문학관이 세워진 것은 처음 있는 일. 둘째 손자 재서(在緖) 태어남.

2004년 4월 30일 프랑스의 시인이며 극작가인 테르지앙(Terzian)이 『아리랑』을 희곡화하여, 『분노의 나날』로 출간(아르마땅 출판사). 7월 1일 희곡집 『분노의 나날』을 『분노의 세월』로 시인 성귀수 씨가 번역 출간(도서출판 해냄). 8월 20일 『태백산맥』 프랑스어판 제1권 출간(아르마땅 출판사). 9월 1일 중편 「유형의 땅」이 독어판으로 출간(독일 페페르코른 출판사). 12월 15일 만화 『태백산맥』 1권이 박산하 씨 그림으로 출간(더북컴퍼니 출판사). 12월 20일 『태백산맥』 일어판 문고본 계약(일본 집영사).
2005년 단편 「미로 더듬기」《현대문학》. 1월 1일 《문화일보》 2005년 신년 특집으로 〈광복 60돌 '한국을 빛낸 30인'〉에 선정. 5월 25일 순천시에서 '조정래 길'을 지정하고 표지석 개막식 개최(낙안 구기-승주 죽림 사이). 4월 1일 서울지방검찰청에서 『태백산맥』 고소 고발 사건에 대해 만 11년 만에 무혐의 결정 내림. 5월 20일 MBC TV에서 〈조정래〉 3부작 제작(『태백산맥』 고소 고발 사건의 발단과 수사 경과, 무혐의 결정이 내려지기까지의 전 과정). 6월 23일 인터넷 서점 Yes24와 포털 사이트 네이버가 진행한 '네티즌 추천 한국 대표 작가-노벨문학상 후보를 추천해 주세요'에서 네티즌 6만 명이 참여해 조정래를 1위로 선정. 또, '한국인에게 큰 감동을 준 작품'으로 『태백산맥』을 1위로 선정. 8월 10일 장편 『불놀이』 독어판 이기향 씨 번역으로 출간(페페르코른 출판사). 8월 15일 『태백산맥』 프랑스어판 3권 출간. 8월 13~21일 인천시립극단에서 광복 60주년 기념 특별 공연으로 연극 〈아리랑〉을 인천종합문화예술회관에서 공연. 10월 5일 MBC TV와 『태백산맥』 드라마 계약.
2006년 장편 『인간 연습』 분재 1회 《실천문학》. 3월 15일 『태백산맥』 프랑스어판 4권 출간. 4월 10일 〈한국소설 베스트〉 시리즈로 『유형의 땅』 포켓북 출간(일송포켓북). 4월 15일 「미로 더듬기」로 현대불교문학상 수상. 6월 28일 장편 『인간 연습』 출간(실천문학사). 장편 『오 하느님』 분재 1회 《문학동네》. 10월 15일 『태백산맥』 프랑스어판 5권 출간.
2007년 1월 5일 한국 문학 대표작 선집 27 『황토』 출간(문학사상사). 1월 29일 『아리랑』 100쇄 돌파 기념연 개최(도서출판 해냄). 3월 26일 장편 『오 하느님』 단행본 출간(문학동네). 4월 20일 『태백산맥』 프랑스어판 6권 출간. 8월 10일 조정래 소설집 『어떤 전설』 출간(책세상). 10월 25일 '큰 작가 조정래의 인물 이야기(위인전 시리즈)' 첫 다섯 권(신채호, 안중근, 한용운, 김구, 박태준) 출간(문학동네). 11월 30일 『태백산맥』 프랑스어판 7, 8, 9권 출간. 12월 27일 『태백산맥』 프랑스어판 전 10권 완간.

2008년　4월 7일 KYN과 『아리랑』 TV 드라마 계약. 4월 10일 『교과서 한국문학』 시리즈 조정래편 5권 출간(휴이넘 출판사). 5월 1일 『죽기 전에 꼭 읽어야 할 책 1001』에 『태백산맥』이 선정됨. 서기 850년경에 씌어진 『아라비안나이트(천일야화)』에서부터 최근에 이르기까지 1,200여 년 동안 발표된 전 세계의 소설을 대상으로 평론가·학자·작가·언론인 등으로 구성된 국제적인 전문가 집단이 참여하여 1,001편을 가려 뽑은 책으로 우리나라 작품으로는 『태백산맥』과 『토지』가 뽑혀 수록됨(영국 카셀 출판사, 번역서 마로니에북스). 11월 20일 '큰 작가 조정래의 인물 이야기' 제6권 『세종대왕』, 제7권 『이순신』 출간(문학동네). 11월 21일 '조정래 태백산맥 문학관' 개관식(전남 보성군 벌교읍 회정리 『태백산맥』이 시작되는 지점). 12월 11일 '자랑스러운 동국인상' 수상. 12월 23일 '사회 각 분야 가장 존경받는 인물' 문학 분야 1위로 선정됨(《시사저널》 제1,000호 기념 특대호 특집).

2009년　3월 2일 『태백산맥』 200쇄 돌파 기념연 개최(도서출판 해냄). 대하소설로 200쇄 돌파는 최초. 9월 30일 자전 에세이 『황홀한 글감옥』 출간(시사IN북). 10월 26일 2007년 출간한 장편소설 『오 하느님』을 『사람의 탈』로 제목을 바꿔 개정 출간. 11월 18일 장애문화예술인들을 위한 'Art 멘토 100인 위원회 1호'

	위원으로 위촉됨(한국장애인문화진흥회).
2010년	장편소설 『허수아비춤』을 계간지 《문학의 문학》 여름호에 600매 분재함과 동시에, 인터넷서점 인터파크에도 2개월간 60회로 연재한 후 10월 1일 단행본으로 출간(도서출판 문학의문학). 11월 10일 장편 『불놀이』, 12월 1일 장편 『대장경』 개정판 출간(도서출판 해냄). 12월 2일 경남 창원에서 '고려대장경 팔각 불사 1,000년 기념'으로 장편 『대장경』을 오페라로 공연(경남음악협회). 12월 22일 장편 『허수아비춤』이 독자들이 뽑은 '2010 최고의 책'으로 시상식 거행(인터파크 도서). 12월 26일 중편 『허수아비춤』이 '2010 네티즌 선정 올해의 책'이 됨(Yes24).
2011년	4월 대하소설 『태백산맥』 『아리랑』 『한강』 전자책 출시, 이와 동시이 장편소설 및 중단편소설집도 개정 출간과 동시에 전자책 출시 결정. 6월 3~4일 예술의전당에서 '고려대장경 팔각 불사 1000년 기념' 오페라 〈대장경〉 공연(경남음악협회). 4월 25일 초기 단편 모음집 『상실의 풍경』 개정판 출간, 5월 30일 중편 「황토」와 7월 25일 중편 「비탈진 음지」를 장편으로 전면 개작해 단행본 『황토』 『비탈진 음지』로 출간, 10월 10일 『어떤 솔거의 죽음』 개정판 출간(이상 모두 도서출판 해냄).
2012년	2월 유비유필름과 『태백산맥』 드라마판권 계약. 4월 영국 놀리지 펜 출판사와 『태백산맥』의 영어·러시아어 번역출간 계약. 4월 30일 『외면하는 벽』 개정판 출간(도서출판 해냄). 7월 중편 「유형의 땅」이 전경자의 영어번역으로 영한대역 『유형의 땅』으로 출간(도서출판 아시아). 9월 30일 『유형의 땅』 개정판 출간(도서출판 해냄), 11월에는 《출판저널》이 뽑은 '이달의 책'으

로 선정됨. 10월 5일 『사람의 탈』 영어판 출간(Merwin Asia). 『금서의 재탄생』(장동석 저, 북바이북)과 『금서, 시대를 읽다』(백승종 저, 산처럼)에서 금서로서의 『태백산맥』을 집중 조명함.

2013년　2월 23일 참여연대로부터 공로패 받음. 2월 25일 단편집 『그림자 접목』 개정판 출간(도서출판 해냄). 3월 대하소설 『아리랑』의 뮤지컬 제작을 위해 신시컴퍼니(대표 박명성)와 판권계약 체결. 3월 25일부터 인터넷 포털 사이트 네이버에 『정글만리』 일일연재를 시작, 7월 10일 108회를 끝으로 연재 종료와 동시에 7월 12일 단행본 전 3권으로 출간(도서출판 해냄). 10월 7일 『정글만리』 중국어판 출판계약 체결. 『정글만리』에 대해; 10월 7일 문화계 인사 60인이 선정한 '2013 출판부문 1위.' 10월 24일 《중앙일보》·교보문고가 공동 선정한 '2013년 올해의 좋은 책 10.' 11월 26일 제23회 한국가톨릭매스컴상 수상(출판부문). 12월 9일 출간 5개월 만에 100만 부 돌파 최단 기록. 12월 11일 한국예술평론가협의회 선정 제33회 '올해의 최우수 예술가상' 수상(문학부문). 12월 14일 《동아일보》가 선정한 '2013 올해의 책.' 12월 20일 Yes24 네티즌 선정 '2013년 올해의 책' 1위. 12월 21일 《조선일보》가 선정한 '2013년 올해의 책.' 12월 26일 인터파크도서 '제8회 인터파크 독자 선정 2013 골든북 어워즈'에서 골든북 1위, 골든북 작가 부문 1위. 12월 30일 알라딘 독자 선정 '2013년 올해의 책' 1위.

2014년　1월 8일 《매일경제》·교보문고 공동 선정 '2014년을 여는 책 50'. 1월 10일 국립중앙도서관 통계, '2013년 도서관에서 가장 많이 이용한 도서' 1위. 3월 6일 뮤지컬 〈태백산맥〉 개막, 3월 8일까지 공연(순천시립예술단). 3월 15일 『정글만리』 100쇄 돌파(『태백산맥』 2번, 『아리랑』 1번)에 이어 네 번째 100쇄 돌파가 됨. 6월 12일 벌교읍 부용산 아래, 복원된 보성여관(소설 속의 '남도여관')으로 이어진 '태백산맥길' 첫머리에 조성된 '태백산맥 문학공원 기념조형물 제막식'이 열림. 높이 3미터, 길이 23미터의 조형물에는 작가의 약력, 『태백산맥』에 대한 평가, 『태백산맥』의 줄거리, 그리고 작가의 흉상이 조각되어 있다. 그런데 그 조각은 모두를 놀라게 할 만큼 특이하고도 독창적이다. 조각가인 서울대학교 이용덕 교수는 세계 최초의 기법인 '역상(逆像) 조각'으로 그 창조성을 감동적으로 보여주고 있다. 9월 20일 제1회 심훈문학대상 수상. 12월 15일 인터뷰집 『조정래의 시선』 출간(도서출판 해냄).

2015년　6월 15일 『아리랑 청소년판』 출간(조호상 엮음, 백남원 그림, 도서출판 해냄). 7월 16일 뮤지컬 〈아리랑〉 개막, 9월 5일까지 공연(신시컴퍼니). 8월 5일 장편소설 『허수아비춤』 개정판과 함께, 문학 인생 45년을 담은 『조정래 사진 여행: 길』 출간(도서출판 해냄). 10월 3일 제2회 이승휴문화상 문학상 수상.

2016년　7월 12일 장편소설 『풀꽃도 꽃이다』(전 2권) 출간(도서출판 해냄). 10월 4일 『정글만리』를 영어로 옮긴 『The Human Jungle』이 브루스 풀턴 교수와 윤주찬 씨의 번역으로 미국 현지에서 출간(Chin Music Press Inc). 11월 8일 『태백산맥 출간 30주년 기념본』(전 10권) 및 『태백산맥 청소년판』(전 10권) 출간(조호상 엮음, 김재홍 그림, 도서출판 해냄).

2017년　7월 25일~9월 3일 뮤지컬 〈아리랑〉 공연(신시컴퍼니). 11월 21일 은관문화훈장 수훈. 11월 30일 시조시인 조종현, 소설가 조정래, 시인 김초혜의 문학적 성과를 기념하고 그 정신을 이어

	나가고자 전라남도 고흥군에 설립된 '조종현 조정래 김초혜 가족문학관' 개관.
2018년	2월 9일 〈2018 평창 동계올림픽대회〉 성화 봉송(오대산 월정사 천년의 숲길). 4월 20일 맏손자 조재면과 함께 집필한 『할아버지와 손자의 대화』 출간(도서출판 해냄).
2019년	장편소설 『천년의 질문』을 네이버 오디오클럽에 오디오북 형태로 30회 연재한 후 6월 11일 단행본 전 3권으로 출간(도서출판 해냄). 11월 2일 조정래 작가의 문학적 성취를 기리고 국내 문학을 대표하는 중견 작가의 작품 활동을 지원하기 위해 제정된 '조정래문학상' 제1회 개최(전남 보성군 벌교읍민회). 11월 11일 '서점인이 뽑은 올해의 작가'로 선정됨(한국서점조합연합회). 12월 12일 『천년의 질문』이 '2019년 올해의 책'으로 선정됨(Yes24).
2020년	3월 1일 서울 종로구 배화여고에서 열린 〈3·1절 101주년 기념식〉에서 묵념사 집필·낭독. 6월 25일 강원도 철원군 백마고지 전적지에서 6·25전쟁 70주년 기념 '한반도 종전기원문' 집필·낭독. 이 기원문은 김정은 북한 국무위원장, 도널드 트럼프 미국 대통령, 안토니우 구테흐스 유엔 사무총장 등에게 전달됨. 오대산 월정사 자연명상마을에 집필실 세심헌(洗心軒) 마련. 7월 2~4일 뮤지컬 〈아리랑〉 공연(전주시립예술단). 8월 1일 등단 50주년을 기념하며 자전 에세이 『황홀한 글감옥』 개정판 출간(도서출판 시사IN북). 10월 15일 대하소설 『태백산맥』 『아리랑』, 11월 30일 『한강』의 등단 50주년 개정판 출간(도서출판 해냄). 『한강』 100쇄 돌파(『태백산맥』 2번, 『아리랑』 1번, 『정글만리』 1번에 이어 다섯 번째 100쇄 돌파가 됨). 10월 15일 반세기 문학 인생 및 남녀노소 독자들의 질문 100여 개

에 대한 작가의 답을 담은 산문집 『홀로 쓰고, 함께 살다』 출간(도서출판 해냄).

2021년 4월 30일 장편소설 『인간 연습』 개정판 출간(도서출판 해냄). KBS와 한국문학평론가협회가 공동으로 진행한 연중기획 〈우리 시대의 소설〉에 『태백산맥』 선정 및 방영됨(제26화).

2022년 6월 18일 경남 창원에서 콘서트 오페라 〈대장경〉 공연(창원문화재단). 『천년의 질문』 경기도 공공도서관 60대 이상 대출 1위 도서 선정.

2023년 4월 영국 펭귄-랜덤하우스가 '펭귄 클래식' 시리즈 최초로 출간한 한국문학 번역 선집 *The Penguin Book of Korean Short Stories*에 「유형의 땅」 번역 수록. 브루스 풀턴 교수가 편집하고 권영민 교수가 서문을 씀. 윌라 오디오북 대작 라인업으로 조정래 대하소설 3부작과 『정글만리』를 독점 공개하기로 함. 7월 24일 『태백산맥』을 시작으로 10월 『아리랑』, 12월 『한강』 공개. 10월 28~29일 태백산맥문학관 개관 15주년 기념행사로 북토크와 문학기행 등 진행. 11월 21일 장편소설 『황금종이』를 단행본 전 2권으로 출간(도서출판 해냄).

2024년 4월 22일부터 윌라 오디오북 대작 라인업에 『정글만리』 독점 공개. 9월 『인간 연습』 독일어판이 장영숙 씨 번역으로 출간(이오스 출판사). 『황금종이』가 제주도 공공도서관 60대 이상 대출 1위 도서로 조사됨. 새 장편소설 집필을 위해 프랑스와 네덜란드 등 취재 여행. 11월 태백산맥문학관의 필사본 전시실 증축이 완료되었고, 이곳에 총 68세트의 기증 필사본이 전시돼 있다(24년 10월 31일 기준). 12월 3일 전남 순천에서 창작판소리 〈태백산맥〉 공연((사)무성국악진흥회).

조정래 장편소설
대장경

제1판 1쇄 / 1980년 10월 15일
제2판 1쇄 / 1991년 6월 10일
제3판 1쇄 / 1999년 4월 20일
제4판 1쇄 / 2010년 12월 1일
제4판 10쇄 / 2025년 1월 31일

저자 / 조정래
발행인 / 송영석
발행처 / (株)해냄출판사

등록번호 / 제10-229호
등록일자 / 1988년 5월 11일(설립일자 | 1983년 6월 24일)

04042 서울시 마포구 잔다리로 30 해냄빌딩 5·6층
대표전화 / 326-1600 팩스 / 326-1624
홈페이지 / www.hainaim.com

ⓒ 조정래, 2010
ISBN 978-89-6574-001-8

파본은 본사나 구입하신 서점에서 교환하여 드립니다.